最后无法被时间掩埋印记的

唯逻辑与真相

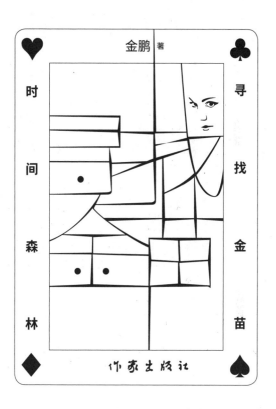

金鹏 著

时间森林

寻找金苗

作家出版社

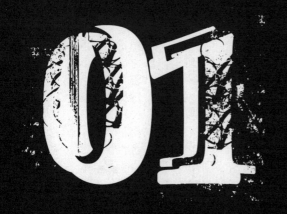

徐若子伸出显得苍白的细长手指抹去额头渗出的汗水，抬头看看天，三月的云细纱般飘浮在泛出白光的蓝色天空上，就像洗旧了的衣裳，颜色褪得淡了。

这不明快的蓝向远方无限伸展，既无聊又宽广，它冲破了胸怀、思想、情感，使人脑中一片空白。而在"无聊"的下面，是个事事都有"道理"的人间世界，每一分每一秒都有意义。

一位神情冷淡的中年女子拉着自己的孩子向徐若子走来，徐若子调整了心态准备迎接工作。她此时一身黑色套装，虽然料子又薄又挺，但黑色吸热，站久了温和的春日也变得毒辣起来。

女子看了看立在徐若子身边的指示牌，语气生硬地问道："张野、金苗的灵堂怎么走？"

这是种理所应当的口吻，徐若子年纪轻，站得直，大概被当作雇来的司仪。花了钱，不论面对的是人还是自动售货机仿佛都一样，人类通过金钱与地位把自己充分物化的现象算不算是种理性呢？

徐若子还是按照"理性"行事，耐心为她指明了道路，虽然是件因私的工作，但工作就是工作，这是徐若子早已习惯的"物化"。对方没有道谢的言辞或神情，就那样走了。

徐若子看看广场上的时钟，仪式将要开始，大概不会有人来了。她侧头看了看指示牌，上面的字是手写的，很清楚，凌树的字迹。她低下头对指示牌说："你也被扔下了，他造出你，却把你交给我，在这世上，在乎你的人，现在就剩下我一个……"

"请问，你是在与指示牌说话吗？"一个男性的声音在身侧响起。

徐若子倒不觉得尴尬或者被冒犯，她站直身体，看向那人：他与徐若子年龄相仿，戴着一副眼镜，样子斯文，黑色的西装非常合身，应该是定做的。他的脸方方正正，打理得干干净净。

"是的，我在和指示牌说话。"

"你是金苗的妹妹？"

"不是，我们长得很像吗？"

两个人都很冷静，把话说得平淡无奇。虽然气质与样子完全不同，徐若子从他身上看到了凌树的影子，只见这人从容不迫地解释，"金苗常常对东西说话，这很少见，我以为是你们的家风。"

徐若子被他逗笑了，"你真会联想……金苗的朋友？"

那人竟然想了近10秒钟才回答："不，算不上朋友，我们是队友。"

徐若子恍然，她知道意外去世的两人与凌树曾是省级桥牌队的成员，她看着那男人问："赵小川？"

赵小川点头，他们的桥牌队有四名队员，在世的还有两人。

徐若子也为赵小川指明了去灵堂的路径，但对方没有移动，只是盯着徐若子看，徐若子知道自己长得并不难看，但这位男子大概不是这个意思，便问："你还有事？"

赵小川犹豫了一下才说："他们为什么要举行联合葬礼？"

"凌树没和你说？"

"他只说两人不幸双双坠崖，别的没说，我不方便多问，凌树与张野关系非常好。"

"两人是恩爱的情侣，双方的父母太过悲痛，想要以这种形式让孩子走得不那么孤单。毕竟，葬礼是为活人办的。"徐若子把话说得很直。

赵小川露出明了的神情，"桥牌队解散多年，我不知道他们的近况。哦，他们两个在一起……同是第二集团的成员倒是非常合适。"

徐若子露出一个淡然的冷笑，问道："你的意思是你和凌树属于第一集团？"

赵小川直视徐若子的眼睛，摇了摇头："不，我是第三集团的。"

徐若子这才知道自己会错了意，她报以一个歉意的笑容。

赵小川倒不介意，但与那位女性一样，他也没说什么客气话，就这样走了过去。

徐若子突然在他身后说："你想错了，我与金苗都不是在和东西交谈。"

赵小川转过身，看看徐若子，并没回复她这句没头没脑的话，但他微微鞠了个躬才又离去。

这是对金苗的哀悼。

徐若子与两位逝者都不相识，因为不必为他们送行，所以主动承担起外围的工作。现在她来到灵堂，想看看金苗——这个喜欢与东西说话的女孩儿。

她站在灵堂门口向里面看，仪式接近尾声，没有发现凌树，徐若子吸了口气，好让自己融入葬礼的氛围，灵堂内出奇地安静，金苗的母亲萧伯母大概去墓地那边为下葬做准备。凌树是徐若子的同事——《城市月刊》的编辑，两人的关系远超同事，所以徐若子才会主动提出帮忙，她忍受不了凌树那副身心俱疲、灵魂出窍的样子。两位好友死后，凌树承担起超越身份的责任，也许他想用忙碌挤走心中的悲痛，可也该考虑一下生者的心意。被竭力控制着的哭声十分清晰。她抬头向金苗的遗像望去，徐若子之前从未见过金苗的照片。

　　金苗与自己的年龄相仿，凝视那张黑白照片时，徐若子心中一震。她生出一种共鸣，如同看到镜中无色的自己。徐若子明白金苗拍摄这张照片时的状态，这是种无法用语言形容的感触，金苗嘴角的情感、眉眼的心思，藏着她的敏感与脆弱，也许还藏着澎湃与纠结。

　　不知不觉间，徐若子流下眼泪，她任泪水滑过面颊，看着照片发呆。她第一次觉得自己离死亡如此之近，触手可及。

　　徐若子清楚记得爷爷去世时的场面，她甚至能说出葬礼上一把失手跌落的铁壶触地时一共发出了几次响声，她有种能力——在心中完整地复原曾经发生过的情景。那是乡下的葬礼，一些从来没见过的亲戚围在一起唠家常，他们说着与逝者毫不相干的话题，徐若子因此却生出了某种程度的释然：世界照常运转，仿佛那些无关痛痒的音调能解开纠缠起来的悲伤，这是一种暗示——有种力量超越生死。那时，死亡很近又非常遥远，与此时此刻的体验全然不同，金苗生动的存在感彻底扼杀了那曾经强大的力量。

　　她又看了看旁边张野的遗像，那是一张微显忧郁的男人的脸，徐若子看不懂他，她连活生生的男人都无法理解，更不要说看懂一张照片里的男人。

　　一阵嘈杂声响起，徐若子轻轻抹掉泪水，准备迎接走出来的宾客。

　　谢客席的气氛异常沉闷，几乎无人交谈，与徐若子爷爷庙会般的水席有天壤之别。

　　徐若子明白他们的顾忌，逝去的是两个年轻的生命，亲友们彼此又不熟悉，怎么好随便说话。这氛围任谁也难以忍受，有些下午不用参加墓地仪式的来宾象征性地吃了些东西便起身离去，看到这种情况徐若子只好起身，守在门口相送。

这项工作并不在计划之内，但徐若子不想他们参加葬礼后孤身离去，她深知孤独与离群的滋味。她的名字徐若子本身就有嫌弃之意：徐若子的父亲重男轻女，得了女儿很不甘心，便给她起了这个名字，可他对徐若子的态度并不若子，十分冷淡，在徐若子十六岁时干脆与母亲离婚，据说他如愿以偿，得了个儿子。

离开的一批客人消失在门廊，随后转出金苗妈妈萧伯母的身影。萧伯母也发现站在门口的徐若子，她明亮的眼眸凝视过来，看不到一丝悲伤。徐若子心想：金苗的妈妈大概是特殊的，与自己软弱又善变的母亲完全不同，刚刚她的哭声还回响在耳畔，现在好似没事儿人一般。

徐若子正想搭话，萧伯母一把抓住了她的胳膊，抓得很紧，只一瞬间便有酸麻的感觉传过来，很难想象如此瘦小的中年女性手上有这么大的力量。

萧伯母把她往屋里面拽，嘴上说："别忙了，坐一会儿，陪我聊聊天。"

徐若子支吾地应着，两人今天才第一次见面，她稍感尴尬。

她们在餐厅角落的桌旁坐下，萧伯母热情地摆好杯子，用桌上的茶壶为两人倒了茶，餐馆的茶徐若子刚刚喝了，实在不能恭维，假的一样。可就算茶是假的，杯口冒出的热气却是真的。

"我刚才在灵堂门口看到你，你流泪了。"此时，萧伯母的口气、语速缓和了许多，不似刚才那样急迫。

"啊。"徐若子不知道该说什么，她根本不认识金苗，只好说，"是的，不小心就流泪了，司仪不该随便流泪。"

萧伯母笑出了声音，没记错的话，这是徐若子在今天葬礼上见过的最灿烂的一个笑容。"你真可爱……和苗苗一样，你们做事认真到忘我，进灵堂前我注视了你很久。"

对此徐若子完全没有察觉，她只注意从外面来的人，把来自里面的视线完全忽略了，"我谁也不认识，生怕做不好。"

萧伯母喝了口茶，说："凌树告诉我外面的事他交给一个最信得过的朋友，没想到那个人是你，看到你的那一瞬间，我几乎以为苗苗复生了……"

被这么说，也许是一种殊荣，但徐若子心里还是感到难过，一是这话分量太重，二是徐若子又把金苗的死与自己相连，那种绝望的感觉袭来，使她透不过气来。

见徐若子没说话，萧伯母大概明白自己有些失礼，"抱歉，但这是我的真实感受，你帮了阿姨这么大的忙，我只想对你说出心里话。"

徐若子柔声说："认真……我只剩下这个长处了，金苗的优点肯定很多。"

徐若子本以为萧伯母会顺着她的话题列举金苗的优点，这样她就能把谈话从自己身上引开，可这次她记者的话术失败了，萧伯母摇摇头否定了她的自谦，牢牢地盯着徐若子又问："你喜欢凌树吧？"

徐若子闻言犹豫了片刻，她用手轻转杯子，这个问题徐若子自己也是第一次认真思考，随后她答道："是的。"

"你帮我们的忙，全是为了凌树，做到这个份上任谁都该明白你的心意。"

徐若子笑笑。

萧伯母没有笑，她眼光明亮，用严肃的口吻说："但凌树看不出来，千万别委屈自己，如果他太笨就别要他了，阿姨帮你介绍更好的。"

徐若子递上纸巾，原来萧伯母在说话时竟然不知不觉地淌出一行眼泪，拭去泪痕，萧伯母露出一个笑容，"你看，眼泪也有了惯性。"

眼泪的惯性……多么优美的用词，徐若子觉得如果这是采访，她一定能写出不错的稿子，"嗯，我也不知道是他笨还是我笨，但比凌树更好的男人……对于我来说，大概不会存在。"

萧伯母没有接话，只是怔怔地看着徐若子。

徐若子问："金苗对张野是不是也是这样？"

萧伯母点点头，回过神来又拉回话题："你们之间一定有故事。"

"不是那种动听的故事。"

萧伯母四处看看，说："这个环境不舒适，茶也糟糕。这样吧，如果你不嫌弃，过些日子来阿姨家做客，那时再仔细说给我听，你以后就是我的上宾，阿姨家的大门永远对你敞开。"

徐若子本没答应要说出来，看到萧伯母真心邀请自己，也只好点头。

萧伯母凑近徐若子小声说道："今天，我也小心翼翼的，毕竟我们欠了张家一条命，我非常感激张野、非常喜欢张野，但今生还不清了。所以，我不能偷懒，要把礼数尽到。"说完萧伯母站起身，不等徐若子说什么又说，"还不清是件好事，一旦一切还清，人们大概也就没有理由相见了。谢谢你陪我聊天，要不是遇到你，我怕没有力气撑过下午。答应阿姨，一定要来！"

徐若子再次点头，她站起身相送，萧伯母对她露出一个温柔又疲惫的笑容，做了一个要她多休息一会儿的手势，很快便从徐若子的视线里消失了。

徐若子对着门发了一会儿呆，此时她的心里不仅有正在忙碌的凌树，也被萧伯母与金苗塞满了。

下午，墓地的仪式结束后。

徐若子怀抱装着标牌条幅等轻便物件的箱子，向等着她的车走去，驾驶员是个微胖的男人，张野的表哥，他从车窗探出头客气地道谢："辛苦您了，真的不用送吗？"

徐若子把东西塞进后备厢，随后对他微笑，摇摇头，又挥了挥手，对方也挥手，车驶出大门。

这是最后一件工作。刚刚收到凌树的信息，内容是：抱歉，今天没能与你说上几句话，我正开车送来宾回家，一会儿还有事需要办，无法当面言谢。你帮了大忙，这个情我自知很难还上。

徐若子只回了四个字：小心驾驶。

她向陵园深处走去，徐若子还没祭奠过金苗、张野，她想至少应该摆一束花。

三月的午后三点是一天中最温暖的时刻，由于丧事大都在上午进行，此时陵园内空荡荡的，随着懒散的暖意滋生出来，徐若子感到脚上与腰上的酸麻。

在服务站买了一束白菊，穿过松林隔离带进入墓区，一排排墓碑向远处延伸，又漫无目的地拐进隐蔽在树墙后的某个所在。

这样转了几次，来到安葬金苗的区块，有一个男人站在金苗的墓碑前，只看他的侧脸徐若子就知道他并不在参加葬礼的宾客之中。男人不高，身体结实，圆脸，属于不易被人注意的那类人，他的服装不是为葬礼挑选的，只是件普通的夹克。

徐若子没招呼他，自顾自地走近金苗的墓碑，低头看去，碑文是：爱女金苗之墓。

男人发现徐若子是为金苗而来，露出一丝不自然的表情，转身从徐若子身侧离开。两人相交错时，男人掏出火柴和烟，如果没记错，这里是禁烟的。

"请等一下。"在男子就要绕过松墙时，徐若子突然出言叫住他。

男人闻言停下，转身看向徐若子。

"你是雾岭山庄的人吧？"

男子把眼睛瞪大，下意识地表露出惊慌的神色，"您怎么知道？"

徐若子淡淡地说明："你掏出的火柴盒是雾岭山庄的。"

男子恍然，赶紧把它们收进口袋里，其实他这样做已经没有意义了。

叫住他是出于徐若子司仪的责任，她不得不提醒对方，"据我所知，事故还在调查中，你此时出现如果被金、张两家的人看到，可能会引起不必要的矛盾，请小心一些，人在极度悲痛的情绪下很难控制住自己。"

大概徐若子的话表露出某种中立性，男人问道："您是？"

"徐若子，来葬礼帮忙的。"报出姓名是徐若子的工作习惯，一般人很少在介绍自己时先报名字，大多是先报职业，表明自己是做什么的，处于什么位置，以及有什么权力。徐若子理解这种秩序的意义，这是任何人包括她自己都无法摆脱的社会性。

听到徐若子只是无关人士，男人连自己的名字都没报，非常失礼地转身离去。

徐若子不以为意，俯身把花放在花束丛里，之后望着碑文出神，她在想这个碑文对自己合适吗？父亲会写什么呢？可能是：我前半生失望的源头。

"这件事不完全是我们雾岭的责任，它没那么简单。"男子的声音突然出现在徐若子身后。

徐若子确实被吓了一跳，她觉得心口一阵缩紧，但她转过身看向对方时却神色如常，在这样一片没有监控的墓园，一个单身女性绝不能向远比自己力量强大的男人轻易示弱，这是常常独自采访的徐若子深知的道理。

他在什么样的力量驱使下突然返回，对一个完全陌生的人说出辩解之语，徐若子不能理解，但她知道这个人心中一定备受煎熬。

徐若子出言询问："你说的不简单指什么？"男人犹豫了一下，显然意识到自己的失态，徐若子见状说明了自己的身份，"你可以对我讲，我是《城市月刊》的记者。"

"我怀疑这是谋杀，那些人为了报复我们……"男人的话脱口而出，但又被他生生地止住，他向金苗的墓深深鞠了一躬表示哀悼，之后转身匆匆离去。

徐若子怔在当地，谋杀？她没有动机叫住男人继续问下去，即便真是谋杀也应由警方处理……况且此人也许只是对责任过分恐惧胡乱猜测，一旦与他接触会被一直纠缠下去，这样的事情时有发生。

但"谋杀"这两个字力量很大，它打碎了墓园午后的寂静。徐若子蹲下身体，捡去散落在台案上的几片草叶，之后她凝视着碑文上崭新的漆色，连这颜色都似被"谋杀"二字磨出了锐利的棱角。

徐若子对着墓碑小声说："你听到了吗？那个人说你是被谋杀的，是他故意破坏你的清净，还是真的有什么隐情？"最后这句话几乎是用气声说的，她停顿了片刻，似乎等待对方的回答，随后徐若子站起来，好似凝视着虚空中的某个人，接着说："这件事凌树知道吗？"

这情景如果被人看到大概会被吓到，这就是所谓的秘密。

两周后，金苗家。

家中只有萧伯母一人，她是位大学讲师，房间的布置朴素、雅致，客厅里光线很好，有一扇很大的窗。

徐若子端起茶杯喝了一口，茶的味道醇厚。

萧伯母放下果盘，里面是削得漂亮的水果，"谢谢你能来，苗苗爸爸这阵子比较忙，不在市里。屋里有些闷，要不要开窗？"

说到闷，确实有一些，房间中好像有什么落下却再也不会浮起来。

"我来吧。"徐若子站起身，她穿一条青色半身裙，上身是一件白色衬衫，与萧伯母相比，她的装束有些随意，萧伯母穿了件蛮正式的西式套装，更突显她利落直爽的气质。

这是栋老房子，20世纪70年代建的四层民居，金苗家位于顶层，外面的杨树比这栋楼还高，窗外一片繁盛的嫩绿颜色。

窗轴有些年头，随着徐若子的拉动发出"吱呀"的轻响，树木青涩的味道飘进房间。徐若子望出去，外面是小区午后该有的静谧气息。收回视线，窗台上有一个相框，徐若子轻轻把它拿了起来。

照片中是一个瘦弱的女孩子，穿着灰白色T恤，黑发搭在肩头，一脸认真地呆呆地望着镜头后面的人，好像要对那人说些什么，又像永远不会开口。此时，"那人"便是徐若子。

"这是苗苗高中时的照片，那时她刚刚入选桥牌青年集训队，照片是张野拍的。"萧伯母清脆、干练的声音在徐若子身后响起。

与灵堂那张照片不同，年幼金苗的神态有种原始的魅力，少了社会赋予的装饰，是个自然、纯粹的女生。照片的背景是一排有些年头的木制书架，应该是间图书馆。仔细看，金苗T恤的胸口别着一枚小小的徽章，扑克牌中黑桃的图案，里面镶有银色的阿拉伯数字"7"。

徐若子轻声说道："也许永远不要长大才是最好的，沉静的金苗如此耀眼，让我移不开目光，让我忍不住希望能拥有她的视界、她的心。"

萧伯母沉默了一会儿后直率地说："我怪苗苗扔下我，特别怪她。如你所说，我应该多看看她，而不是整天执着于自己心里的痛苦。"

徐若子转过身望着萧伯母，"抱歉，我不该说这些。"

萧伯母摇摇头表示不介意，"没关系，阿姨没那么脆弱。我觉得你们想法相近，如果早些认识，你们一定会成为知己。"说着萧伯母走到徐若子身侧，看着照片说，"你说她此时在想些什么？我总是搞不清女儿的想法。"

徐若子想了想，之后认真地答道："金苗眼中有一种我说不清楚的爱。"

萧伯母闻言愣了一下，"说不清楚的爱？"

"只是直觉，没有根据。"

"是吗……我对那时的苗苗一点儿也不了解。"

说完这些，萧伯母神情黯然。

徐若子把相框重新摆在窗台上，把萧伯母拉到沙发上坐下，给她的茶杯添了水。

萧伯母明白徐若子是怕她伤心。

徐若子摸了摸杯壁，说道："我与凌树的故事，您还想听吗？"

萧伯母回答："当然。"

一个与金苗无关又有些关系的话题，也许才是化解思念的良药。

徐若子把视线转到窗外，眼眸中树影摇动，她用轻柔的声调说道："五个月前，我来到《城市月刊》，那是我第一次见到凌树。他长得很帅，不可否认，一开始我就对他有好感。"

萧伯母点头，表示赞同徐若子对凌树外貌的评价。

"这好感止于眼缘的程度，我专注工作，我需要这份薪水。平静工作了一段时间，故事发生在三个月后的一个下午，大概就是现在这个时刻，那一天发生的事情我记得很清楚。我们社有两股势力……"

"两股势力？"

徐若子笑笑，点头说："您的大学里没有吗？所谓的职场政治。"

萧伯母表示明了。

"除社长外的两派人一直在明争暗斗，想方设法置对方于死地，我这个人没有拉帮结伙的能力，就算想也做不到，只好对他们的斗争视而不见。可这样一来双方都针对我，对我的不满终于在那天的选题会上爆发了。我立刻放弃了抵抗。我被父亲放弃，又被继父嫌弃，母亲能给我的只是学费、生活费，我很感激她，可我不知道家庭是什么，也不懂得什么叫坚持，人家不要我，我就离开，一直如此，根本无力反抗。"

萧伯母不愧是位教师，她从容地听着，并未露出怜悯的神态。

"我这一放弃，他们闹得更欢，大概是日常太过压抑，想通过我获得做人的尊严吧。我觉得我能理解他们。他们互相帮衬，此起彼伏，说着说着，我没了退路，注定无法在社里容身。在一个人人奋进的社会里，我知道，这退缩的性格有多致命。这时，凌编辑说话了，为了我……"

说到这里徐若子停下来，喝了口水，才又接着讲，"我也是个人，您别看我现在这么从容，当时内心非常绝望、羞愧。凌树一开口，不知道为什么，我把所有愤怒转嫁到了他的身上。我想让他闭嘴，我讨厌他，他与我毫无关系，见我可怜便轻易说些没有意义的话，又能如何？什么也改变不了，除了再次证明我的软弱，就是让我搭上一份人情。我觉得这个男人的行为简直幼稚、可笑。所以，我突然说了一句话，不是对别人，却是对他，我说'请你理性发言，我不需要同情'。"

萧伯母插话道："你这么说确实有点儿过分。"

"是的，我很过分，放过伤害我的人，在试图帮我的凌树背后插了一刀。大概，我内心深处并不在乎其他人的想法，只是不希望被他同情。有些人在偷笑，凌树看了我一眼，一个异常平静的注视，随即他无视了我，看着不知道什么所在，继续讲话……"徐若子的语气十分平淡，虽然讲的是激烈心境，却没有抑扬顿挫的起伏。

"我错了，这位平日对我冷淡的凌编辑不只是为了帮我，他不在乎我的背叛。随后凌树清楚地讲出了无懈可击的逻辑，一条、一条、一条，环环相扣，他记得五六个人的每一个论点，凌树用数据、事实编织起的逻辑坚不可摧，把那些攻击我的道理碾成齑粉。

"凌编辑就那么幽幽地说着，没有感情，不知道说给谁听，但那番话有种说不出的美妙。我听傻了、听呆了，我不知道人类还能把逻辑解析得如此透彻，而这无与伦比的解析根本就是艺术，它发出强烈的光，那音调与魅力让人无法抗拒。"

说到这，徐若子低了一下头，仿佛在调整节奏，"在场的人哑口无言，一两个人试图反击，凌编辑给他们留了面子，没有穷追不舍。最后，社长说了句'徐若子的文章写得很好看'，结束了变成批判会的选题会。"

萧伯母赞叹："惊心动魄。你是位好记者，把气氛描述得这么好。我现在理解了——你对凌树的特别感情。"

徐若子补充道："我说不在乎他帮我，有点儿装模作样，因为凌树我才保住这份相对稳定的工作，但我心里的防线，不论结果，早已被他的决然所摧毁，凌树那天所击败的不仅是他逻辑上的对手。说到结果，凌树这么做并没有好结果，我们成了两派的公敌，可不知道为什么社长支持我们，这样杂志社便形成三派：记者部主任派、副社长派以及社长派。我有生以来第一次加入了某种团伙，而且还是社长的'御林军'。"

"有意思的故事。"萧伯母看着徐若子眨了眨眼睛说，"你和凌树是天生的一对，你们一定能在一起。"

徐若子淡淡笑了笑。

"我说的是真心话。"

徐若子这才点点头。

萧伯母靠着沙发，似乎有所触动，动情地说道："苗苗过去也是个喜欢退缩的孩子，胆小怕事，常常躲在角落里，有时候还和椅子、桌子说话，其他孩子觉得她古怪，孤立她、欺负她。

"苗苗初中快毕业时我才知道她在学校的这一面，老师人好，见我是同行便告诉我这些难以证实的情况。真是惭愧，与你的父亲一样，我也是一个不称职的母亲。

"我反省了很久，与你的情况相反，我对苗苗期望过高，对她太过严厉，使她无所适从、自暴自弃。所以，高中时我放了手，支持她的爱好，苗苗的性格果然向好的方向发展了……"

说到这里，萧伯母顿了一下，不过她很快调整好情绪，"可是她的性格已经形成，我觉得苗苗会把一些事藏在心中，心思很深。这次的事故，我担心……"

萧伯母不说了，看样子她准备结束这个由情绪引出来的话题。

徐若子看着她说道："我喝了您的茶，也该为您分担心中的忧虑。"

萧伯母犹豫了好一会儿才出声，"出事前三天，苗苗与张野吵架了，她的眼神特别失落，不知道是不是因为张野提出分手。接下来的几天，苗苗的状态越来越差，她把自己关在房间里不吃饭也不与我们交流，偶尔出来就是一副失魂落魄的样子。我很担心，不知道他们两人发生了什么。本来想找机会问问张野，正赶上他们要一起旅行，便想：这也许只是年轻人闹别扭，出去走走好好沟通一下自然就能解决。结果……警方告诉我他们的判断，张野为了救苗苗跟着摔了下去，我没办法阻止自己胡思乱想，这是事故，还是因为苗苗做了什么……我不知道……这念头总会突然蹦出来搅得我心神不宁，凌树是见证人，他一直安慰我，可凌树是最后赶到的，他没看到两人之前发生了什么。阿姨知道，人走了，不该多想，但我希望苗苗不是因为痛苦而走的，你懂我的意思吗？若子。"

"金苗心情不好有没有可能与她的工作有关？"

萧伯母摇摇头，"可能性不大，那几天苗苗并没有上班，她的工作弹性很大，常常连续一个月不用去。"

"除了张野以外，金苗会不会与其他朋友发生问题？"

"这我说不好……"

徐若子点头，随后她看着萧伯母平静地说："这些情况您没对警方讲吧？"

萧伯母惊讶地问："你怎么知道？"

"如果您讲了，心里不会承受如此大的压力。"

萧伯母沉默了一会儿，说道："这件事关系到张野家，如果我说出来等于自乱阵脚，那时山庄一定会抓住此事不放不愿承担责任。张野的死是因为救苗苗，损害张家利益的事情我说不出口，可不说……"

徐若子露出坚定的神情，对萧伯母郑重地说："我理解您的顾虑，但隐瞒不是办法，这样吧，把这件事交给我处理。"

"交给你？"

徐若子望着摆在窗台上的相框，"我会调查清楚那一天到底发生了什么，什么事困扰着金苗，以及这件事与发生在平台的意外有没有关联。"

之后她对萧伯母露出笑容，说道："情感调查这样的事，警方不一定比我更擅长。但如果问题越过了情感这条线，我们只有配合警方办案。"

萧伯母用力点点头。

徐若子又说："开始调查之前，我想说一下自己的看法，虽然没有一条逻辑支撑，可我相信金苗，我认为她不太可能选择自杀。"

萧伯母几乎是徐若子见过的最坚强的女性，可她此时控制不住泪水，走过去紧紧搂着徐若子的腰，把头放在徐若子的肩头，就像倚着永远失去的女儿。

徐若子没有说出金苗墓地那位男子的事情。

事故、谋杀、自杀，围绕那一天，这些可能性在徐若子心里纠缠在一起。

　　刀削面馆里人很多，几乎没有落脚之处，嘈杂声盖住一切。徐若子侧身让过一位穿短袖衬衫的男人，男人露在外面的手臂粗壮，晃动一下便占掉一片空间。

　　空气中有些刺激性的味道，不知道是炸辣椒还是什么。徐若子眯起眼睛：店里几乎都是男性，出租车司机、店员、技工，以及她猜不到职业的人。

　　又让过一位瘦高个，徐若子看到坐在角落的凌树。凌树穿一件蓝色衬衣，呆呆望着桌上的面碗出神，周围是用乱七八糟姿势吃面的男人们，有几道视线跟着徐若子。

　　想挤到凌树身旁不容易，还好大多数人比较有礼貌，尽量为她让出通路来。直到徐若子拍了凌树，他才转过头，一瞬间徐若子从那双眼睛里见到沉痛至极的悲伤。

　　悲伤一闪而过，凌树的眼神变得柔和，他微笑了一下才开口："你怎么来了？"

　　"我们下午要去采访李老师，约好在社门口见的，你忘了吗？"

　　"坏了！忘记了。"凌树一副淡定的样子，刚刚人丛中那个失掉魂魄的男人像个幻觉。

　　徐若子淡淡地说："帮忙是你提出来的，怎么能忘？再说，我也需要你，公益圈我远没有你熟悉，对公益理论也没有你懂，没有你帮忙，采访质量会下降。你给了我希望，我讨厌它变成失望。"

　　凌树诚恳地说："非常抱歉。"

　　徐若子看了看凌树的面碗，一碗有很多辣椒的刀削面，完全没有动，大概已经泡软了，"面还吃吗？"

　　凌树想了一下答道："吃。"

　　徐若子露出她走进面馆后的第一个微笑，"你倒是不浪费粮食，我爸说过，浪费食物的是坏孩子。"

凌树毫无顾忌地开她的玩笑，"你哪个爸？"

这时有几个人从徐若子身后挤过去，她发现自己堵住了过道，随口说道："第二个，我去外面等你。"

阳光晃眼，凌树走在阳光射来的方向，为徐若子遮挡了一些。他五官端正，但不是个精致的人，又偏瘦，从逆光处看去显得有些憔悴。

徐若子认真地说："你自己也知道吧，你的情况越来越糟……"

凌树没有接话。

徐若子望着迎面走过来的行人像是自言自语："我开始怀疑时间的治愈能力……"

接着她把语气变得轻松，说道："你这样萎靡不振，我们的帮派可撑不下去了。"

"帮派？"

"社长帮。"

凌树露出微笑。

"笑什么？不要小看职场的生死之战，这关系到我们的生存或者毁灭。"

凌树严肃地答道："知道了。"

"有件事，我想问你。"

"什么事？"

徐若子停顿了一下才说："不知道是不是我的错觉，我觉得你对我本来很好，可你的朋友出事以后你对我的态度变了。我知道你伤心，但你对我态度的变化似乎不是因为伤心，我们中间好像隔着什么。"

凌树沉默着。

徐若子不依不饶,"我是不是说中了?"

凌树认真回答:"你说得对,这次的事改变了我,我对世界的感觉变了,无法回到从前。"

徐若子摇摇头,"我觉得你没变,只是心中多了些什么。"

"多了一些死亡吗?"

凌树把话说得这么直白,徐若子反而难以应对,她妥协道:"对不起,不该问你这件事。"

凌树没有生气的样子,"没关系。"

"换个话题。那天,你为什么要帮我说话?"

"哪天?"

"副社长他们攻击我那天,我们之前没有好好交流过,你为我辩解的那番话很需要勇气,我一直没想明白你的动机。"

凌树点点头,"动机……听起来像是刑事调查。"

徐若子笑笑。

凌树淡淡说道:"如果我不说话,你打算辞职,对吧?"

"嗯。"

"我不想让你离开得这么不明不白,你在社里工作,而且做得很好,就这样走,让我觉得世界一点儿希望都没有。"

"希望?"

"你要辞职是你的自由,但不能无声无息。我知道,他们有一堆关系,那些看似没有逻辑的话被名为'现实'的事物支撑。不过,我就是想看看,他们那种指鹿为马的逻辑被戳穿时该如何应对,'现实'能把人这种木偶玩弄到什么地步、能让人胡言乱语到何种程度。"

　　徐若子做出追忆的神情，"我明白了，你想说你不是帮我，只是玩世不恭。确实，如果社长不说话，你什么都无法改变，可又不能这样讲，你走了很远，因为你的逻辑美妙，所以才打动了社长的心。你让我明白了一件事，除了所谓的'现实'，这世上还有某种纯粹的力量，这力量也是真实的，它能改变现实。"

　　"曾经强大的事物，瞬间就会消失……况且，亚里士多德说过'就算逻辑正确，把它用于人类世界也不见得正确'。"

　　徐若子笑笑，"我昨天去了萧伯母家。"

　　"她好吗？"

　　"没办法用'好'来形容。她以平常的面貌招待我，一点儿痛苦都不愿流露出来，萧伯母是个厉害的人，她不希望与我的关系建立在同情之上。我知道，她在硬撑着，我无法体会她心中的创伤，甚至都不敢去想。"

　　凌树没有说话。

　　"我承诺了她一件事，查明金苗的死因。"

　　凌树愣了一下，"查明？事故是我亲眼所见，不会有什么问题。"

　　徐若子点点头，"我仔细想过这件事，你并没有看到事情的全貌，我们只知道金苗、张野两人从山崖坠落，可之前发生了什么？我们并不知道。"

　　"我听到了他们的喊声。"

　　"嗯，那时的情况你对我讲过，可凭那些喊声还是无法做出判断。萧伯母怀疑金苗轻生或者赌气吓唬张野，因此才造成两人一起遇难的结果。"

　　凌树仔细思考着徐若子的话，随后他摇摇头，"萧伯母不该这样想，金苗不是这样的女孩儿，她不会自杀，更不会赌气轻生。"

徐若子看了看凌树，解释道："你眼里的金苗与萧伯母眼里的金苗一定不一样，在萧伯母眼里金苗永远都是孩子，金苗不是完美的，她会生气、会撒娇、会痛苦，母亲心中的女儿一定有更多脆弱的一面。而金苗在你们面前大概会展现出自己最好的一面。"

"问题是，哪一面才是真的？"

"好问题。其实我与你一样，坚信金苗不会轻生，但我们只有用事实来说服自己、说服萧伯母，否则她心中的结永远也解不开。"

"你要解开萧伯母心中的结……这我没办法阻止。不过我的话说在前面，金苗与张野根本就没有吵架，我们周五过去时他们两人好好的，不能说卿卿我我，但可以说没什么问题。我这些话如果都不能安慰萧伯母，你还能找出怎样的证据？"

"也许他们只是做样子给你看，家丑不可外扬。"

"也有道理……可是你该怎么调查？他们全都不在了，金苗的母亲、我这个朋友都不知道的事情，你还能从哪里找出来？"

"也许你们去的山庄会有意想不到的目击者，也许街上的邻居会看到什么，也许金苗有你们都不知道的知己，你说呢？"

凌树叹了口气，"这倒是有道理……但你刚才说'坚信金苗不会轻生'，用词是不是过于夸张，你们连面都没见过，怎么坚信？"

徐若子眨了眨眼睛，认真地回答："你真是一个细节都不放过，因为我见过她的照片。"

"仅仅见过照片便会坚信？"

"你不懂，女人心里面有相通的地方。也许人们会说女人的照片都是装模作样，是，可在那装模作样里也有真心。"

凌树转头盯着徐若子，好像不认识她一样，眼里闪动着复杂的色彩。

徐若子对凌树笑笑，"对我的话感到奇怪吗？说了你不懂的，因为我凭借的不是逻辑。说实话，我也不懂，也许它是我的幻觉，最终能在这世界留下痕迹的只有你的逻辑。"

凌树小声说："充满矛盾与玄学的一段话。"

他看着路口的行人指示灯接着说："我帮你。"

两人在红灯前停下脚步。

"你愿意帮忙？"

"当然。金苗是我的朋友，你这么尽力地帮萧伯母调查，难道我还能在一旁看热闹？"

徐若子站在凌树身旁露出一个笑容，"你肯帮忙实在太好了，不过我应该对你说出实话，虽然嘴上说帮萧伯母解忧，实际上我对金苗的关注也有一些私心。"

凌树淡然说道："这些事你不必告诉我。"

"不，我一定要说，金苗、张野在你生命中占据着重要位置，既然我们一起调查就要开诚布公，我不想对你有任何隐瞒。其中一条私心是：这些年我的生活被采访、调查塞满，我的心被别的人别的事完全占据，它们很美妙但却是陌生的……"

信号灯变色，两人向前走，凌树保持着淡然的态度，"你是个奇怪的记者，你的文章太过深入，有种用力过猛的感觉，记者应该保持置身事外的距离吧？你把对象置于宇宙的中心，确实能给读者带来感动，但总觉得你付出太多。"

"所以，我积累了不少负面情绪，工作这么多年，真正关注我的人就只有那次选题会上的你，只有你用我解读别人的力气来解读我。"徐若子停顿了一下后接着说，"那一刻，本来已经选择放弃的我突然拥有了任性的权利，我下定决心要为自己倾注些心力，重建我的生活。可我不知道应该如何寻找自我，正好我对金苗产生某种同病相怜的感情，我可以通过寻找金苗来释放长久压抑着的压力，把我们两个人一起从无人知晓的角落里拉出来。"

凌树双手插进口袋里，什么都没说。

采访结束后，夜色垂落，徐若子拉着凌树一起吃了晚饭，之后去了一家徐若子熟悉的酒吧"灰猫"。

"灰猫"的老板是个光头男人，看起来有点儿木讷，店里人不多，装饰朴素，可见老板的经营手段比较保守。

正因如此徐若子常约采访对象来这里，店里没有背景音乐，没有嘈杂的人声，距离街道也比较远，非常理想。

坐下后徐若子看了看凌树，在暗淡的灯光下他的粗糙之处隐没，成熟冷淡的气质令人窒息。

凌树说："你的关系网一定十分庞大。"

徐若子点头，"特别是我这种社会版块的记者，庞大到惊人，做我的朋友是不是怕了？现在后悔还来得及。"

凌树笑笑，一副懒得回应的表情。

徐若子露出温柔的笑容，她掏出手机，说道："我需要录音。"

"嗯。"

"雾岭山庄，你们为什么要去那么偏僻的地方？"徐若子的声音清楚、柔和，她知道如何控制音量，既让对方听到又不会传得很远。

"我们三人是桥牌青年队的队友，桥牌队解散几年后，张野联系我，问我要不要参加一个山岳徒步小组，我答应了，小组经常组织活动，雾岭山庄是我们喜欢去的活动地点。"

"出事那次活动你们有多少人参加？"

"只有我们三个。"

"只有你们？"

"年后的这次活动是张野组织的，他希望我们三个队友自己聚一次，没有通知其他成员。而且，年后第一周组织不起大活动。"

"计划去几天？"

"我们没有请假，只有周末的两天，乘坐周五的火车晚上到达山庄，计划周六徒步周日返回。"

"事情发生在周六早上对吧？"

"清晨六点，我进山晨跑，这是我的习惯，在徒步之前活动一下身体。"凌树盯着酒吧墙壁上一扇细长的窗子接着说，"那是一座寂静的山林，虽然时节已值初春，可山里比较冷，只有一些灌木发了芽，高大的树木一片苍茫的冬时景象。一个人也没有，我没想到会碰到人，店里大概就住了我们三人，那时是旅行的淡季，天气很冷，没人愿意进山。我正准备返回旅店，突然听到张野的喊声。"

徐若子露出关注的神色："这部分很重要，你听到了喊声，你不会听错吗？"

"我与张野是发小，从幼儿园到初中都在一起，高中时我们进了不同的学校，他的声音我马上就能分辨出来。"

"嗯，他喊的什么？"

凌树面无表情地说："'救命'他喊的是'救命''来人'这样

几句，不停重复着。听到喊声，我一边大声叫着张野的名字，一边拼命向声音的方向跑，张野很快听到了我的声音，他也喊着我的名字，所以绝对是张野没有错。声音并不远，前面有一条弯道，我想'转过弯道就能见到他'。这时，我听到张野的喊声中夹杂着另一个微弱的喊声，是金苗的声音，很模糊，突然，她提高音量，超过了我们两个的呼叫声，我听清她说出的那两个字'放手'，她重复着这个词，张野也大声说着什么，声音特别激烈，其中还夹杂着我让他们坚持的声音。当时，我预感到就要发生什么，几秒后，他们的声音一起消失了，山路上只剩下我得不到回复的叫喊，好像他们刚刚的存在只是一个幻觉。

"我跑过弯道，看到路边那个观景平台，栏杆断了，断得很严重，形成一个很大的豁口，有一部分围栏悬在悬崖外面，没有看到他们两个，其实我已感觉到发生了什么，但我不敢想，脑子一片空白。我全力跑到崖边，向下看去……你的目的是寻找金苗、张野落崖的真相，后面就不用说了吧？"

徐若子若有所思地点点头，"如果有必要，后面的部分我会请警界的朋友帮忙。金苗喊'放手'你觉得是什么意思？"

"为了救张野，拽住她的张野力气不支，金苗准备牺牲自己。"

"如果是这样，轻生之类的判断还会成立吗？"

凌树看着徐若子，"如你所说，这些喊声并不能证明前面发生了什么，就算金苗开始轻生或者赌气，这时看到张野为救她陷入绝境，金苗也会命令他放手。但我并不认为这样的假设是成立的，他们只是碰到意外，栏杆突然断裂，张野舍命救金苗，金苗也舍命救他，这是最符合现场情况的逻辑。"

徐若子用手指轻敲记事本，问道："栏杆的断裂是个关键点，对吗？"

凌树点头，"没错，我们假设为事故，栏杆很可能因为金苗的倚靠断裂，这时张野出手拉住金苗是合理的。假设为轻生，金苗需要在张野的控制范围之外翻越栏杆，这时栏杆断裂，张野大概来不及施救。"

"有道理，但这样的推理没有说服力，栏杆断裂后金苗可能并未马上坠落，她也许抓住栏杆争取了一段时间，使张野有机会拉住她。张野是怎样拉住金苗的？"

"警方是这样分析的：张野用自己的右手抓住金苗的右手，被金苗的重量牵引的张野向崖外跌去，过程中他用左手抓住因为断裂伸出平台之外的横向护栏。张野的身体几乎悬空，他向下探身，只有一条腿勾着崖壁，一手抓紧金苗，全部重量几乎都集中在抓着栏杆的另一只手上。他想拉金苗上来，根本做不到，只是维持这个状态就用尽了全力。"

"警方是怎样得出这个结论的？"

"这我就不清楚了，警方没有告诉我，我估计是根据平台上、岩壁上、栏杆上的痕迹，以及他们手上的握痕。"

"你是第一发现者，山里装有监控吗？"

"没有。"

"警方有没有怀疑你？"

"我不知道，警方问过我几次话，后来就再没找过我。"

"关于栏杆的断裂，雾岭山庄的人怎么说？"

"崖边的围栏是二十年前修建的，钢管看起来又粗又结实，但有几处焊点锈蚀严重。不知道是不是为了推卸责任，有雾岭山庄的工作人员说他在出事前一周检查过围栏，当时他认为'围栏没有问题'。"

"这种话没有办法作为证据……我们假设这是一场谋杀，而凶手又不是你，关键点在哪？"

凌树感到奇怪，"等一下。谋杀是怎么回事？萧伯母怀疑金苗轻生，怎么又冒出来一个谋杀？"

徐若子冷静地解释，"葬礼那天，我碰到一个雾岭山庄的中年男人，据他说金苗他们是被谋杀的，理由是报复。你们常去山庄，是不是卷进了什么事件？"

"那男人长什么样子？"

"个子不高，圆脸，身体结实。"

凌树凝神想了一会儿，"可能是山庄的赵经理，他与金苗关系很好，他有个四岁大的女儿特别喜欢金苗，每次都要缠着金苗一起玩。"

"原来是这层关系，难怪他冒着被亲属围攻的风险也要祭奠金苗……"

凌树皱眉说道："但这也只是普通的交往，怎么会牵扯到谋杀？"

"赵经理的说法也许是山庄为了推卸责任使用的烟幕弹。可我们不妨做个假设，如果真是谋杀，怎样才能做到？"

"很难，几乎不可能。我听到了他们的喊声，金苗跌落，张野拉人，难道凶手只推落金苗却无视救援金苗的张野逃跑了？再说我与张野通过呼喊简单交流过，他并没有提到存在凶手。"

徐若子点头，"照你的说法确实很难想象金苗是被人推落的，现场还有张野，他在第一时间拉住了金苗，这中间根本没有凶手存在的空间，你又很快赶到……怎么可能？我现在倒很想见见那位赵经理，听听他的说法。"

"如果真存在谋杀的线索，你该马上通知警方，谋杀这个分支超出了你的责任，应该交给警方处理。"

"我明白。"徐若子关掉了录音，她长出一口气，"信息太多，我过载了，今天先到这里。你喝什么？我请你。"

"螺丝刀。"

徐若子站起身想招呼老板，突然想起什么，回头问凌树："你们桥牌队的成员是不是都有你这样的逻辑能力？"

"我不知道，桥牌只是个游戏，打牌好不见得在生活中就有推理能力。"

徐若子没说什么，只是默默点了点头。

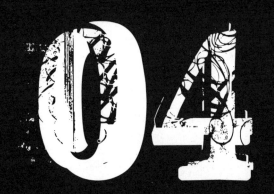

光头老板姿态优雅地放下酒杯，握杯的手很稳，微微欠身时他对徐若子淡淡地说："雪女，今天又工作到这么晚，这么多年一直如此，不要命了？"

徐若子看着他泛起一个微弱的笑容，算是回应。

老板又把酒杯摆在凌树面前，凌树低声说："谢谢。"

"不客气。"说着老板仔细打量凌树一眼，突然笑了。

徐若子奇怪地问："你笑什么？"

"我搞错了，你今天不是为了工作。不打扰你们。"说罢，老板转头离去。

徐若子用眼睛的余光扫了一下他离开的方向，没有说话。

凌树问："老板为什么叫你雪女？"

徐若子喝了一口威士忌才说："两年前的某一天，下了大雪，早上，酒吧还没开门，我死命敲他的门，把他敲醒了。从那以后他就叫我雪女。"

"你那么早把人吵醒干什么？"

徐若子侧头做思考状，"为了什么呢……"她又喝了口酒，轻声说，"记不清了。"

见徐若子故意避开话题，凌树没有坚持，"你以前所在的报社是个大社，待遇很好，为什么要来我们这家小社？"

"我刚才问了太多问题，现在你要报复吗？"淡黄色的灯光勾勒出徐若子长发的轮廓，她的眼眸里有窗外住家灯光的影子，细腻的皮肤在阴影中让人觉得茫然，这是凌树第一次看到深夜里的徐若子。

"算是吧。"

"都说记不清不太合适……离开那家报社，是——我崩溃了。"

"崩溃了？"

徐若子用淡然回忆的神情语速缓慢地讲述，像是在说不太重要的事情，"从学校毕业面试进那家报社，真的好开心，我以为这将是我一生的工作，我会一直工作下去，彻底摆脱我的过去，结婚、生几个孩子、旅行、升职，过我曾经梦想的生活。我相信我的能力，我的文字很好、善于观察，天生是做记者的材料，我喜欢这行。可是，现实又跟我开了个玩笑，发生了白天我对你说的那件事……"

凌树想了想问道："你自己不见了？"

"对！我自己不见了。我不知道还有这种事，别的同事都很正常，只有我越来越痛苦。我的身体被陌生的世界塞满了，我就像颗卫星，环绕的核心越是强大，我飞得就越远，我被抛进冰冷、空寂的宇宙角落。我害怕，怕每次陷入采访对象的世界里都会对我造成莫大的伤害，我第一次明白，心是有限的，它装不下那么多人，更装不下整个世界。

"梦想全都碎了，经过药物治疗我才缓了过来，醒来以后我唯一的需求就是钱，能让我活下去的钱，梦想化为一条线，一种动物也需要的求生的底线。我得去工作，或者嫁给某人。所以我选择了月刊，深入报道更适合我，减少采访对象的数量能让我平静。没想到平静的地方，人却会给自己找事情，我们社的办公室政治真的很严重。"

凌树自嘲般地笑了笑。

"我的生活一团糟，我有能力应对外面的事儿却没有力量应付自己人，当时真的放弃了，离开我们社，我不知道我还能做些什么、还能去哪……"说着，徐若子默默喝光杯中酒，用手指轻轻玩弄着空杯子，就像一个懵懂的小孩子。

凌树伸出手轻抚了徐若子的额头，这只手有力又温暖。徐若子用头倚着这只手，闭起眼睛说："你明明知道我需要什么，偏偏离我那么远。"

徐若子感到那手颤抖了一下，但没有收回去，她抓着凌树的手，把它放回桌面，看着凌树说："你是个有勇气的男人，在必要的时候会做出勇敢的选择，我真的喜欢你这点。"

大概是为了岔开话题，凌树说："你白天的话，有一点我不明白，你说你失去自己，可金苗也是别人，是你从未见过的陌生人，你通过寻找她，怎么能得到自己的位置？"

"这个……因为她和你有关呀？"

"我？"

"总是我走进别人的世界，我的世界无人问津，连父母都不愿走进它，这让我怀疑，自己是不是个坏掉的东西。可你一下子就进来了，毫无征兆的。其实当时我的感觉不是感激，更不是感动……"

"是什么？"

徐若子看着凌树的眼睛说："是恐惧。我心中产生了深深的恐惧。这是第一次有人进入我的心，那种心悸的感觉……你说的那些逻辑，别人不懂，我知道，不站在我的世界中是看不到的。凌编辑，你通过看我的文章，你通过和我短暂的交流，进来了。我怕你，但又无法拒绝你……"徐若子吸了口气，接着说道，"我要面对这恐惧，就要接近你，这时你的朋友出事了，你请我帮忙，我求之不得。金苗和我真的很像，但如果不是因为你，我不会轻易走近她。现在，我想找到她，找到她就找到了我的位置，你懂了吗？"

就算光线微弱也能看出凌树的泪痕，但凌树脸上并未露出悲伤的神色，他说："原来我做了很过分的事，大概是我太天真了。"

"你很过分，你把我从宇宙的边缘拉了回来，让我知道这个世界不是一片荒芜，可我完全不了解你。最最擅长了解别人的徐若子，却不了解走进我心里的人。你等着瞧。"

凌树笑笑，晃晃手中的杯子，"这里的酒不错。"

"当然，客人是我的话，老板给的料不同，让我们进入下一个话题吧？"

"比起推理电影，我更喜欢文艺片。"

"为什么？"

"推理电影会给人一个清晰明确的结果，我不想要那种结果。"

一直到中午凌树的头都在痛，昨晚喝了太多酒。徐若子没有来，不知道是出去采访还是怎么了。在社里五楼的天台抽烟时，凌树忍不住向记者部的王家嘉走去。

王家嘉是男性的名字，人很年轻，凌树做编辑不到四年，王家嘉比他还小两岁。

"凌编辑。"王家嘉面无表情地打招呼。凌树觉得这态度大概就像是家里的主人看到有什么虫子进来，觉得对方渺小又奇怪，尝试着对它说说人话。

"你好，徐若子出去采访了吗？"

王家嘉看着凌树笑了起来，"你不知道吗？徐若子请了长假。"

"长假？"

"听说是半个月。她入职不到一年没有年假，请这么长的假，多让社长为难。我知道她身体不好，可谁没点儿难事儿呢？

与其这样上班还不如痛快点儿走人。社长也真是给她面子，竟然批了。"

凌树点头正要离开，王家嘉开口说："凌编辑，该放手就放手吧。"

"什么？"

"徐若子和我们不是一种人，她一入职我就知道她是另类。社长很喜欢你，一直想着提拔你，社长对徐若子是爱屋及乌。可她呢？她才不管你们，我行我素，早晚连累你。"

"谢谢。"凌树简单应道，他看了看这个年轻人，看起来只是个孩子，说起话来比他老成得多。

凌树走到天台边缘，点了一支烟。

春日的天穹空荡荡的，云沉入远方，很远的地方有几只鸟雀在房顶与树梢间穿梭，几个跳动的小黑点。

他掏出手机翻看朋友圈，徐若子早晨六点三十五分发了一张照片，一排伸向远方的杨树。

这是一座很小的车站，站外没有出租车，只有几辆面包车在招揽乘客。林尾村并不远，步行二十分钟，徐若子决定步行，想与一个地方建立起某种联系，她的经验是走进去。

路修得很宽，两侧是一块连一块的田地。徐若子只带了一个单肩包，在山庄住一晚，她是这样打算的。

引擎声由远及近，与别的车不同，这辆车的声音特别大，大概一直在加速。徐若子背对着它前行，地面震颤起来，裹挟着猛烈的气流，一辆巨大的货车"呼"的一下与徐若子擦肩而过。她的长发向前飞散，青色长袖衬衣的衣摆向前翘起，身体发麻。

那一刻她心跳加速，深刻地感觉到自己的软弱，一个女性根本无法与这样的力量对抗，发丝到脚尖残留着战栗、屈服，但她并未停下脚步，保持原有的速度向前走着。

此时占据着她内心的是金苗、张野以及前面的雾岭山庄，长途货车司机的"爱意"只是个小小的插曲。

雾岭山庄位于林尾村后面的山上，山庄的员工大多是村中的村民，山庄的客人不多，经营情况不是很好，这些资料在网络上很容易查到。

林尾村位于山脚下，紧挨着山林。公路修得很好，通过村子后又蜿蜒着盘进山中。能够看出旅游业改变了村子的面貌。

徐若子穿过村子时，村民投来冷漠的目光，只有几只狗跟着她叫了一路。徐若子知道村中的狗不可小觑，始终没与它们对视，故作镇定地保持匀速。

沿着路向山里面走，二十四分钟后雾岭山庄出现在视野里。

走下公路，经过空荡荡的停车场，徐若子来到紧锁的大门前面，门上孤零零地挂着停业的牌子。

徐若子拍了门，又喊了几声，没人应。从外面看不出山庄的规模，一些低矮的建筑隐于繁盛的树木之中。大门前装了摄像头，向里面看，类似于接待大厅的建筑门前也有摄像头。

徐若子掏出手机拨出一通电话，音调柔和地讲着："董主任，我是《城市月刊》记者徐若子……您好，您不是答应我今天接受采访吗？……今早回广东了？我现在站在山庄门口……太突然了，您也不通知我一声……禁止你们接受采访……哦，我知道了。山庄有人留守吗？我想借住一晚……理解，以后还会麻烦您……没关系，再见。"

挂上电话徐若子沿着道路继续前进，她想找到凌树说的那个弯道以及路边的观景平台，可走了半个小时一无所获。

天色转暗，徐若子决定回头，她胆子很大，可在天黑后留在山中极不明智。

走了近一个小时，徐若子才回到林尾村，见村口坐着一位大娘，她上前询问："请问，您知道雾岭山庄的赵经理住在哪吗？"

大娘打量徐若子一番后漠然摇头。

连问几个人都是一样的答复，他们甚至不出声，摇头后便径自离开，态度相当冷淡。

这种架势徐若子见过不少，着急是大忌，人的心里有一条线，记者只要死守这条线对方就算拒绝配合也会以礼相待，如果过了线，就要面对万事不可的高墙。

村里有一家旅店，徐若子决定先住下来再说。旅店类似民宿一类的兼营性质，一楼没有人，徐若子连叫几声才有一位瘦高的男人不紧不慢地从楼梯上走下来，他全身散发出一种颓废的气息。

"您好，我想住宿。"

男人问："你刚才是不是在村里打听赵东升？"

原来赵经理名叫赵东升，有耐心果然有所收获，徐若子点头，"是，我想找雾岭山庄的赵经理。"

"你走吧，我这里没有空房间。"形势急转直下，任谁都看得出来，他店里没有客人才是真的。

为了缓和气氛，徐若子解释："我找赵经理没有恶意，是他主动与我接触的。"

男人走近徐若子，他头发乱糟糟、满脸胡楂。

"他先找的你？你是个记者吧？"

"我是记者。"

男人点点头，"你一进村我就看出来了，一般城里女人哪有你这么大胆的？一个人就敢进山。你走吧，雾岭山庄出了事，村里很多人失业，听说还要追究责任以及赔偿之类的。最近来过几个记者，都被赶走了，你也一样，我不会让你住下。不过，他们都是开车来的，像你这么穷的记者我第一次见。"

"天已经黑了，您让我住哪？"徐若子打出博取同情的牌。

"你可以走去火车站，那儿有几家旅店，你不是走来的吗？不远。"

真是个小村子，有外人来，什么事都瞒不过他们。

离开旅店，徐若子才感到为难，时间过了晚七点，太阳落山，走夜路可不是好的选择。

旅店老板提到车，是呀，如果有车就不会陷入这般境地，如果有车此时徐若子就会回到临近的大城镇。

徐若子站在村口沿着公路向远方望去，一片黑洞洞的夜。向后看，傍晚墨青色的微光勾勒出房屋与树木的轮廓，这是拒她于门外的村落，再后面是漆黑的山影。

有两个选择：一是摸黑走回车站，二是想办法叫一辆车。

被夜色模糊了的小路旁，有一块长条石，徐若子坐了下来，她想先整理一下思绪再做出决定。石板又凉又硬，不知道经历了多少风雨，它表面坑坑洼洼，触感不很舒服。

徐若子掏出笔记本，笔记本第一行写着"雾岭山庄"；第二行写着"赵经理"。她在雾岭山庄后面用笔画了一个叉子，在赵经理后面注明：赵东升。之后徐若子把本放回包里，此时她感到三月末山脚下的凉意，双手交叉抱着肩头。

这时，侧后方有人走近她，递过来一件衣服，男式夹克。

徐若子愣了一下，她注视着那只抓着夹克的手，它显得稳定、有力。

徐若子没有抬头，接过衣服披在自己身上，装作一副镇定的样子。

不敢抬头是怕看到凌树的脸后会流泪，徐若子不想在他面前示弱，哪怕现在只有远处房屋中传过来的微弱亮光。

凌树就那样坐在她的身边，一句话都没说，就像平日里的他。调整好心态徐若子侧过头看他，平视好多了，仰视对方大概会觉得自己特别脆弱。

回应了徐若子的目光，凌树说道："正确的选择应该是叫一辆车来接你，会有出租车公司愿意接单。"

徐若子并不关心出租车，问："你怎么来了？"

"请了一周假，向社长保证一定能把工作补回来，她才勉强同意。"

"这倒是，我们记者有存稿，编辑请假的余地很小，期刊就这点不好，总是把人拴得死死的。"

"嗯。"

像是突然反应过来似的，徐若子埋怨凌树道："凌树，我不是问这个，你怎么知道我在这？你不与我联系，就这么莽撞地过来找我？"

凌树望着夜色平静地说："昨天我说会帮你，可你出来调查根本不通知我。我想，你是嫌我碍事。既然如此，怎么好给你打电话？死缠烂打地跟着你好像故意拖你后腿一样。另外，我们的信任关系也受到了伤害，你说我们有个社长帮的联盟，又说职场关生死，现在说请假就请假，连其他两派人都在笑我。"

"我……"徐若子两下就被对方问住。

凌树掏出烟，递给徐若子一支，为两人点燃后，一阵夜风袭来，很凉爽，两个小红点闪动着微光，凌树抬头看看发出微弱光亮的星空，说道："今天有一个同事说得没错，你是个我行我素的人。"

"金苗是不是也是这样的人？"

面对这个突如其来的问题，凌树只轻轻地"嗯"了一声。

"所以，你怕我们在同一座山里遇难？"

凌树侧头看看她，"不可能吗？人类不能过于自信，胆子大，危险大。"

徐若子笑笑，认输似的说："是我不对，应该提前把计划告诉你。可我没想明白，你怎么知道我在林尾村？"

凌树淡淡地解释："我看了你的朋友圈，今早六点三十五分发的那条。我知道你的习惯，在做出决定后会发条朋友圈，算是你给自己的一个暗示吧，暗示你将要启程。"

"有种被人窥探的感觉……"

凌树无视这句话，接着说："那排杨树是去火车站的路，照片是你从出租车里拍的。来这里的火车只有两趟，一趟早上七点二十，一趟下午。从时间上看，你来林尾村的可能性极大。"

"万一你推理错了呢？"

"我懒得想这种结果。"

"没见过你这么懒的人！"

凌树用一只手撑着身体说："是，他们都说我很懒。"

徐若子仿佛突然想起了什么，"哎？狗呢？我都把它们忘了，它们不是会围过来对我们叫？"

"也许村民看你可怜，没把它们放出来。"

"他们这样想？"

"这些村民不是对谁都如此好心，你大概赢得了他们的心。"

"我什么都没做。"

"可能就是因为你什么都没做，被人拒之门外，谁也不怪，只会独自坐在村口哭泣。"

徐若子不满地说："我才没哭！"

"现在你准备怎么办？"

"在这里待到天亮？"

"嗯——奇怪的想法，人家把狗关起来你就想在这里一直碍事吗？不过，这里的星空倒是很漂亮。"

"我没有碍事，我活着总要占一块地方不是吗？"

凌树笑了，他想要说什么，一个人从一片漆黑中走了出来，一个挺漂亮的女人。她看了看凌树，凌树对她点头，两人显然认识。

女人说："你们可以住我家。"

徐若子看着她，她也看向徐若子，又说："我是赵东升的老婆。"

赵东升的房子很好，院子里有一栋三层的小楼，旁边还盖着几间平房，有猪舍、鸡舍。

凌树为双方做了介绍，说明徐若子的行动是为了解开金苗母亲的心结。赵东升的爱人名叫李越梅，他们的女儿叫燕子。燕子一点儿也不认生，她主动凑近徐若子，直勾勾地盯着徐若子看。

徐若子与燕子说话，问了她的名字，两人三言两语便熟络起来，不知道徐若子说了什么话，女孩儿传出咯咯的笑声。

索性就变成徐若子陪孩子玩，凌树帮李越梅准备晚饭，谁都没提赵东升的事情，仿佛大家都累了，形成无声的默契。

直到燕子睡着，三人坐在一楼，外面鸟啼伴随着虫鸣。

李越梅打破了沉默，"苗妹、张野的事，我们都很伤心，东升特别难过，我让他别去，他偏要去城里送送苗妹。从城里回来他就跑了，说要去避避风头，我问他怕什么，他不肯说。人家说他是怕承担责任、怕索赔，我知道他这一跑对不住苗妹的家人。公安的同志也找过他，我不赞成他跑，可管不住他。"

凌树没有搭话，只是望着爬上树梢的月亮发呆。

徐若子说："这种事只有协助警方面对事实，他这一逃反而说不清。"

李越梅皱眉，"东升平时不是这种人，他是敢做敢当的，这次不知道怎么了……"

徐若子稍作思量便对李越梅说："我觉得赵经理另有隐情，他所担心的可能不是承担责任，我这次来主要就是想查明这件事。越梅姐，你帮我想想，赵经理这次'避一避'可能有哪些原因？"

"说他是个经理其实职位不高，就是负责接待客人。"

"客户部经理？"

"对，是这个职务。要说责任，比他责任大的人有的是，总经理、工程部经理不是我们村的，是投资方那边的人，但人家总不会跑吧？可除了这事儿，我真想不出来他还有什么事儿，东升是个和气人，我们没有仇家。"

"赵经理与金苗、张野是什么样的关系？"

李越梅看了凌树一眼，大概是奇怪徐若子为什么不去问凌树，可她还是回答说："他们三个与东升关系很好，一起爬过山，进过山谷，特别是苗妹，燕子黏她，东升邀他们来家里玩过几次，关系远远好过一般的客人。"

"金苗、张野在与你们交往的过程中有没有与这里的什么人结过怨？"

"怎么会呢？他们都是游客，我们欢迎还来不及，怎么会与他们结怨，他们人很好，没听说同谁发生过矛盾。"

徐若子问凌树："你觉得呢？"

凌树认真思考了一会儿才回答："没发生什么特别的事情，可我们并不总在一起行动。我们这个山地徒步小组还有别的成员，他们两个是情侣，我不好总打扰他们。"

徐若子点头，陷入了沉思，自言自语道："赵经理说的谋杀，到底是指什么呢？他说的报复又是什么？看来只有找到他本人才能解开这些谜团……"

一旁的李越梅瞪大眼睛看着徐若子，对凌树说道："你女朋友与苗妹挺像的，苗妹想事情时就常常这样出神。"

凌树还没来得及做出解释，徐若子抢先问道："你说金苗想事情？她想什么事情？"

"嗯……有一次我看到她把扑克牌摆在桌子上，看着桌子发呆，表情和你一模一样。"

徐若子问凌树："她是不是在研究桥牌问题？"

"可能，她有研究四明手的习惯。"

"什么叫四明手？"

"一个人用明牌的方式同时分析四家出牌。"

李越梅听得似懂非懂，想说什么，但最终没有开口。

既然是研究桥牌那就与事件无关，徐若子掏出名片递给李越梅，对她说："你老公一旦联系你，一定让他打电话给我，就说我是凌树的女朋友，是他在金苗墓地碰到的那名记者。不论什么样的隐情、涉及什么样的人，我一定会帮他查出真相，请他相信我。"

李越梅被徐若子的气势震慑住，连声说好。

之后李越梅为两人整理出三楼的一个房间，凌树正要说什么，徐若子用手轻抚了一下他的后背，凌树明白这是要他不要提出异议。

李越梅离开后，徐若子说："不要让越梅姐麻烦了，我们住一个房间挺好。另外，赵东升是个关键人物，我要取得他的信任，你们三个与赵东升关系好，他心里又觉得亏欠金苗、张野，我与你的关系越是亲密越能取得他的信任。"

凌树说："你认定赵东升的隐情有价值？"

"差不多。一开始我不了解他这个人，见到李越梅后我相信他不是一个口若悬河的人。李越梅很聪明，李越梅相信他，结合这两点，我觉得赵东升对我说的那些话是有价值的。"

"这次真是麻烦你了。"

"我又不是为了你……"说着徐若子盯着凌树看。

凌树被看得稍微有些心跳加速，"怎么？"

"我是个总是退缩、胆小怕事、会自暴自弃的人。"

凌树没听懂徐若子这句话。

"我不说出来你大概不会知道我还有这样的一面，如果我与金苗真的很像，我们就有这些共同点。我觉得这可能是解开谜团的关键之处，理解金苗的矛盾，她什么时候会退缩、自暴自弃，什么时候又会像我一样不管不顾、'胆子很大'，你帮我想想这个点。"

凌树这才明白徐若子的意思，他把席子铺在地上，只拿了枕头放在席子上，说："你是你，金苗是金苗，有时你们确实很像，但你们是两个人。你用你自己的性格去破解谜团，太取巧，可能会误入歧途，你说呢？"

"也是。"

"睡吧，你应该很累了。"

"你不是说这里的夜色漂亮，陪我看一会儿？"

"窗子就在床边，你躺下就能看到。"凌树说完背对她倒在席上，没了声音。

徐若子抱膝坐在床上，看看凌树的背影，转头望向窗外的星空，确实很美。夜空就像一块垂落的黑丝绒，上面镶满细碎的宝石。

第二天一早，两人准备一起前往金苗、张野出事的观景台，出门前，燕子出人意料地跑到凌树身边拉着他的衣服问："雨娘姐姐什么时候来，我想她了。"

凌树扶着她瘦小的肩膀，想说什么，但没发出声音。

李越梅见状拉开女儿，"哥哥、姐姐要出门，别缠着哥哥了。"

　　燕子闻言问李越梅："爸爸什么时候回来？"

　　李越梅脸上浮现出悲伤的神色，徐若子蹲下来对燕子说："爸爸出去工作，很快就能回来，他会买礼物给你，好不好？"

　　"真的？雨娘姐姐说，如果别人对我说'很快'，我心里要把它想得长一些，这样就会真的'很快'。"

　　徐若子笑了，"雨娘姐姐这话说得没错，想得长一些便会很快。"

　　在村中小路上，徐若子扎起头发，一副清爽利落的样子，她说道："你先醒的，我早上的睡姿是不是很难看？"

　　"还可以。"

　　"什么叫还可以？"

　　"你的素颜挺好看。"

　　"你不会盯着我看了很久吧？"

　　凌树懒散地说："我哪有时间，还要帮忙做早饭。"

　　"我应该早点起来帮你们。"

　　"你睡得太香，根本没有可能。"

　　"你还是看了我很久。"

　　"算是吧，我早上喜欢发一会儿呆。"

　　徐若子没再纠缠这件事，突然叹了一口气，"希望这一切并未发生，没有死亡，也没有责任，村子里一片祥和。我们只是来远足的，你告诉我有这样一个好地方，我们两个漫无目的地走着，直到饿了，然后吃饱，接着走，又饿了。"

　　凌树没说话也没笑，他看着路，不知在想什么。

　　这时，前面转过来一个男人，那位旅店老板，看到徐若子两人，他并未惊讶，而是调侃地同徐若子打招呼道："早，穷记者。"

徐若子不情愿地回了声"嗨"。

老板走远后徐若子才对凌树说:"客观讲,这次的事故与赵经理无关,因为他熟悉这座山的投资人才请他做客户部经理,他的职责是对外,维护山庄设施本不是他的责任。"

"从职责上看是这样,但也可能存在职责外的关联,现在无法得出令人信服的推论。"

"你偏向事故?"

凌树回答:"是的,我们并未找到真正有价值的线索能够证明这是一场谋杀。"

徐若子点了点头,"燕子说的雨娘是指金苗吧,为什么叫她'雨娘'?"

"赵东升给金苗起的外号,她参加的队伍常常赶上雨,赵经理便说她是雨娘,燕子也就跟着叫。"

"赵经理不懂女人心,雨娘是个不好的角色,代表会引来坏事,女孩子害怕离群、排斥。金苗虽然表面上不说,心里一定不喜欢这个名字。"

"是吗?我觉得她还挺喜欢,别人叫她雨娘时她每次都笑,不像是装出来的。"

"有意思,大概有故事在里面,这条我要记下来。"

"这种事也有用?"

徐若子没有自信地说:"谁知道呢。"

两人走到村口,只见大树下摆着一张麻将桌,四个村民坐在桌边沉默地打着牌。

徐若子问道:"这么早就打牌?很少见,是不是?"

凌树说:"打牌是这个村最主要的娱乐,现在是农忙的间歇,有的人就在早上打几圈。几个月前村子里发生了一件大事,传闻有人在麻将桌作弊，村里人相互之间的关系密切，这样的事很伤感情，从那以后人们连自动麻将桌都不敢用了，改回普通桌子打牌。"

徐若子看过去，那是张毫无装饰的木桌，"也就是说有人在赌博中耍诈，可以这么理解吧？"

"可以。"

山庄依然是封闭状态，凌树告诉徐若子，观景台要从山庄后门上去，并带她穿过侧面的树林绕过山庄。

后山的山道不是公路，是专门为登山修建的，沿着山道步行二十分钟，徐若子终于看到凌树所描绘的弯道。

这段山道有超过30度的向上坡度，想要快跑确实艰难，这就可以解释为什么凌树听到呼喊声后还要花一段时间才能到达尽头。

弯道拐点的角度超过90度，转过弯道马上就能看到修在山崖边上的观景平台，但由于观景台位于上方，由下向上看视野受限，未踏上平台前只能看到一道新修的栏杆，这应该是事故发生后山庄在短时间内建好的，为了防止再发生意外。

栏杆很粗，有五道横向的钢管，它涂着黑黄相间的油漆，以示警戒。不过既然山庄本身都已经关闭，这样的处理显得有些多余，不知道小路的过客只会沿着山庄前面的公路翻过山岭。

好不容易登上观景台，视野豁然开朗，同时因为攀爬时的耗氧，徐若子有那么一点点眩晕的感觉。凌树毕竟已经习惯了山岳徒步，他用手肘撑着栏杆向远方眺望，身体斜斜的，重量完全放在栏杆上，仿佛曾经断裂的、危险的过往不曾存在。

只看凌树的表情徐若子就知道此时不宜与他交谈，他就像突然陷入了某个平行世界之中无法自拔。

徐若子站在凌树身侧，不像他那么懒散，站得直直的，风卷起她耳边的发丝，向遥远的地方飞去。山峰一座连一座，最远处的只留下青灰色剪影，郁郁葱葱的树木随着山势向远方伸展开来，浅黄及墨绿的色彩变化着，这是冬与春的纽带，它是一条通路，却无法返回，返回冬末的那片苍茫。

始终，徐若子都未望向崖底。

离开平台后两人并没有返回村子，而是在徐若子的要求下继续前行。

后面的山路变得越来越简陋，其间出现几条岔路，如果没有向导引路很可能会迷失在山林之中。

凌树带着徐若子前往一处最近的山谷，这段路比较好走，坡度也缓，与运动相比更像是散步。徐若子穿着旅行款的牛仔裤以及白色长袖T恤，它们藏住了她美好的身材，也为徐若子清丽的脸庞添了几分亲和。

走过一座四米长的小索桥，两人并肩步入山谷。

三月末，山中万物生长，繁茂的嫩绿色树冠下低矮的植被抽出新枝，不知名的野花从路边一直开到山林深处，宛若一片世外桃源。

徐若子自言自语般地轻声说着："原来初春的景色并未离开，只是藏在这片山谷之中。"

凌树刚要开口，"看！"徐若子伸出一根手指指向空中。

顺着她的手指，远处的林木间有一只蝴蝶忽上忽下地飞舞着，它的翅膀边缘是黑色的，中心部分为天蓝色，飞到高处时蝴蝶的翅膀就像被天空穿透，亦真亦幻。

徐若子的眼光紧紧跟随这只蝴蝶，直到它消失不见。

正午的山林并不明亮，阳光射不穿山谷，徐若子的音色就像是为阴影的配乐，轻盈又神秘，"它真漂亮，不像是这个世界该有的生物。这种蝴蝶叫什么名字？"

凌树摇头，"这种蝴蝶我也是第一次见。"

"不知道名字，那么它该怎样留在记忆之中？"

"留下画面吧。"

"画面……可是我眼前的画面已经变了，它消失后，空间变得好安静，山林似成了黑白的，好像所有生机都被它抽走。美好的事物为什么要出现呢？也许是为了照亮世界的暗面。"

"暗面？"

徐若子点头，"比如我，还有你。"

凌树沉默了。

徐若子用淡然的语气说着："我叫徐若子，从名字看，是一个本不该存在的人。我站在这里，空气中只有草叶与腐败泥土的气味，耳朵里只有山林的声音。想一想，如果我就这样消失，谁会在乎？与金苗不同，我的母亲不会关心我死于自杀还是事故，她大概会说：'若子死了？真可怜。'她不会问我经历了什么，她的心已经没有空间摆放我的故事。我与这草叶与冰冷的石头一样，介于存在与不存在之间。"

"存在这个话题，有些难，我只知道对于我来说你是存在的。"

"是吗？其实，你和我一样，都在暗影之中。金苗与张野消失了，他们带走了你的生机，现在的你只是个空壳，你没办法在乎我，没有办法证明我的存在。"

凌树眼中露出一丝痛苦，徐若子看在眼里，她低声说道：

"我们都是微不足道的，想要却没有力气，存在是什么？虽然很难，但我总是会想，无时无刻不在想。在男人眼里我是什么？我觉得是我的身体。我曾经跟过这样一个事件，有一个漂亮女孩儿，死于事故，有人散播她尸体的照片，很可恶，他们为什么这么做？她的灵魂消失，但她的身体没有消失，对于那些人来说，只有身体才有价值，就算人死了也不要紧，他们看不到灵魂，身体就是全部，它寄托着爱与欲望，那些笑容与软弱只是身体的装饰。

"想想，真的很好笑，没有灵魂的身体比我自己还要重要，我是不是该嫉妒它呢？"

凌树没有回答，但他倾听着，神情专注。

徐若子继续漫无目的地说着："让我们抛开性别，我在人海中又怎样存在？我是竞争者或者累赘。每天我睁开眼就要与所有人竞争，每一秒都在竞争。作为一个记者，我做过一个无聊的实验，很多人在排队时随时准备超越，他们下意识地向前蹭，只要我做出让他们的姿态，他们就会自然站到我前面，不问我、不看我，一点儿也不觉得奇怪，就像水一样向低处流去。社会有山川与低谷，人是水，我们流向何方并不由自己掌控，而是被无形的势能牵动着。我想，如果我不向前，就会被水流碾碎、冲垮，人人心中都害怕，不论大家嘴上说什么，心中都有深深的恐惧，恐惧自己被别人挤出赖以生存的圈子。我们的存在依靠心中永远向前的躁动来实现，如果这火焰熄灭，我们就会消失。无所谓好与坏，它只是一种真实。"

"如果你做这样的选题会有人看吗？"

"也许吧，谁知道呢？但是我们社一定不会通过，太真实就成了无聊。"

凌树笑了笑。

"对于母亲而言，我是个累赘。她为我尽了责任，她在暴风骤雨般的轻视中保护我，但她累了，真的累了，她希望我远远地幸福地生活，只是不要在她的生命中掀起波澜。我这样一个生命，我的存在只能靠自怜自爱来实现。在这个地方，远离人类打造的虚幻世界，就连自怜也变得没有意义，我无法只对山林诉说。人们常说为自己而活，不要管别人的看法。我做不到。我说了这么多都是因为你在听，如果没有你，我连说话的价值都没有，还怎么为自己而活？"

"可你刚才说我只是个暗面，连'别人'都算不上。"

徐若子愣了一下，皱起眉毛，抿着柔软的嘴唇，她用了很大力气才说："你抓住了我话中的矛盾，真是了不起，你否定了我说的一切。"

凌树不知道该如何挽回，气氛变得尴尬，他只好转换话题，"我们返回村子吧？要赶下午的火车。"

徐若子默默点头，转过身，有一种沉重的悲伤围绕着她，也许正如凌树说的那样，她碰触了太难的话题。

两人一直走到索桥前凌树才开口："你先走，我们分开过桥，减轻桥体的负担。"

徐若子一言不发地踏上木质桥板，手扶着三四厘米粗的绳索，就在她迈出第一步的瞬间，脚下空了。

人的思想很慢，而现实很快。徐若子常做白日梦，想象自己发生各种各样的事情，金苗、张野的事故发生后，她也曾设身处地地设想那种状况。那些设想全是假的，真正的坠落就只有一瞬间，冰冷残酷，那时来不及想任何事，只有强烈的恐惧感。

徐若子短促地惊叫了一声，本来扶着的绳索垮掉，手失去着力点后本能地向上举起试图抓住些什么，伴随着响声与气流，某个大东西紧贴着她飞了过去，而她的身体在一秒钟内便落在桥面以下，脑中一片空白，只有一种感觉——自己的生命随着下落将要消失。

这时一只有力的手反扣住了徐若子右手手腕，她的身体被这力量带着撞到了岩壁上，下落的势头随之止住。此时徐若子面朝索桥彼端背对紧抓着她的凌树，她看不到凌树也没办法转身，因为无助的悲哀与惊吓，徐若子流下眼泪。

凌树大声喊道："手臂用力，小心脱臼！你右脚边有块石头，蹬住它！蹬住后把左手举起来！"

徐若子能感觉到自己全身的重量都坠在右臂上，不知道凌树如何支撑身体不致滑落，他的情况一定也很危险！徐若子很快便完全冷静下来，遵照凌树的指示用右脚试探山壁，真的踩到一块突出的岩石，她脚上用力右臂上的压力一下子减轻不少，同时利用这个着力点把下垂的左肩抬起向上伸出左臂，一只强韧的手随即扣住了她纤细的手腕。

徐若子这才看清她所处的状况，四米长的索桥斜斜地挂在自己左侧，但想抓住上端的桥绳不太可能；右侧的两道绳缆都断了，固定它们的半截木桩悬在空中；绑在绳桥上的厚木板无精打采地垂着，它们无法着力；山沟大概有十米深，底部有不少石块，毫无防备地跌落应该很难生存。

"若子，我的力气有限，支撑不了太久，等一下我们要相互配合，好吗？"

徐若子大声回答："好！我该怎么做？"

"一会儿我会全力向上拽你，你先用右脚蹬那块岩石，上升时你伸左脚去够左侧突出的山壁，只要借到它的力量我们一定能成功。"

徐若子转头看了看那山壁，突出部上生长着野草，看起来比较稳固。她尽量放松身体，右脚下的岩石没有松动的迹象，眼前是虚空与对面山崖，自己现在的样子一定很滑稽，想着，徐若子回答："明白了！"

等待十分短暂，很快凌树便有节奏地喊出："一，二，三！"随着口令，两人一同发力，徐若子蹬开岩石后身体悬空，完全凭借凌树的力量向上升，徐若子背对山崖无法转身，她感觉到凌树的小心，他怕徐若子手臂、腰背受伤，不敢使用蛮力。

看准机会徐若子伸出左腿奋力去够山壁上凸起的部分，突然感到脚下踩实，她喊了一声借力挺身，凌树配合着她的声音也喊了出来，两人使出全力，徐若子的身体被拽上崖面。凌树一直把她完全拖离断崖才松开手，坐在地上大口喘气。

徐若子仰面躺在地上，天空蓝得透明，一片云缓慢飘动，与之相对，她的身体因呼吸快速起伏着，生命与肉体的存在感令她轻微地战栗。

身后的凌树调整呼吸后说着："我缺乏锻炼，平时该做些肌肉训练，幸亏你很轻。"

徐若子翻过身，看着凌树的脸，她眼眸明亮，微微上翘的鼻尖有女王般的骄傲。徐若子优雅地向前爬了几步，接近凌树，腿跪着跨过他的身体，伸出双臂插进凌树的臂弯，用力抱紧了他。

凌树犹豫了一下，伸出一只手放在她的背上以示安抚。

徐若子的脸颊紧贴着凌树的脖颈，感受着它的温热与跳动，她小声说："原谅我，我是个自以为是的笨蛋。我怕，我好怕，我怕死，我怕失去一切，我怕失去生命，我说的那些话，全是虚张声势。原谅我……"

凌树什么都没说，只是用手按着她的背。

徐若子也不再说话，她抱得更紧，身体紧贴着凌树，似乎这样才能躲避即将到来的某种危险。

凌树的嗅觉被徐若子淡淡的发香填满，怀里是柔软温暖的触感，但异性的吸引力并未消去他眼中的理性，他的视线透过徐若子散开的发丝打量着一片狼藉的地面与断桥，凝神思索着什么。

怀里的徐若子渐渐传来均匀的呼吸声，大概竟然睡着了。凌树不想叫醒她，但保持这样的坐姿有些困难，他索性慢慢躺倒在地上，把徐若子的头放在他的胸口上，双手环抱着她的肩与腰。

凌树仰面望着天，神情木然，那不像是人间的表情，像一具无情的坏掉的人偶。这时一只蚊子向徐若子飞来，凌树抬起手，等待时机，一下把它攥进手心里。

过了半个小时，徐若子动了动，凌树冰冷的神情变了，当她缓缓睁开眼睛，看到的是一张柔和的男人的脸。

徐若子轻轻翻身躺在凌树身边，她沉默了几秒，突然说道："有件事很奇怪。"

"什么事？"

"金苗，金苗很奇怪。你那天听到金苗喊'放手'是吧？"

"是。"

"确实是'放手'两个字吗？"

"是的，我听得很清楚。"

"我刚刚亲身经历了一次坠崖，如果是我，绝不会喊'放手'。"

"为什么？"

"因为你来了呀？根据你的叙述，在金苗喊'放手'之前张野与你通过呼喊建立了联系，当时金苗的身体在悬崖下面，心里又紧张到极点，她无法推测你的实际距离，在这种情况下，一定会像我一样把所有希望都寄托在你身上，只要你赶到，他们也许都能得救，为什么要在充满希望时选择放弃生机果断喊出'放手'呢？"

"也许，金苗的伟大超出了我们两人的想象，爱，有让人无法理解的力量。"

徐若子若有所思地点了点头，"抱歉，借用了你的身体，我刚刚说人们只看重身体。"

"这点你说得没错。"

"你也看重吗？"

"当然。"

"那还好。"

凌树有些乏力地说："赶不上火车了，你有什么打算？"

"正好，我们的调查还远远不够。"

"看来是这样。"

徐若子笑笑，用力站了起来，她的白T恤变了颜色，袖子撕开了口子，外表上看不出血痕，但一定有些擦伤。她拢了拢自己的长发，抖落粘在上面的草屑，然后向凌树伸出手。

凌树握紧这只纤细柔软的手站起身，问道："有哪里不舒服吗？"

"有呀，我的自尊心很不舒服。"

"我是说你身体。"

"知道，开个玩笑。没什么不舒服，看来你还是最关心我的身体。"说着她翻看凌树的手臂，有几处划痕渗出血，显然最初的冲击让他受了些伤。

"我可没办法把身体与精神分开看待。"

徐若子撕开自己破掉的衬衣袖口为他做了包扎，"分不开吗？好了。我也如此，完全分不开。"

凌树从兜里摸出香烟，要递给徐若子，见徐若子看着他笑，意识到林区不能吸烟，"你比我还冷静，从鬼门关走一遭，这么快就能恢复。"

"别乱夸人，我的腿还是软的，现在有点儿迈不开步子。"徐若子四下看看，"这座桥是怎么搞的？"

凌树指着林边的一片灌木丛说："你看，有块大石靠在已经断掉的木桩旁，山坡上的草被压弯泥土翻起，有一道明显的痕迹。看起来这是一个意外，滚落的岩石恰好砸断木桩，一片灌木挡住视线，我们回来时并未发现它已遭受重创，你踏上索桥前它应该只剩下了一口气。"

"原来如此，你已经把事情想清楚了，厉害的推理能力。"

凌树走到徐若子的身旁，看了看四面的山林，压低声音说道："只是看起来如此，实际没这么简单。这座桥我们不到两个小时前刚刚走过，在这么短的时间里，一块大石突然滚落，不偏不倚地砸中桥桩，桥桩又在你上桥时才断，有可能吗？"

"我懂了，这更像是人为的，有人跟着我们，看我们过了桥，知道我们必定还要返回，便推下大石，布置了一座残桥。"

"也许你的调查真的威胁到了什么人，不惜使用这样的手段，对方犯下的罪行一定不轻。"

徐若子盯着断桥说："但这也可能只是我们的过度猜测，前几天下过雨，雨水使山体松动，大石滚落。"

"我们不要破坏现场，由警方来处理。"

徐若子把手伸进凌树的臂弯，"可以吗？腿有些软。"

"嗯。"

徐若子轻声说："我想报警不会有用，这次虽然危险，但我们并未受伤，警方调查的理由不够充分。这里十分偏僻，他们出警就要几个小时，看到我这个活蹦乱跳的女人说自己掉进谋杀的圈套，大概一开始就不会相信。经过短暂调查，有错的一方将是我们，我们擅自闯入已经封闭的山庄步道。更糟的是：一旦报警，村民更会厌恶我们这些外人，认为我们破坏了他们的生活无事生非，从而对金苗、张野事件的调查产生不利影响。"

"你今天差点儿送命，报警就算没用也是对犯人的威慑。"

"我的命呀……如果真有个犯人，我是这样想的，你要不要听听？"

"当然。"

"这个人一定不是什么大人物。有势力的人不会费尽心思布置什么陷阱，智力犯罪只属于那些绞尽脑汁试图生存的弱者，这不是强者的生存之道。"

"有道理。"

"这个小人物，不是什么聪明人，大概也不是那种特别凶残的角色。"

"这怎么说？"

"这个机关的效果根本无法预料，第一，如果不是我开启了一个冷话题弄得大家情绪低落，也许我们一开始就能发现石头砸坏了木桩。第二，谁能估量石头滚落的威力？如果木桩被直接砸断，我们眼前将只是一座断掉的桥。"

凌树点头。

"我想这个粗糙的不聪明的计谋，目的不是害死我们，恐吓与警告才是这个人真正的目的。大概他一开始就想把桥砸断，吓唬我们让我们知难而退，可事与愿违，石头的威力不够，结果反而设下了完美的陷阱，我坠落，险些送命，这应该在他的预想之外。你想想，一位像我这样漂亮的女记者在深山中被谋杀，是他所希望的吗？"

凌树打量了一下挽着自己的徐若子才说："应该不是，这会变成轰动的新闻。"

"对！很轰动，城里来的美女在调查中被杀害，会有大量资源对准这座小山村，事情演变到那一步，还需要什么推理？光是集中起来的好奇心就足以破案了。肯定有人挖出所有细节，我生前的动人姿态出现在各大媒体的头版头条，那时，萧伯母一定后悔拜托了我，金苗大概也会被波及。"

"可我们不提此事村里人就没办法及时修理吊桥。"

徐若子想了想才说："我记下村里的电话，过几天我再告诉村长。"

"为什么要这样做？"

徐若子露出狡黠的表情，转动眼珠说道："不但要这样，我还要提醒村长低调处理不要声张。"

"我不懂。"

"我自有道理，如果真的存在犯人，没准这招就能发挥效果。"

凌树笑了。

徐若子皱眉，"你笑什么？"

"没什么……"凌树见徐若子还看着他，收起笑容说道，"你与金苗确实有些像。"

"你昨天说我是我金苗是金苗。"

"你们真的不一样，但……我能理解萧伯母以及越梅姐的感受，在某些时候你们惊人地神似，使人恍惚。明明长相、性格都有差别，可神态却如此相似，大概是你们这样的人太少，一旦出现两个，很难让人不把你们关联起来。"

"是吗……"

"还是回到刚才的话题，依你看，我们面对的是什么人？"

"他冲动、冒失，不掌握社会资源，是个甚至连明着对我们表示不满的实力都没有的小人物。他现在感到恐惧、不安，他犯了错，希望阻止我调查，如果我继续下去没准他会铤而走险。"

"可怕的心理侧写能力。"

"哪有……"徐若子挎紧凌树的手臂说，"走，我们去大石那看看。"

走到近处，大石滚过山坡的痕迹清晰可辨，没有明显的足迹以及其他线索，徐若子指着一朵花瓣被压掉一大半的紫露花说道："这株紫露花开得真早，我记得它的花期是夏季，对不对？"

"是的，如果它不是这么早开花大概就不会被压断了。"

"凌树，你扶我一下，我需要拍几张照片。"

"好。"

十年前。

金苗透过细长的窗子望着天空中的云彩出神，窗框是木制的，最下面的一块玻璃不知什么时候破碎了，取而代之的是一张灰蒙蒙的塑料布。

三二五中学有一百六十年校史，曾经是所教会中学，校舍破旧不堪，不但窗子上打着补丁，木地板上也四处钉着铁皮，走动起来会发出各种不同的声音。

"上一次透过你眺望天空的人是谁？"金苗对着塑料布上面的透明玻璃小声说着。

"你在与玻璃说话？"金苗旁边响起一个小心翼翼的男生的声音，他希望把话说得自然，可又无法掩饰语调中的紧张，听起来有些生硬。

金苗没有特别吃惊，她转头看去，是班里的男生张野，张野个子高，肤色苍白，可脸庞的轮廓有种难得的野性魅力，从任何角度审视，这位男生的外貌都是出色的。张野在班里不太说话，但人缘很好，是个温厚的人，同学们都喜欢他。

金苗含糊地"啊"了一声，回应得不是很积极，她的目光宁静，不知道心中有没有波澜。

教室里只有他们两人，今天班里有篮球比赛，其他同学都在操场助威。

张野大胆地在金苗前面的座位坐下，问道："怎么不去看球赛？"

"哦，一会儿去……"她看了看张野又说，"不好意思，自言自语被你看到了。"

张野摇摇头，用坦诚的语气说道："你不合群，什么活动都不参与……可——上次老师念了你的作文，写得真好，我听得很感动。"

"感动？怎么才能感动？我不知道感动是什么，我的经历太少，心中空空的，不明白别人的热情，我只是写出我的心情。"

对金苗的话张野无法回应，他只好按自己的节奏说道："你语文这么好，为什么要选择理科班？"

"不知道，就是想学，反正我也考不上好大学，选什么都一样。"

"总有个理由吧？"

金苗微微皱了一下眉，"理由……理科有种我说不出来的魅力，它的复杂给我安全感。"

说着金苗脸上稍微露出羞涩的神情，她站起身小声说："我去操场了。"说完便向门外走去。

张野在她背后喊："金苗。"

金苗回过身看他。

"我想参加一场桥牌双人赛，你要不要去？"

"桥牌？我完全不懂。"

"桥牌很复杂，有兴趣我可以教你，我以前的搭档考进了别的高中，这次比赛不能跨校组队。"

"我行吗？"

"行。"

"为什么要参加比赛，你不怕影响学习？"

"不怕。"

"好。"说完金苗径直走出了门。

林尾村口。

徐若子的腿软不是装出来的，直到接近村子她才能放开凌树自己走路。

凌树望着村庄的轮廓说："若子，要不，我们放手吧。你刚才说再调查下去可能会有人铤而走险，张野、金苗已经不在，你还活着，不如把一切交给警方处理。"

"已经来不及了。"

"什么叫来不及？"

"你早些劝我，没准我会退缩，但是现在……我坠落过，在你抓住我之前，心里只有绝望，它太深刻了，无法抗拒，它是我与金苗的共同体验。而你救了我，我的命是你给的，所以我没办法舍弃你的朋友，只有调查下去一条路可走。"

"这个逻辑很奇怪，我救了你，按理说你应该接受我的意见才对。"

"呃，你说得有道理……可我就是不想听，怎么办？"

凌树无奈地笑了。

徐若子知道自己有些不讲道理，补充道："我在采访中经常感到绝望，那种缓慢又巨大的绝望，它们远没有今天的感觉强烈、突然，但我清楚地知道，我们无法逾越它，永远不能，所以我常常想做些什么。金苗的事不是不能逾越的鸿沟，它是有希望的，我们没有放弃的理由，寻找金苗的真心不是警方的责任，对吗？"

凌树只得点点头。

徐若子岔开话题道："对了，回去以后你帮我看看李老师那篇采访稿，在交上去之前我想做些调整。"

"我已经看过，第二部分有些生涩，还没想好怎么改，虽然没有逻辑问题，但还是会有一些读者看得吃力。"

"你什么时候看的？昨天才发给你。"

"早上。"

"原来你没有看着我的睡姿发呆。"

"下次吧,答应了社长要把工作赶上。"

"除了第二部分,还有些地方不太满意,今天晚上我们讨论一下。"

"好。你还想住在赵经理家吗?"

"别给越梅姐添太多麻烦,我们去旅店试一试,那家旅店叫什么名字?我只看见旅店两个字。"

"我们就叫它'旅店',它正式的名字我也不知道,早上与你打招呼的店长姓周。"

"那就去'旅店'旅店。"

"旅店"旅店前围满了人,显然发生了事情。

徐若子向一个村民问道:"怎么了?"

村民叉着手以事不关己的态度说:"讨债的。"

两人挤到前面,一楼屋中几个穿制服的男人正在围打一人,这人抱着头坐在角落里看不清脸,打人者把制服穿得乱七八糟,绝对不是真正的公务人员。

徐若子冷眼看了一会儿,这帮人没有收手的意思,她看身边站着一个身体结实的村民,问道:"你们村的人被打,不管吗?"

那人开始用充满敌意的目光回应,几秒后他的神情缓和下来,毕竟,大多数男人凝视态度平和气质佳的美女几秒都会改变初衷,"人家讨债我们怎么管?"

这个回答显然不合情理,徐若子听罢只是点点头,她掏出手机打开手机中的专业摄像软件,向前走了一步,凌树拉住她的胳膊,徐若子回头,凌树说:"别惹他们。"

"知道，我不惹他们，这样打下去会出人命，对大家都没好处。"

凌树无奈放开手，跟在她后面。

徐若子一只手握着手机拍摄，另一只手掏出记者证，她半高不低地举着两只手不紧不慢地靠近打人的讨债者，说道："先生们，别打了。"

其中一个制服男回头，看到徐若子拿着手机，一把抢了过去，其他人跟着回头，虎视眈眈。

"你他妈拍什么？"

徐若子被抢手机时全然没有反抗，她淡然回答："我没拍，这是直播，你的脸，你的声音，你抢我手机的动作，我们编辑部的同事都看着呢，就算你把我的手机摔了信息仍然存在。"

制服男愣了一下，对徐若子奇怪的态度有些心疑，"我们讨债关你什么事？"

凌树此时站在徐若子身边，徐若子看看围上来的几个人，"讨债可以，没有哪条法律说讨债可以打人，法治国家，外面墙上还贴着宣传画呢。"

那人看了看徐若子手里的记者证说："打人怎么了？你以为我们不敢打你？"

"我知道，你敢，你无所谓，可你们东家有所谓。大家都平平安安赚钱，没有喜欢惹事赚钱的，你说呢？"

"你想怎么着？"

"我不采访、不报道，我什么也不做，你们别再打他了，我们相安无事，我只是来住店的客人。"

几个人大概也打得差不多了，他们威胁了地上那人几句，便向外走。

徐若子伸出手喊："手机！"

制服男回身把手机放在她手心里，离开前对徐若子伸出大拇指。

两人看清被打者是周老板，他伤得不轻，血流了一身，仍然保持着抱头的姿势动也不动，徐若子上前去扶他的手臂，肌肤碰触的瞬间，周老板的身体猛地抖动了一下。徐若子慢慢让对方适应了她的手，问道："能说话吗？"

周老板抬眼看清徐若子的脸，强撑道："我没事！"

徐若子检查了他的头部、脖颈与腰，确实没有大碍，血主要是从鼻子流出来的，看起来比较血腥。她对周老板说："你消息灵通我还以为你人缘好，想不到你是孤家寡人，这么多人看热闹，没有一个为你出头的。"

周老板扫了她一眼，有气无力地说道："穷记者，多管闲事。"

徐若子既不生气也不回嘴，招呼凌树与那个强壮村民说："来帮忙！把他送到卫生所。"

周老板在凌树的帮助下站了起来，壮男架住了他另一侧身体，向外走时，周老板一直用目光追着徐若子，好像她脸上有什么东西。

一年前。

张野望着窄街上堵得一塌糊涂的车流发呆，桌上的酒与菜他都没动，心事重重的样子。张野这段时间工作不顺，他连换几个工作，每次都没做长。凌树知道他很尽力，见面时张野除了工作的话题根本不谈别的，公司有点儿事他便会取消一切活动把工作放在首位。

至于不顺利的原因，只听张野的描述，凌树觉得大概是张野为人太好。他的善意在学校能得到回应，但在社会上是另一回事儿，光是凌树知道的背叛事件就有好几次，他不知道的，张野说不出口的，不知道还有多少。

不过，人总有低落的时候，凌树自己也常如此。

"工作怎么样？"虽然不想问，但此时的凌树已经找不到其他话题可说。

张野的眼神没有收回来，没看凌树，似乎也没听到凌树的问题。接着，像是对凌树说又像是自言自语，张野说道："玩具厂里有位张姐，喜欢上了有妇之夫，所有人都知道，听说那男人的妻子来闹过好几回。你知道她喜欢那人多少年了吗？"

想不到张野突然把话题转到了八卦方面，也许这是个好现象，关心八卦就说明眼前这位朋友还有足够的力气面对困难，想到这，凌树附和道："不知道。"

"五年，整整五年。张姐是个怪人，她就是不放手，事情折腾了好几回，张姐的家人、朋友都不再管她，没人能劝得了她。对方不是有钱有地位的人物，就为了这么一个人，她的生活彻底毁了，张姐只在玩具厂打个小工，她的心思根本不在工作上，只想和那个人在一起。"

凌树机械地问道："这个男人明显有问题，既然不能离婚就该彻底斩断这段不负责任的感情。你的同事为什么不放弃呢？她爱上的不像是个有情义的人。"

这时张野才看向凌树，"本来，我也理解不了，百思不得其解。现在，我佩服她，这世上没有几个人能为了爱放弃一切，张姐可以，你问为什么……我的看法是——她是个纯粹的人，她心里只有爱。"

凌树点点头，不知道该怎么继续这个话题，他拿起酒杯喝了口酒。

"你怎么看?"

"我?"凌树不了解张姐以及她介入的那个家庭,这不是一个张口就能回答的问题,面对他的发小、好友、队友只好实话实说,"我不懂爱,没有发言权。"

张野笑了笑,不再谈这个话题。

林尾村卫生所。

诊室外面的长椅上,徐若子斜靠在凌树肩头睡着了,她的一缕长发垂落在凌树胸口。村医的老婆为两人简单处理了伤口,此时凌树已感觉不到疼痛。

凌树侧头看着肩头的徐若子,她的脸颊与鼻尖娴静可爱、身材美好、白衣黑发,徐若子的手拘谨地扶着木椅边缘,手臂靠着凌树的手臂。

四下无人,泪水从凌树双眼中滑出,他看向惨白的天花板,慢慢控制住情绪,用最小的动作抹掉眼泪。

日光灯的镇流器发出微弱的嗞嗞声,充斥着卫生所前厅小小的空间。

"吱"的一声响,诊室的门打开,缠着绷带的周老板自己走了出来,后面跟着医生。

徐若子睡得很熟,没有睁开眼睛。

周老板停下脚步长时间注视着两人,似乎要说什么,最终没有开口,转身径自离开。

凌树没有叫醒徐若子追上去的意思,他轻声问道:"他的伤怎么样?"

村医没有理会凌树的用心,大声说:"你没看见人都走了?

都是外伤，没伤到骨头。"

"谢谢。"

"你们也可以走了。"说完村医走进里屋。

凌树拍醒徐若子，徐若子发了会儿呆才问："还在里面？"

"医生说没事儿，周老板自己回去了。"

"走了？"

"是。"

"好。"徐若子站起身，伸了个懒腰。

凌树问："你有什么打算？"

"周老板受了伤，村子里已经没有可住的地方，我们走去车站？"

凌树站起身，"走。"

天色渐暗，没有路灯的公路再过一段时间就将变得伸手不见五指。

"睡得怎么样？"凌树问。

徐若子整理了被风吹散的发丝，眯着眼睛回答："好像怎么都睡不够。"

凌树从他的旅行包里翻出那件蓝色夹克递给徐若子，衣服叠得整齐。

徐若子接过来闻了闻，竟然还留有淡淡的自己用的香水味道。她本来穿的那件白色T恤已经不成样子，此时穿的是长袖衬衫，徐若子带来的外衣就只有这两件。她边穿上夹克边说："我喜欢穿大一点儿的衣服，有安全感。"

"喜欢就送给你。"

"真的？"

"嗯，你总在外面跑，下田野进工地可以穿它。"

徐若子笑笑，"你这个男人蛮奇怪的，竟然把自己的衣服送给女生。"

"抱歉。"

徐若子整理好头发，拉紧领口，低声说："谢谢，很暖和。"

凌树抬头看看天，"不知道会不会下雨。"

"天有些闷，不过晚霞很漂亮，灰蒙蒙的透明的红。"

凌树顺着她目光的方向看去，"奇怪的形容，倒是恰到好处。"

"事实如此。"

"以后别干这种事了。"

"什么事？"

"没有村民支持，没有警方在场，一个人走上去面对那些打手。"

"人所凭借的资本只有心智与身体，如果周老板失掉健康，他的人生将会改变。"

"对你也是一样。"

"嗯，谢谢关心。我心情不好，当时脑子一片空白。"

"因为坠崖？"

徐若子淡淡地说："不是因为这件事。我对坠崖这件事确实心有余悸，但庆幸自己还活着，心中残留下来的更多是对你的感激。"

"那是为了什么？"

"不想说。"

凌树沉默下来，谈话僵住以后他一时找不到新的话题。

徐若子开口道："我好像把气氛弄坏了，作为补偿为你讲些故事吧？性是人类永恒的主题，不论幸福还是痛苦，富有还是贫穷，人人都离不开它。性超越了金钱、政治、经济，是人天生拥有的东西，要听吗？"

"好。"

"社会新闻有各种各样的事情，涉及最广的是性，比如有关失足女性的报道。我认识的一个她，人长得漂亮，她每天都在燃烧自己的青春，她想把自己当成祭品，可是做不到。身体流着汗但它不会消失，身体苍白、美好但它不会消失，永远存在，如果不能消失，存在便会越来越卑微，越发苍白与失落。她告诉我，她不知道该怎么办，怎么才能把那件事做到极限。当然，我也不知道。有一天凌晨两点，我们一起在路边摊吃麻辣烫，又辣又油、最廉价的那种，她咬着一块豆皮流下眼泪，她说，她要的就是这种感觉。"

凌树笑笑，"虽说与性有关，可这种不温不火的内容，社里肯定不会用，就算写出来也没有读者。"

"是吧？所以我就写成了普通的社会新闻，我觉得我的文字就是流着汗的苍白的永远不会成功的祭献。"

凌树掏出烟盒说："我喜欢你讲的故事。"

徐若子接过一支烟，"我可以常讲，就怕你听烦了。"

凌树没有回答，只是默默地为徐若子和自己点燃了烟。

"有一个妈妈桑，喜欢找我聊天，聊些什么呢？那些最平凡的话题，她上学的事、小时候的事，就聊这些，在凌晨四点。她很少和我谈那些大人物的奇谈，也不说怪人，只说她最平凡的日子，没完没了的。这大概算无效采访，可我喜欢听，一个憔悴的疲惫的人讲她的平凡，那感觉让我安心。我知道，对于她来说，平凡是无比美妙的事物，她所做的一切都是为了重归平凡。"

凌树把烟灰弹进烟盒，又把它伸到徐若子身前，"第一个故事真的与性有关系，这个故事完全跑题了。"

徐若子大笑着弹了烟灰，她收敛了笑容，吸了口烟才说："你刚才那个问题，我可以回答，只是感到有些紧张。"

"紧张？"

"我是个记者，一直以来都是我提问别人回答，对别人问我问题不是很习惯。所以常常惯性地拒绝回答，仔细想想也没什么特别的原因，就是紧张。我的心大概比我的身体更敏感……"

"哦，不想回答就……"

凌树刚开口，徐若子便把他打断，"心情差应该是焦虑造成的，金苗与张野的事远远超出预期。我本来的想法是一举多得，为萧伯母解忧，找到我自己的影子，以及最重要的、我上次没说出来的目的——把金苗与张野的死从你心中驱离。"

这些话出口以后，四周显得格外安静，没有车辆驶过，没有其他路人，只有他们两人，阳光也正在离去。

徐若子淡淡地解释："抱歉，我不该这么说，可它是实话。仔细想想，我所追求的一切都消失了，现在的徐若子没有家庭、没有事业的方向，一个人走在没有路灯的公路上……在遇见你之前，这就是我的全部人生。经历抑郁症的折磨，工作从一件快乐的事变成我勉强活下去的手段；那时候我对男人一点儿兴趣都没有，真的没有，在我最寂寞的时候都没产生过严重的幻想；爱，对我来说像个幻影，没有需求没有热情，哪来的爱？最后，其他人在外面不论多辛苦还有一个家等着他，过年有地方去，我呢？什么都没有……"

天色越来越暗，身边的凌树模糊起来，"说出这些，只是觉得应该告诉你，不是为了博得同情，不要会错意。你不同……我对你有不同的感觉，这说不清，我也不想弄清，它是突然发生的，在选题会上你的发言之后。我又重新获得了活力，做事儿变得积极，我希望进入你的世界，了解更多。我会生出来很多理由，做这个事的理由，做那个事的理由，而且思路敏捷，我喜欢这种状态，大病初愈的感觉。所以我来到这个村子，寻找金苗、张野的情感，这是我想做的事情。"

这时凌树抬起夹着烟的手放到嘴边，徐若子看到那只手在微弱地颤抖，她望向出现在远方的城镇亮光，"可状态这么好的我并没有解决问题，事态反而越发混乱，赵经理逃走，桥断了，查下去，它的结果会是什么？是创造，还是毁掉一切？这让我心生恐惧，恐惧后面是焦虑、不安，所以我无法思考，脑子里一片空白。"

"若子，你是一个人住吗？"

徐若子被这个突兀的问题弄得一愣，"啊？是，是一个人。"

"这不行，如果你再次犯病怎么办？没人照顾你怎么行？你不能自己住。"

"什么呀，突然说这个……我没关系，如果犯病我会把自己关在房间里，一动都不想动，倒不会影响别人……"

"别说了，你搬过来和我住吧，我也是一个人。"

徐若子有些惊恐地说："等一下，我没有思想准备回答你这个问题。"

"我负责做饭，做一个人的也是做，做两个人的也是做，你可以省点儿力气，也可以省点儿钱。我睡客厅，不会干涉你的隐私，你找到比我好的朋友，不论男女，我帮你搬家，怎么样？我知道你一个人习惯了，要不要尝试新的生活方式？"

"你干吗对我这么好？"

"你傻呀？你这样的美女搬进男生家里，怎么是我对你好，是我的荣幸。"

"也是……"

两个人同时笑了起来，凌树把烟头熄灭放进兜里，"那就说定了。"

"嗯……刚才说到哪了？"

"说到你要调查下去，但结果可能很差。"

"是，可我们没了退路，既然一脚迈进来，只好继续走下去。"

凌树说："现在的问题是赵经理跑了，没有他，我们像无头的苍蝇找不到头绪。"

"只好从另一边入手，调查金苗与张野，他们一定牵扯进某事中，你不知道的某件事。"

"我不知道的事可太多了。"

"那就从你知道的事情入手，讲讲你们桥牌队的故事吧？"

凌树把手插进裤兜里，看着车站近在眼前的灯光说："我们的桥牌队可不是什么正牌，确实有故事可说，到地方了，不如我们找个小店边吃晚饭边说。"

"正合我意。"

十年前。

三二五中没有图书馆，下课后金苗独自一个人来到市图书馆。

市图书馆比三二五中古老得多，元代建成，有近700年的历史。因为在这座古城长大，金苗对这些古老的建筑并没有特别的喜爱，她认为新建的图书馆条件更好一些，但市图书馆比较安静。与房子相比，金苗更喜欢那些700岁的大槐树，觉得它们才是市图书馆的本体。

阅览室空间很大，光线射不透老房子的窗子到达角落，所以阅览室开着灯，每张桌上方都有一排日光灯。木桌子又大又厚，金苗经常趴在桌上睡觉，没有那种冷冰冰的触感。

关于桥牌的书很少，金苗不知道该看哪本，就拿了一本美国人写的《桥牌打法》，作者名叫伊斯利·布莱克伍德。金苗想了想这名字，很有意思，这个人叫作黑木。

既然叫《桥牌打法》，大概是本入门读物，顾名思义，打桥牌的方法，如果是进阶读物应该起"高级桥牌战术"这类的名字。

书很旧，已经泛黄了，译者序上说这本书是1978年第一次出版的，在中国的出版日期是1983年。

翻过序，金苗仔细地读着第一页，脸上没有任何表情，看了20分钟，她慢慢地合上书。随后趴在桌上，无声地笑了起来，金苗肩头抖得很厉害，身体也在颤动。

"你没事儿吧？"一只手轻柔地拍了拍金苗的肩头。

金苗止住笑抬起头，眼前是一个男生，长得精致，肤色白皙。金苗又仔细打量他，才确定他真是男生。男生的年纪与她相仿，他披着金苗不认识的校服，袖口卷得挺高，古怪的穿法。

"你在笑？"男生用很小的声音询问。

"你以为呢？"金苗用更小的声音反问。

"我以为你哭了。"

"抱歉，我没哭。"

男生看了金苗一眼，大概准备离开，金苗坐直身体也看着他，桌上的书露了出来，男生扫了一眼书问道："你看黑木的书？"

"喂！你们两个能不能出去说？"对面桌子的女学生不满地给出建议，她的语气虽然强烈，但声音却很小，见到这样违和的画面，金苗又忍不住想笑。

两个人顺从地离开阅览室，金苗坐在大槐树下的廊阶上，呆望着前面不知道在想什么。男生则站在她身旁，加上金苗坐着的石台，她与男生的高度持平。

男生问："我们为什么要出来？人家的意思只是烦我们说话，我们闭嘴就好了。"

金苗在旁边笑了起来。

男生看着金苗奇怪地说："你这个人怎么搞的，总是笑。"

"那你为什么出来？"

"我看你向外走自然跟着。黑木的书有什么好笑？"

"黑木这个人很有名吗？"

"他是著名的桥牌大师，是老前辈。"

"前辈？那么你是后辈喽。"

"我当然是……等一下，你是不是在占我便宜？我看我们年纪差不多。"

"我是姐。"

"是吗？我高一，你多大？"

"不告诉你。"

"不告诉我……那你告诉我黑木的书到底有什么好笑？"

"你不会生气了吧？"

"没有，我没听过你的回答怎么会生气。"

金苗看着男生认真地回答："是这样，我一个字一个字地看了二十分钟，竟然连一个句子都没能看懂，随后觉得自己的样子特别特别傻，忍不住就笑了。"

"啊？你笑自己的样子？"

"对呀，不行吗？"

"也不是不行……你不会打牌，却看《桥牌打法》这本书？"

"《桥牌打法》不是入门读物吗？"

男生认真思考了半天才回答："你这么说也没错，但它不是教完全不会的人入门，而是教已经会打桥牌的人入门。"

金苗睁大了眼睛，"哇，你可以呀，能说出这样有哲理的话，很有意思。"

男生一脸蒙圈，"什么哲理？我说的是事实。"

"你真是小孩子，什么都不懂，但是你也不装懂，这点倒是挺厉害。"

"你真比我大？通过你的校服判断，你是高中生，高三生这时候正忙于高考，所以，你最多也就比我大一岁。"

"这就叫推理吧？桥牌会用到吗？"

"会。"

"我想学，你教我打桥牌吧？"

男生仔细打量了金苗一番，看得金苗有些脸红，他却像没事儿人似的说："不教。"

金苗倒不生气，平静地问道："为什么？"

"教完全不会的人很麻烦，你为什么要学桥牌？根本没几个人会玩，学了也组不起牌局。"

"为什么要学桥牌……为了一本尘封在书架角落里的《桥牌打法》，为了一个关心我的人的建议，为了我连一页都看不懂的尴尬，为了那种泛黄的神秘又变化莫测的魔力，这些理由够了吗？"说着金苗盯着男生的眼睛，好像她的眼光中有把钥匙能够开启对方眼中的锁。

男生听了这番话愣住了，呆呆望着金苗没有说话。

金苗问："你怎么了？"

"你这算是作了一首诗吗？"

"当然不算。"

"不算？厉害厉害，要不这样，你教我作诗，我教你打桥牌，我们平等交换，怎么样？"

"我不会写诗，真的。"

"那就教我文学，我文学不好。"

"我是理科班的，学习不好，没什么前途，你向我学文学可不行。"

男生笑了，他大概是站累了，倚着金苗坐着的石台说："你怎么这么谦虚？这不行那不行的，哪有那么多不行？我呢，想成为世界顶尖的桥牌大师，但我不迷信权威，你用不着向我出示文学好的证明，我们交谈有10分钟了吧？你在语言上完全压倒了我，你有资格教我，显而易见。"

"世界顶尖……这算是男生毫无障碍地吹牛吗？"

男生侧头看向金苗，淡淡地说："世界顶尖很了不起吗？我倒没觉得。"

金苗又有些脸红，"随便吧，你不怕走歪路，我也不怕教坏你。"

男生的嘴角扬起一个微笑，"成交！我叫……"

金苗打断男生的自我介绍，"这样没意思，我们的缘分在图书馆，我就叫你黑木吧？"

"黑木？也行。我叫你什么？"

"你叫我娜娜就可以。"

"不，我不叫你娜娜。"

金苗笑了，"你真怪，为什么不能叫我娜娜？"

"我的外号是你起的，你怎么能给自己起外号？你的名字我来起，这样才公平。"

"为什么要公平？"

"你刚才说魔力，公平就是桥牌的魔力之一。"

"好，我该叫什么名字？"

"你心眼不太好，我就叫你黑心娜娜吧。"

"黑心娜娜与黑木"，金苗在纸上写下这个标题，不自觉地露出一个微笑。

"你又在学习中傻笑！"母亲的话语与脚步声同时靠近，金苗自然地把本子翻过一页挡住了她刚写下的那行字。

母亲看了看她打开的作文本叹了口气，"初中我把你管得太严，是我的错。所以让你自己挑选学科，你选了理科，可还是把时间全都花在写作上，怎么能让我放心？"

金苗直接岔开话题，"妈，我问你个问题，一个不信服权威的人能不能做成世界顶尖的事？"

母亲想了想回答："这个问题比较复杂，但我认为在你这个年纪是不行的，权威之所以是权威自有道理，你应该首先沿着前人铺好的道路去走，直到前面都是小路或者没路的时候再自己走。"

金苗点头说："我也这么想。"

母亲又叹了一口气，"妈真不是非让你考上重点大学，只是不想让你的天分浪费了，你明白吗？"

金苗再次无视母亲的问题，"今天我想了想，如果我走惯大路，真的还有办法走上不知所向的小路，甚至自己开路吗？"

"会的，你拥有充足的知识，自然会做出更加正确的选择。"

"充足的知识……学习知识是不是需要一种既幼稚又无畏的勇者之气？"

"勇者之气？你今天怎么了？是不是和谁讨论了什么话题？"

"我碰到一个怪人，讨论了有关学习的问题。"

"你能交到朋友我很高兴，可以带朋友来家里玩，初中……"

金苗打断了她，"妈，别说那些事了，是因为我太软弱，不是您的错。"

母亲的眼睛里转出一个泪花，为了掩饰，口里说着菜切到一半什么的，转身走了。

十二年前。

"你装呀？接着装。就靠装勾引男生是不是？"女生A说着用手扫了金苗的头，金苗的头发飞起来，变得乱糟糟的。

"我不敢了。"金苗小声应着，伸出手去整理乱掉的头发。

"你再动！谁让你动了？"女生B贴着金苗的脸喊着，金苗吓得哆嗦了几下，脑子里一片空白。

女生B抬手狠狠地打了金苗的头两下，下手很重，比女生A重多了，女生A声音大，但手下留了情。"你再动一下试试？"女生B用手指着金苗的鼻尖说，手指伸得很直，金苗不知道人类的手指还能伸得这么直。

"你仗着家里条件好，一副大小姐的样子，从来不把我们放在眼里，根本不会正眼看人。"女生C的语气挺柔和，像是在诉说委屈。

"她在男生面前手段多着呢，装可怜装得比谁都好。"

"可不是！"

"午休要结束了，我们走吧。"女生C说。

女生B一副意犹未尽的样子，她盯着狼狈的金苗说："你不是作文写得好吗？你写一篇作文说自己是猪，你要写得特别好，让老师当着全班的面念，听懂了？老师念了我们就放过你，否则见你一次打你一次。"

女生A听到这个主意肆无忌惮地笑着，女生C脸上也泛起一丝微笑。

金苗表情木然没有回答。

女生B抬手打了金苗一个嘴巴，声音很响，在储物间里回荡着。她还要再打，被女生C拦住，女生C说："别打了，她脸都红了，一会儿让老师看出来。"

女生B放下手，冲金苗喊道："我说话你听到没有？"

"知道了……"金苗捂着脸小声说。

三个女生这才有说有笑地扔下金苗离开储藏室。

几天后老师像往常一样读了金苗的作文，其中有一段是这样写的：

……我很小的时候见过真正的猪，妈妈曾经是知青，我陪她拜访住在村子里的朋友家。母猪很大，比我大得多，有几只小猪跟在它身旁，母猪用宽厚的身体保护着它们，小猪的心里一定在想："好安全好温暖。"我也想变成它们中的一员，我是一只小猪，依偎着母亲一堵墙般的身体，心里想着："好安全好温暖。"……

车站前的小饭馆。

窗中溢出的光亮不够强烈,艰难地与黑暗抗争着。

徐若子与凌树坐在靠窗的一桌,点了青椒鸡蛋、凉拌菠菜、炒苦瓜、老醋花生米,两碗米饭和几瓶啤酒。菜炒得很好,食材新鲜、分量大,但饭馆内其他两张桌子都空着,大概是这里的休息时间比较早,过了晚八点吃饭时间便告结束。街上没几个人,偶尔有一辆摩托驶过。车站周边只是一个镇的飞地,规模不大。

老板与老板娘背对着他们坐,看着放在里屋的电视,播放的是某部电视剧,徐若子没看过,连演员都不认识,台词的语气抑扬顿挫,是个古装剧。

两人吃过饭后喝酒交谈,声音不大,徐若子问:"……这么说,金苗与张野一所学校,你与赵小川一所学校?"

"是。两所学校距离不远,步行20分钟的路程。张野他们学校以前是教会办的女子中学,校舍老旧,但很漂亮,我们校没什么亮点,普普通通。"

"我知道你与金苗现在是朋友,那时你们关系怎么样?"

凌树转动啤酒杯,酒杯有些旧,琥珀色的光模糊着,"我们一起训练一起比赛,建立了深厚的情谊,那时也是很好的朋友。"

"你倒是比较坦诚,我在葬礼上碰到赵小川,他说他与金苗算不上朋友,只是队友。"

凌树笑笑,"是吗?他这样说的……赵小川这个人比较各色,其实他与金苗挺好,可能因为张野这层吧。他与张野关系一般,金苗、张野又是一起的,所以对金苗抱有某种特殊心理。"

"赵小川与张野有矛盾?"

"嗯——没有矛盾这么严重,桥牌这种运动总会有各种各样的思路，他们两个人的脑回路恰恰不太一样，争吵比较多，虽然我们常说对牌不对人，但人不是机器，总会影响感情。"

徐若子点点头，"我明白了，他们的个性分歧以及男生女生之间的微妙关系，是这个意思吧？"

"男生女生之间的微妙关系嘛……也是，学生时代的恋爱关系美剧似的，变幻莫测。赵小川具体怎么想的我不清楚，我只知道，他说金苗不是他的朋友，不是真心话。"

"你呢，并没有加入这微妙之中？"

"实话实说，我没有。幸亏我没有，否则我们这支队不是烂透了吗？肯定是一支战无不败的队伍。"

徐若子微微一笑，"也不能这样武断吧？男女搭配干活不累，你们这样的阵容才能彻底激发潜能，要是两个男生与两个女生的组合才真是无趣。"

"你倒是挺有经验的。"

"我善于理论。"

凌树被徐若子逗笑了，看来她根本没打算严肃地调查，大概是想释放一下白天遭遇种种险情的压力。

徐若子向四处看看，苍白的墙、空空的桌子、不整洁的地面、廉价的节能灯。她说："我不想对着你坐，采访一样，心里难受，让我想起不好的感觉。而且这地方有些阴森……"说着她站起身，拿着自己的酒杯碗筷坐到凌树身边。

凌树说："人家好好的饭馆怎么就阴森了……再说，并排坐与对面坐有什么区别？"

徐若子一边挪动盘子一边说："区别很大，人生呀——就是这些细节。人一辈子争的是细节，你不知道吗？"

"细节？"

"你看，皇帝要坐在中间，对吧？其实坐在中间有什么了不起？一只蚊子飞过来，它才不管谁坐什么地方，在它眼里我们都是一样的。"

见徐若子没正经起来，凌树只好配合，"不太一样，喝了皇帝的血会上火，明智的蚊子会选择大臣。"

"你错了，也许那些大臣才是获得最多好处的人，他们的血足以烧死蚊子，但他们不会知足，就算已经得到实际利益，皇帝的位子仍然是他们追逐的目标。"

凌树点头。

"我们社不是一样吗？不仅社长的位置，每一个位置都有特殊含意，不论开多少次会，我们自觉地坐在上次坐过的地方，这个位次并非由谁安排而是自然形成的，社长默默注视一切，一句话也不会说。有一天，我徐若子坐到副社长的椅子上，会怎样？肯定会引起骚动，记者部主任马上说：'徐若子，坐我旁边，我们好说话。'好说什么？我们两个根本没话可说。"

凌树笑出了声音，老板也好奇地回头看看，徐若子若无其事地对老板点头示意，然后接着说："这些都是潜规则，不用我说你也明白。我的位置下降，我会伤心，我的位置提高，我会高兴，甚至不用给我涨工资，不用升职，只是调整我的座位，我在社里的地位就提高了。我就是这么可悲的生命，我的人生就为一把椅子。"

"所以才有圆桌骑士的说法。"

"对，就是这个！圆桌骑士。这大概是种幻想吧？人们终于厌烦了，厌烦了位次之争的愚蠢，之后想象有这么一些伟大的人，他们坐在圆桌旁聊天。"

凌树突然说道："你这么会聊天，以后真的不要再做那些危险动作了。"

徐若子笑了笑，拍拍凌树的手说道："你怎么还记得那件事呢？不是说了吗？当时我脑子一片空白，我知道，以后一定注意。别再打断我了。"

"好，你说。"

"然后……都怪你，一打岔忘记了。"

"圆桌骑士。"

"对。我们在外面有那么多事需要干，我们要讨论的问题一件接着一件，可是所有这些都没有位次重要，我们这些人是不是活得太闲了？我们太不像话，只能用浪费粮食来形容……"

徐若子突然停了下来，她把杯中的啤酒全部喝掉，放下杯子叹了口气，"都怪你，继续说下去的状态突然没有了。"

"等一下，你不该怪我，我是打了岔，可你也没说到正题上呀！你一直在讲人类为了细节而活，却没说出面对面坐与并排坐的区别。"

"对呀！是我跑题了。好，让我回到正题。面对面坐着，高雅一些，具有仪式感。我们有机会仔细打量对方的衣着，以及他或她的皮肤、眼睛、头发，等等；我们可以审视对方的心，揣测他的心意，观察他的紧张抑或从容；我们可以交谈，唇枪舌剑，春风化雨；我们之间有距离，浪漫又神秘；你看，怎么会有并排而坐的烛光晚餐呢？相对而坐才是征服与被征服的前奏。"

凌树点点头，"你把相对而坐说得这么好，为什么还要选择并排坐？"

"因为我们对自己很失望，虽说想把最好的自己展现出来，大概根本就没有。既然如此，我们就不要再审视了，你说呢？"

凌树点头。

"征服，算了，我不想要什么战争，我需要安全，你身边让我觉得安全。

"我也不要优雅与神秘，我没有这些能力。更不要对峙，以及累死人的心机。坐在你旁边什么都没有，但有你，我可以碰到你。

"相对而坐的高级我无福享用，我徐若子没有时间、能力、精力摆出那些含蓄的矜持的姿态，我只有能力坐在你身边，想说什么就说什么。"

她看了看凌树又说："今天逃过一劫，我现在还处在急需安慰与安全感的状态之中……"

凌树伸出手揽住徐若子的腰，徐若子顺势把头枕在他的肩膀上。她淡淡地说："你是一个特别怪的男人，别看你搂着我，我却感觉不到你对我的兴趣，猜不透你对我到底是种怎样的情感。"

凌树没有作出回答。

"不过，男人真是大型生物，你的手好大，如果是别人，我会觉得胆怯。"

"冷吗？"凌树看看开着的店门，他手上有徐若子腰部的柔软，也有她身体的冰冷。

"不冷，我的体质比较寒。听你说了桥牌队的事，很羡慕。过去，我也想做些什么，一直没能做成，应该早些认识你们，既然金苗与张野是一对，你和赵小川一定很尴尬，如果我是你的学妹，我们可以成为一组，让赵小川更加尴尬。"

凌树笑笑，"我们又不在一座城市。"

"我高中时根本不知道什么叫作一线城市。"

"我也希望早认识你，希望你加入我们。但我们的队伍没你说得这么好，你需要做好坚持下去的准备。"

"不正式？"

"不正式，不流行，对手强大。我们两组人的中学都不允许学生打牌，虽说桥牌是世界三大智力运动之一，但中国没有开展桥牌运动的传统，像我们这样的非重点，为了防止赌博之类的行为，自然就无差别地禁止扑克牌的出现。"

"禁止吗？有多严重？"

"不能出现在他们的视野内。"

"不流行是指没有女生围着你们吗？"

"大概是这个意思，说到底这是个老年人才会干的宅运动，在人们心中和门球差不多。"

"哈哈哈哈……"徐若子大笑起来，凌树感受着她身体传来的震动，老板与老板娘又一次回头。

"确实是这样，拿不出手的游戏，与乐队有天壤之别。对于官方以及民间我们都是很土的存在，没有价值。"

"但你们还是做了，还有一个女生参与进来——金苗。"

"嗯。"

"她大概需要很大勇气，与三个莫名其妙的男生混在一起。我有没有这样的勇气呢？"

"如果是你，做出什么我都不会觉得惊奇。"

"有一点我不明白，桥牌一定要四个人一队吗？两个人不能比赛？"

"四人赛也叫复式赛，正式一些。两个人也可以比赛，个人色彩更重。"

"联合队。有名字吗？涅槃什么的。"

"有，三二五中学三一三中学联合队。"

"哈哈哈，名字真土。两个学校组队能参加比赛吗？"

"本来不行，后来我们在双人赛中成绩不错，得到了特许。"

"嗯——你们在种种不利的情况下组起队伍。"

凌树喝掉杯中的酒说："所以我觉得他们三个很了不起，就连表面上不上心的赵小川也在坚持着。"

"对了，你们的学校禁止打牌，你们怎么会有资格参赛？代表学校参赛需要开证明吧？"

"禁止打牌与参加比赛对于学校来说是两回事。"

"听起来不太讲道理……"

"是吗？学校、家长关心成绩，不仅仅是桥牌，玩乐队、自行车、滑板等都不支持，所以学校并非针对我们。但也没有学校会拒绝荣誉，人之常情。"

"对一个死而复生的人，你没必要把话说得这么假，听着不舒服，直接说重视功利就好。你们这样的队伍多吗？"

"我们不是唯一的，但留到最后的就只有我们，其他能够坚持下来的队伍都是正规军，不是名校就是桥牌传统校，有种种支持与背景。我记得一所中学，一百五十几中，他们也是草根队伍，单纯因为爱好参加比赛，他们打牌的状态特别好，可惜桥牌技术比较青涩。他们只出现在一次比赛上，之后就消失了，我再也没见过那些人，但他们当时的表情与对话，我一直记得。"

"说来听听。"

"有一个男生，长得秀气，像女孩子一样，他眼中没有一丝杂质，金苗对他很关注，女生自然喜欢好看的男生。他特别卖力地思考，打牌后非常坦荡地与我们交流经验，真是难得的性格。虽然缘分不深，但很高兴碰到他们。"

"一次的缘分，绝顶帅的男生，想起来是件美妙的事情。"

"人活着，大概就是为了碰到某些人。"

"也有那种喜欢荒野的人类，他们不喜欢同类，喜欢别的生命。"

"在你面前谈人生真是班门弄斧了。"

徐若子轻笑了一声，"你看，这就叫'引起征服欲'的语言交锋，如果我们对着坐，你一定会对我产生某种欲望，希望在别的方面击败我。"

"真是服了你，你的脑子里到底装了多少古怪的理论？"

"很多，我是没有经过正常家庭教育的人，在我眼里你们全是小孩子，说的都是老老实实的话。"

"我相信。"

"一支非正规的桥牌队，要面对很大的挑战？"

"是的，很多东西书里没有，完全靠经验，没有教练，没有有效的训练，只凭借自学参加比赛难度很大。桥牌毕竟是复杂的智力运动，比赛水准很高，与那些专业队伍对抗，容易遭受洗礼，对于我们那个年龄来说，放弃是自然的。"

"洗礼，我明白，那是种很变态的经历。有观点认为人应该经受洗礼，我却羡慕那些一生平稳的人，突然面对意想不到的生活会彻底改变一个人，向好还是向坏完全凭运气，我觉得，很可能得到不好的结果，自暴自弃或者引发极端的行为。你们这些经过残酷比赛洗礼的人，可能会有暴力倾向。"

凌树在徐若子腰上用了些力量，"有这么严重吗？我们说的只是桥牌，不是社会事件，你把话题引偏了。"

"你看，这就叫征服，你为了说服我，不惜在身体上压迫我，以此显示你的权威。不过，它确实奏效了，我怕痒，不得已只好接受你的修正。话说回来，洗礼这个词让我联想到许多变态的案例，有人承受不了失恋的打击囚禁对方，做出难以想象的事情……"

徐若子突然大笑了起来，大概凌树手上又有些动作，"好了，我知道了。我不拿这些事玷污你钟爱的桥牌运动。不过你别放手，只是别乱动就是。"

凌树缓缓地说："我明白你想说什么，冷漠即是残酷，我不该说得这样轻松，是我的错。"

"怪我，我是个无趣的人。不说这个了，说金苗吧。虽然这时候提另一个女人很傻，可我还是忍不住想问，你第一次见她是在桥牌赛上吗？"

"是。那是十年前，一次校间双人赛。比赛不正式，组织混乱，本来我不想参加，赵小川想一试身手，没与我商量就给我们报了名。如果不是他坚持，联合桥牌队可能不会存在。"

"我感觉到了命运的力量。"

"命运……如果可以不失去他们，我宁可不与他们相见。"

"你怎么是命运的对手，然后呢？"

"我们两个队在决赛阶段相遇，之前我与张野打过招呼，但是和他的搭档金苗是第一次见。我挺吃惊的，第一个反应是张野交了女朋友，否则哪有女生愿意玩桥牌。金苗沉默寡言，牌打得小心翼翼，这就是我们的第一次见面以及我对她的看法。"

"这么普通？最后你们的名次如何？"

"双人赛运气比较重要，最后他们的名次比我们低十名左右，听说金苗学桥牌只有四个多月，我们队的赵小川学桥牌超过两年，但我觉得他的水平不及金苗。"

"你们第几名？"

"第二。"

"啊？你说赵小川水平不够高，但是你们还是得了第二名？"

"我没有说他水平不高，只说他不及金苗。赵小川打大概率的牌没有问题，打小概率的牌时会出错，并有些慌乱，这是赵小川一贯的问题。那次比赛本来我们好几个顶分，如果不失误已经甩开第二名很远了……"

徐若子打断他，"你说的这些我听不懂，你的意思是赵小川水平不低，但是学桥牌才四个多月的金苗更厉害？"

"嗯，我是这个意思。"

"怎么会？"

"事实如此，大概她有天分。"

徐若子摆摆手做思考状，"等一下，凌树，你的表达有问题。"

"有什么问题？"

徐若子坐直身子，凌树放开手，她侧头看着凌树说："你是打桥牌的人，学了四个多月桥牌的金苗水平超过赵小川这件事，难道没给你很大的冲击吗？"

"啊……这个，应该有。"

"可你在向我介绍金苗时，并没有提到金苗这个最大的亮点，反而一语带过地说她小心翼翼，这似乎不太正常。"

"是吗？我自己并没注意，是不是你太敏感了？我只是如实回答你的问题，也许我在心里对她的小心翼翼印象更深。桥牌天才，见得很多，大概没有感觉了。"

"哦，这样……你的思维方式比较特别，不过我也没有资格说你。金苗的天赋是怎样的？不只是小心翼翼吧？"

凌树望着窗外，"天赋……怎么说呢。仅凭当时的情况来看，她的感觉与桥牌的固有气质相符，冰一般透明，雪一般轻柔，在寂静中完成一切，情绪很少出现波动。"

"天哪，很高的评价嘛。"

"还有，金苗与搭档可以形成级别很高的默契，她能洞察张野的意图。这点大概算是她拥有天赋的直接证据，她的行动总是包含着两个人的力量。与其他智力运动相比，桥牌最大的特点是配合，有人说不存在最强牌手，只存在最强组合。而且，金苗这种能力与桥牌技术没有太大关系，通过训练也无法获得。"

"这样……"

凌树收回视线，轻声说道："她同时也给我小心翼翼的感觉，我甚至觉得她有些胆怯。这两种感觉是完全矛盾的，天赋带给她的自由，与一种说不清的拘束。"

似乎是为了回应凌树的轻语，徐若子用没什么力气的声音说道："我倒是有点儿理解她。我现在正处于矛盾之中，寻找金苗这个行为到底为了什么？是为了向前走一步，还是为了逃避现实，我分不清楚。向前走：解决眼前的问题，把生活继续下去；逃避：与你一起沉迷在过去中，忘了明天。

"你就不同，也许你正在逃避，但你逃避得彻底，心中没有一丝解决眼前问题的欲望。你很少纠结，总能选出一条简单的路，我和金苗做不到。金苗对于桥牌的想法，会不会与我现在相同呢？她无法确定自己向前还是逃避。桥牌到底是什么？为了开启全新的生活？还是逃进一个封闭的世界中去。她犹豫着，心中既有希望又有恐惧，它们同时存在，同样巨大，所以金苗才会让你印象深刻地小心翼翼。"

"原来如此。"

徐若子又把头靠在凌树肩头，"其实这些并不重要。"

"什么才重要？"

"对我来说，重要的是人。我的脑回路有问题，我可以采访，我可以提问，但如果别人与我交谈就会产生问题。也不是什么大问题，但多半无法交心，甚至不能达意，最严重的情况他们会觉得我故意说些怪话抬高自己。如果有一个人，居然能与我对话，知道我没什么了不起、我说的话普普通通，这个人将是我的关键，失去他就像失去一个世界。

"金苗大概也是，她不会仅仅为了一件事纠结，她在乎的是张野，而张野与桥牌有关，她才会关注桥牌。不论是天赋还是别的，都没有意义，有意义的是人。所以她会小心翼翼，是怕失去人，而不是怕打错牌。"

"是这样？这些问题我从没想过，可能你是对的，我对女孩儿的心意不了解。"

"我乱猜的，如果她有天赋又没有气势汹汹，多少有些不自然。"

"嗯，有道理。很晚了，我们要不要回去讨论稿子？"

"也好，桥牌队的事情以后再说。"

"回去后你有什么打算？"

"既然牵扯到犯罪，我要找警方的关系问一问。凌树，明天你回社里上班吧，社里不能没有你，你也不能失去这份工作，谢谢你来找我，要不是你，我就回不来了。"说着徐若子对凌树露出了一个甜美的微笑，因为并排坐着，这笑容又近又朦胧，让凌树有些恍惚。

见凌树愣着，徐若子问："怎么了？凌树。"

"没什么，若子，我想问你一个问题。"

"问吧，总是我在提问，都问累了。"

"我们到底在做什么？"

徐若子侧头看着凌树，他的身后是空无一人的街道，黑压压地向林尾村的方向伸展着。"你在做什么我不知道，我在爱着你，这就是我做的所有事，刚才我说的那个人，我的关键，指你。"

说完，徐若子不管凌树的反应，独自走出店门，只身步入夜色之中。

凌树快速结完账追上徐若子，两人并肩走在街上，一句话都没说。

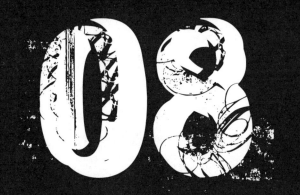

徐若子返回市区后的第一天。

天气渐渐热了起来，阳光变得晃眼，走出市局大楼，余多有一瞬间恍惚，很快他在苍白的光芒中找到了徐若子，她还是老样子，明眸黑发以及男人的站姿，她站在那里，本身就像个故事。

"徐大记者，约你几次都约不到，今天怎么主动来找我？"

"有事相求呗，余队还不知道人心的功利吗？"

余多爽朗地笑了一阵，"走，我请你吃好的，再找几个哥们作陪。"

"所以我才不赴你的约，你的排场太大，我消受不起。"

"你说，去哪、怎么吃，都听你的。"余多三十几岁的年龄，话说得干脆利落。

"对面那家江南菜，行吗？"

"好，符合徐记者的气质。"

所谓江南菜，其实也没什么特色，安静倒是真的，客人少大概是价格高味道又不出色的原因。

徐若子看着菜单皱皱眉问："这顿是你请吧？"

"当然。"

"那我就放心了。"

余多笑笑，"你帮我这么大忙，天天请你也没问题。"

"我只是做本职工作。"

"本职？不是我夸你徐大记者……"

"叫我若子吧。"

"好，若子，哎，这称呼果然亲近许多。"

"是吧？"

"老婆的公司被那些人整得那么惨，我身为刑警队长一点办法都没有，当初找到你，算是乱投医。没想到你徐大……若子这么能，把他们的事儿全都挖了出来，真是大快人心。"

"我还得谢你，你给我这么好的线索，又在各方面协助我，我才能把报道落实。"

"若子，哥真不知道你图什么，有好事总往别人身上推，干得好好的还辞了职。算了，你水准高，哥理解不了，今天找我有什么事？"

徐若子不急不忙地点好菜后才说："我听说你接手了雾岭山庄的坠崖案？"

"你怎么知道的，消息这么灵通？"

"我最近在关注这个事件，既然你接手就说明这是刑事案件，对吗？"

余多的表情严肃起来，他看着徐若子说："咱们私人关系虽好，但你知道我不能向你透露案件细节，特别你还是记者，让上面知道我就死定了。"

"我知道你们的规矩。第一，这一次是我个人关注此事，与工作无关，你和我说的话不会出现在任何媒体上。第二，我与案件的相关人员相识，我们可以交换信息，你和我讲案情算是争取我的协助调查，不能算泄密。"

"讲道理，我说不过你，可不能你一说我就松口，你现在是月刊记者……"

"我给你提供一个线索，你听听有没有价值。"随后，徐若子把赵东升的事情详细地对余多讲了。

余多沉思道："这情况我倒是第一次听说，赵东升跑了我知道，没想到他是因为这个原因。"

"对你有些帮助吧？"

"有！"

"你看，有些情报我是比较容易得到的。"

"你的能力我清楚，而且我也绝对相信你的话。"

"本来认为是事故吧？为什么方向变了？"

余多笑了笑，他知道徐若子正在强行与自己达成协议，余多想想后作出决定，"从一开始我们就没认为它是事故，你知道观景台的护栏吗？"

"我知道。"

"我们查出来，它是人为破坏的，所以定性为刑事案。"

"用酸液腐蚀的吗？"

余多又笑了，"现在可没有这么多智力犯，手法粗糙，用锯锯断的。为了不打草惊蛇我们对外只说是事故，你可别帮倒忙。"

"明白，采取任何行动我都会与你商量，我们是一条战线的。"

"为什么要关注这案子？你不是相关人员。"

"我是相关人员，我是第一目击者凌树的女朋友。"

"什么！你有男朋友了，我这还张罗着帮你介绍呢，你怎么搞的？凌树我们查过，只是个杂志编辑，你为什么选他？"

"我找男朋友你激动什么？我们只有过一次合作，你刚才还叫我徐大记者。"

"怎么不激动？我真的服你，像你这样才貌双全的女人找个好男人以后什么都不用愁，男人全为你办了，我把你的事一说……"

徐若子打断他，"之后一个班的人对我有兴趣是吗？"

"不止。"

"你觉得他们受得了我吗？"

"怎么受不了？娶到你是他们成功的标志……"说到这，余多突然打住了，他意识到自己说错了话。

"谢谢你关心，我暂时还不想做任何人的标志。还是说案子，凌树是第一目击者，为什么不是你们的怀疑对象？"

余多奇怪，"你怎么知道他不是我们的怀疑对象？"

"如果他是重要嫌疑人，你会这样口无遮拦地和我说起他吗？你多半会打量我一番，然后阴阳怪气地说：'哦，原来你是那个凌树的女朋友。'"

余多被逗得笑了起来，"若子你真是古灵精怪，但你的嗅觉十分敏锐。"

"我说中了？"

"嗯，你不必担心，凌树犯罪的可能性几乎没有。护栏是3月2日星期五中午被人锯开的，焊点只留下很少的连接部分，稍一着力就会垮掉。"

"你们怎么确定时间的？"

"山庄的保洁人员下午两点巡山时在观景平台上发现铁锈的粉末，当时他以为这是近期山庄维护施工的一部分，没能引起重视，3月3日山庄的垃圾还没有运出，我们检查过垃圾，那些铁粉正是从观景台护栏上锯下来的，以此推断犯人锯护栏的时间应该在上午十点保洁员第一次巡山到下午两点保洁员发现铁屑之间。而在这一时段凌树、金苗、张野尚在本市，有证人能够证明，所以凌树没有犯案的时间。除此以外，多方证词证明凌树与两位死者关系很好，他没有作案动机。"

"事件性质为故意杀人，犯人周五中午时分出现在山庄，可以这样推测吗？"

"目前看来是这样。"

"这就怪了,粗糙的犯罪手法,毫不在意现场的痕迹,这样的罪犯你们竟然还没有抓到?时间已经过去一个月。"

余多叹了口气,"你又戳中我的痛点,我何尝不想早些破案。可你说的这些随意性恰恰使我们陷入困境,犯人在观景台护栏上做了手脚,相当于设下一道任谁都会踩到的陷阱,如果保洁员运气不好,受害者便是他。这是一次无差别谋杀,犯人没有做充分的准备、没有深思熟虑,这个机关被人发现的概率很高,就算真的触动机关也不见得就会坠落。同时,这一手法无法锁定固定目标,只能认为犯人与山庄有仇,以此鲁莽的冲动行为报复山庄。我们一直沿着这条思路推进调查,至今一无所获。幸亏你带来新的线索,如果能以赵东升为突破口那就太好了。"

"保洁员你们调查了吗?他是最方便制作陷阱的人。"

"当然查过,那天他大部分时间都处于监控区域内,虽然观景台与山路没有监控,但从时间推算他只做了短暂的停留,据我们的技术人员说,设置现场的陷阱如果是一个人至少要花半个小时,他没有作案时间。"

"是不是还有这种可能性:犯人与山庄没有关系,只是单纯地厌世、仇视社会以此宣泄心中的不满?"

"不愧是社会新闻的记者,确实存在这种可能,某个熟悉山庄的本地人或者来过山庄的游客便有能力布置陷阱。山庄并非封闭环境,从穿山公路也可以到达观景台,这一带山路没有监控,犯人既可以选择开车也可以选择步行。如果仇视山庄这条路走不通,下一步就只好按照你的设想扩大调查,但这样一来排查范围增大,况且动机也变为无限多样化,想想就令人头疼。"

徐若子点头，"我明白了。"

余多好奇地问："你想怎么做？"

"放心，不管怎么做都不会妨碍你办案。"

"说好的开诚布公呢？"

"你也只能对我讲基本案情，真有重大嫌疑人或者重大突破你才不会告诉我。算了，我可以对你讲，我关心的不是案子本身，我关心的是金苗，我对她有种放不下的情感，如果她死于谋杀，我特别希望能帮上忙，你能理解吗？"

"说实话，我不能理解。你与金苗本来不认识吧？"

"你怎么猜到的？"

"我碰到的人中只有你会对毫无关系的人产生强烈的兴趣。"

"这次不同，我对金苗的关注与其他人不同。"

"你给我讲我也不明白，你准备怎么调查金苗？"

"相关的事情我都会调查，所以也许在不经意间能帮到你。"

这时徐若子的手机响了，是萧伯母的电话，"萧伯母……是的……嗯……现在吗？……方便，好的。……没关系，一会儿见。"

徐若子挂上电话，余多问道："萧伯母是金苗的母亲萧芸吗？"

"是的。"

"有什么线索一定第一时间告诉我。"

"知道了。你们假装事故的烟幕弹也快到头了吧？金苗、张野家人与山庄的赔偿调解已经进入程序，必然要对他们讲清楚。"

"那自然。"

"我们吃饭吧,一会儿我要赶去金苗家。"

"我们交谈的内容最好不要向第三方透露,特别是凌树,虽然他不是嫌疑人,相关人员没必要知道太多,乱糟糟的对我们很不利。"

"嗯。"

一进门萧伯母便拥抱了徐若子,徐若子不觉得这一礼节过分,但她还是小心翼翼地说:"萧伯母,我的衣服不干净,外面土大。"

萧伯母闻言更是抱紧了一些,徐若子只好沉默。

第二次来本该轻车熟路,徐若子还是显得拘谨,她自己也不知道是怎么回事,做客他处时很少有这样的状态。

萧伯母单刀直入,她把一个皮封面的日记本放在茶几上推到徐若子眼前,"苗苗虽然喜欢写东西但没有记日记的习惯,我送给她的日记本她从来不用。昨天整理屋子时我发现了这本被她藏起来的日记,里面只有一篇,可是内容很特别,我不知道该怎么办、应不应该告诉警方,所以麻烦你跑这一趟,希望你帮我拿个主意。"

话说得从容,但徐若子注意到萧伯母的语态中渗出一丝紧张。日记本的皮面是咖色的,制作精美,徐若子拿起它,手感柔软,胶装的内页十分牢固,是个温馨的礼物。

金苗到底写了什么?

翻开第一页,便见到蓝黑色钢笔写出的字迹,工整娟秀,看不出字迹主人的情绪:

我没写过日记,不知道在第一页纸上该写些什么。

　　今天吃了一个苹果，样子不起眼，咬下去又甜又酸很好吃，有一种久违了的苹果清香；走了一段路，碰到邻居大哥，他坐在小区的椅子上发呆，椅子应该是冰冷的，他大概碰到什么事，我没有叫他，我们并不熟，就那样走了过去；上楼的时候看到小黄猫，"嗖"的一下蹿了过去，钻到车底下，它在为什么忙碌呢？

　　这些算是日记吗？如果每天这样写下这些话，不知道会不会为自己留下回忆。大概，以后我得了老年痴呆会想：这个人真无聊，每天都在干什么。

　　其实，想写的不是这些，上面那些字只是为了掩饰我心中的恐惧。这种恐惧我从没有过，不知道该怎么形容，更不知道该如何化解，我只好借助文字来对抗它。

　　这恐惧是——爱。我一直以为爱是美好的，无论如何都不会害怕它。可是今天我怕了，怕得发抖。我意识到，爱这个字拥有无穷无尽的力量，没有什么能限制它防备它，它能席卷一切。

　　这怪我，我自己爱得太专心，这么多年过去了，我没能发现他的情感，是我的错，我忽略了他。但他会行动的，我知道，他的行动力那么强，我知道的。

　　现在我该怎么办？

　　冷静、冷静、冷静。

2月27日

　　徐若子放下日记本呆望着萧伯母。

　　萧伯母神情紧张，"这些话代表什么？"

　　徐若子犹豫一下又打开本子读了一遍，之后摇头说："我不敢肯定……"

　　"你说吧，没事儿，我相信你。"

"看起来她与张野之外还存在一个男人，一个'他'，这个人爱着金苗，并且金苗认为他会做出某种可怕的事情。这个人应该对金苗用情很深，可能是个出色的男人，金苗认可他的能力。2月27日是什么时间？"

"今年的2月27日，也就是苗苗出事的四天前。"

"能肯定吗？"

萧伯母点头，"能肯定，日记本是我去年6月送给她的，日记中的2月一定指今年。"

徐若子咬咬嘴唇说："我觉得这个很严重，一定要告诉警方。金苗写'他'有行动力，虽然也许只是情感上的纷争，但出现在这个时间节点，说不定不是偶然……"说着她从口袋里摸出一张名片递给萧伯母，萧伯母伸过来的手不很稳定。

徐若子用另一只手按在她手上说："没事的。"

萧伯母点点头接过名片，上面的名字是：刑警队长余多。

"余队负责这个案子，算是我的朋友，您直接把日记交给他就行。"

"好的……难道说，苗苗？"

徐若子这时候没办法对萧伯母讲出实话，只能硬着头皮把所有事推给余多，"您别乱猜，有什么问题余队一定会回答清楚。"

"好，如果，如果真有人害了苗苗，我是绝不会放过他的！"萧伯母压抑着的情绪终于还是爆发出来。

徐若子不知道该怎么接话，她坐到萧伯母身边搂住她的肩膀，萧伯母反用手轻拍徐若子的手背表示自己没事儿。

徐若子安慰她道："放心交给警方，我也会帮忙搜集线索。"

萧伯母点点头。

徐若子问："我看金苗的日记中说她用文字对抗恐惧，她经常写东西吗？"

萧伯母想了想回答："是，我总是见她在写东西，她曾经写过一篇小说。"

"小说？"

"嗯，苗苗很早以前写的，几乎没拿出来给人看过。我看过，是部中篇的青春小说。"

"能不能借给我看看？"

"好……可只是中学生的文笔，不是很成熟。"

"没关系。"

萧伯母转身离去，徐若子用手敲着桌面想着什么事情。不一会儿，萧伯母拿着一摞订好的作文纸走了回来。

"手写的？"

"是的。"

由于年头太久纸已经泛黄变脆，徐若子问："这个没有转成电子版吗？这样下去会坏掉的。"

"苗苗在的时候似乎并不关心它，你提醒得对，有机会我会把它转成电子稿保存。"

说是手稿，并没有什么装饰，第一页便是标题，徐若子念了出来："黑心娜娜与黑木……"

萧伯母坐在旁边，"名字有些奇怪，写的是像散文般的故事。"

徐若子"哦"了一声，她浏览着金苗的字迹，那时的字迹与日记本上的有很大不同，除了字的尺寸与特别整洁和现在相同以外，作文纸中的笔画有潇洒的铿锵之力，不像日记字迹的圆润。

"你带回去看吧。"

"可以吗？"

"当然，我想苗苗能有你这样的读者会很开心。"

"谢谢，转成电子版的工作就交给我吧。"徐若子把金苗的手稿小心装进包里后说，"我听凌树说金苗的工作是某教育机构的教师？"

"是的。"

"您曾经说她的工作时间弹性很大，她的工作顺利吗？有没有碰到不顺心的事情，日记中说的'他'有没有可能指她的某位同事。"

"这个我不太清楚，苗苗对人不是很热情，倒是没听说她与同事怎么样，她几乎不会向我讲起工作上的事情……说实话，苗苗毕业时我对她的未来还挺发愁的，苗苗明明喜欢文学却报考理工科，学了电子工程，没想到她竟然找到这样一份工作，教孩子机器人编程。"

"金苗挺有办法。"

"我有时候都不知道她到底是胆子小还是主意大。"

"经过这几天的调查我越来越觉得金苗是个了不起的女孩儿。"

"真是麻烦你了，你身上还有工作。"

"没关系，不管发生什么我会跟到底。"

这时，徐若子发现萧伯母手里依然攥着那张余多的名片，就连拿小说时都没放下，现在已经被攥得变了形状。

十年前。

金苗拉着黑木去商场为母亲买生日礼物。商场人山人海的，就好像看不见去路的游行队伍。

黑木一头汗，被金苗推着走。金苗藏在他身后，所有的压力都由黑木承担，她只负责控制方向。

他们一个摊位一个摊位地挪动，终于找到金苗认为合适的礼物：一条丝巾。两人挤出来时，黑木的衬衣湿了一片，金苗看着他忍不住笑出声音来。

黑木不满地看看她，随便坐在花坛的边缘上，一只脚踩着台阶，用手拽动衬衣扇风，样子很不雅观。他斜斜金苗手里包好的丝巾调侃道："转了这么半天就买一条丝巾，真小气。"

金苗一点儿也不生气，她拢一拢过膝的白色裙子在黑木旁边坐下，"我又不赚钱，零用钱只够买这样的礼物。"

黑木不依不饶，"你是不是也不用洗衣服，这么白的裙子就坐在石台上。"

"你这么不会说话，怪不得没有女朋友，还打桥牌的人呢。我刚才远远看到有两个人坐在这，我们来时他们才走，所以这里显然是干净的。"

"厉害。真是眼观六路，还能看到谁在什么地方坐过，我的脑子都被热煳了。"

金苗微微一笑说："不仅眼睛尖，还特别有心计，我用仅有的钱买了这条丝巾，丝巾是总带在身边的东西，虽然便宜但是我妈会不时想到我的好，以后我要干什么，她也不好意思反对。"

"黑心娜娜这个名字起得恰到好处。"

金苗斜了一眼黑木说："我现在觉得也不错。"

"说真的，虽然你是学姐，对我的使唤也是够了。我也活该，这么简单就答应你，没想到这个地方挤成这样。"

"你才是又不会洗衣服又不会买东西的大少爷吧？"

黑木歪头想想，"真是，买东西原来这么麻烦，以前不知道，感觉有点儿对不起我妈。"

金苗叹了口气，"你这个学弟没心没肺，倒有点儿羡慕你，活得坦坦荡荡。"

"说什么呢，你什么时候不坦荡？别把玩笑当真，我没觉得你有心机。你为妈买东西，我自愧不如，所以才愿意帮你开路。"

金苗看看手里的丝巾说："我妈对我很好，过去我在外面让人欺负，她是最维护我的。虽然她是个暴君，总让我做这做那，希望我按照她的想法去活，但我还是很喜欢她。"

"年长一岁是了不起，你竟然能想这么多事，我每天想的事情只有两种——'吃'与'玩'。"

金苗笑了，"真是小孩子，你不是说要成为世界顶尖的桥牌选手吗？"

"是呀。我现在也这么想，可说到底我这也是玩，不务正业。马上升入高二，却只知道玩，家里没钱供我上那种很贵的大学。我想着，高中毕业后不如去工作算了。"

"工作？还说你想得不多，如果我不上大学大概会被我妈掐死。"

"像你这样坏心眼的人总能想出办法应对，我有时候会想，如果发生什么大灾难，世界上只有一个人能活下来，那大概就是你了。"

"你呢？"

"我？第一个被你利用的人就是我，我估计自己撑不到危机爆发的那一天。"

金苗"噗"的一声笑了出来，黑木只是更用力地扇着风。

"看你这么热，我请你喝东西吧。"

"什么？你刚才不是说你所有的钱都用来买丝巾了吗？"

"我骗你的。"

"你这个人，根本就不会说实话。"

"没错。"说着金苗站起身掸掸沾在裙子上的灰，看着还坐着的黑木说："去还是不去？"

"去，干吗不去。"

麦当劳里有空调，两人买了两杯可乐并排坐在对着窗的吧椅上。

"舒服，夏天就该这样过。"黑木眯起眼睛享受着身体内外的凉气。

"这样就满足了？"

"嗯，满足了。"

"下次我叫你还出来吗？"

黑木看着金苗正色道："你请我喝东西我肯定出来。"

"一言为定。"

"对了，你说的那个桥牌双人赛准备得怎么样了？"

"中学生校际双人赛？"

"对。你已经是高三的学生了，竟然还有时间参加这种比赛，你妈打算掐死你，我很理解她。"

"你年纪小，不要管姐姐这么多事。"

"我是怕你水平不行，给师傅我丢人。"

"我也有这种担心。"

黑木笑了起来，金苗问："你笑什么？"

"想不到你也有担心的事情。"

"真的，我学桥牌才两个月不到，这样就去参加比赛心里没底。"

黑木收敛了笑容自顾自地嘬着可乐，金苗又问："师傅，我到底行不行？"

"嗯——"黑木盯着窗外想了想，然后看着金苗。

金苗脸红了一下，"怎么了？"

"你都不知道自己有多厉害。"

"什么？"

"我说的是个事实，现在的你不知道自己有多厉害，因为你没参加过比赛。听过你的描述，我知道你的搭档水平很高，与水平高的搭档在一起，可能时常会怀疑自己吧？"

金苗点头，"我的搭档是个特别绅士的男人，他从来不说我，但我知道自己经常会犯各种错误，有些错误让他抓狂。"

"你和你的搭档是不是那种关系？"

"小孩子，不要管那么多闲事，我现在问你桥牌技术的问题。"

"你师傅我现在说的就是技术问题，他这个样子当不成好老师，赛场如战场，搭档如同战友，生死与共，如果有话不能直说，只顾着卿卿我我，可不会有好结果。"

"所以我才找你，你告诉我应该怎么办？"

"怎么办？如何应对一个对你异常绅士，其实是别有用心的男人吗？"

"你是不是吃醋了？"

"才没有。好，我告诉你。既然他不说出口，你要尽力去理解他，由你来掌控局面。你现在的水平很高，足以做到这点。"

"我的水平很高？"

"是的，我这样说你也不会相信，到了比赛中你自然会明白。"

金苗默默地点点头。

黑木正色道："娜娜,你的搭档水平高,你的水平高,但这都没有用,桥牌是两个人的运动,如果你们之间不能形成默契,你们的强不但无法形成优势反而会拖累你们,你能理解我说的话吗?"

"理解。"

"当然,让你一个人做这么多事太不公平,你师傅我也脸上无光。这样吧,下次见面时你给我一些你与搭档练习的牌例,我来帮你分析,你什么地方犯了错误,而你的搭档是如何在沉默中容忍你的。时间久了,就算他不说话,你也能知道他的想法。"

"辛苦你了,师傅。"

"你就这么想赢这次的比赛吗?"

"想赢,他看我情绪低落,又被孤立,特意来安慰我,我不想拖累他。"

"确实是个好人。"

"嗯。黑木,你不想参加比赛吗?"

"我不参加,我的目标这么远大,这种小比赛怎么能吸引我。"

金苗笑笑,"黑木,我听说天外有天人外有人,没准会有许多你不知道的强手出现,你不会心动吗?"

"你这个人真怪,我参加的话你的对手又多一个,何必呢?"

金苗认真想了想,"也是呢,黑木你还是别参加了。"

"我就知道!你真是黑心。我教了你桥牌,相对的,下次你要给我讲几篇文章。"

"好,我觉得你的文学水准不低呀?真需要我教你吗?"

"我们能不能不互夸了,听着好难受。"

"我说真的,黑木。"

"我喜欢听你讲，你说的东西是我从未想过的，就像一个全新的世界，听你说了那些，我对桥牌似乎也没那么执着了，这世上还有很多可做的事情。你说我是小孩儿，我服。"

"哼，姐姐不是白当的。"金苗说着喝完最后一口可乐，之后她打开盖子把几块冰倒进嘴里，嘎吱嘎吱地嚼了起来。

黑木看着牙直酸，吃惊地问："你牙真好，直接嚼冰吗？"

"不能浪费，我觉得嚼冰可以减压，冰在嘴里碎掉的感觉很好，好像把不开心的事情嚼掉。"

"真的？"

"你可以试试。"

黑木把可乐喝光，把一堆冰块倒进嘴里，但是他倒太多冰块把嘴塞满，不要说嚼，连话都说不出来。金苗被他的样子逗得哈哈大笑起来，他们的样子引得其他顾客纷纷侧目。

徐若子返回市区后的第二天，"灰猫"酒吧。

徐若子坐在吧台，面前放着一杯加冰的朗姆，她晃动自己的手指，使穿过酒杯的灯光发生改变，随着她的手势，桌面映出的琥珀色光晕闪动着。

吧台内的光头老板慢悠悠地擦着杯子，不紧不慢地问："我为什么要在营业前招待你？"

徐若子不紧不慢地回答："你其实希望我来吧？一个人在这间空空如也的店里一点儿意思也没有。"

"我一个人很有意思，人生难得清净，况且这间屋子是有生命的。"

"那我更要来，我没意思。我想分享你的清净与生命之屋，不行吗？"

"你这么依赖我，干脆嫁给我算了。"

"嫁给你？我觉得你的性取向经不起我的调查。况且，你明明知道我有男朋友。"

"对了，上次那个小哥不错。男朋友怎么没一起来？你们谁甩了谁？"

徐若子晃晃酒杯，发出哗啦的轻微响声，"你就不盼点儿好，我们好不容易才碰到一起，不会那么容易就分开。"

晶莹剔透的杯子在老板手里闪闪发光，这是人类文明的宝贵结晶，他把它们一个个地摆放整齐，徐若子觉得大概没几个人会喜欢这些又便宜又脆弱的玻璃杯，但老板真心喜欢它们。此时他说道："每对情侣都跟我说他们不会分开，我最好不要信以为真。"

"为什么？因为你天性不善良？"

"与我善不善良无关好嘛，你们不知道爱情只是一瞬间的事情，所以你们说的话只代表一个瞬间的想法，很快这个瞬间就会过去。"

"这是你的丧哲学吧？"

"没错。"

"我有我的道理，我的世界已经没剩下几个人，太过空旷，我从很远很远的地方便能看到他，而他也能看到我，这样的两个人想从对方的视野内消失是很困难的，强哥。"

"我有点懂你的意思。"

"本来就很好懂。"

"唉……"强哥叹了口气。

"怎么了强哥？"

"可我还有一个煞风景的、特别俗气的想法。"

"说吧。"

"我觉得那个小哥有点儿婚外情的感觉，你是不是抢谁的老公了？"

"噗。"徐若子笑了起来，强哥也跟着笑，空荡荡的酒吧回响着两个人有些干涩的笑声，笑了一阵徐若子才说，"要是那样也好，我还有个具体的对手。我们中间是他的两个朋友。"

"他的朋友看不上你？"

"他们本来一定会喜欢我，可惜他们死了。"

"死了？"

"嗯。所以凌树的灵魂变得四分五裂，不知道什么时候才能重新拼在一起。"

"我对你男朋友的印象更好了，这个世界上还有重友情的人吗？"

"以为都像你？孤家寡人一个，疏远别人，自顾自地活着。"

"说着说着又攻击我。他朋友怎么死的？"

"大概是谋杀。"

"谋杀？"

"嗯，而且还没破案，事情扑朔迷离。"

强哥认真地问："怎么会？这个社会的罪犯不都是傻子吗？我觉得只有两种犯罪：冲动犯罪，以及自以为聪明其实破绽百出的高智商犯罪。"

"你电视看多了，真正聪明的罪犯多着呢，所有人都拼了命在活，不是每个人都'自以为聪明'。"

"哦……有什么线索？"

"嗯——现在看来存在感情纠纷的可能性，犯人在凌树、金苗和张野之外，有可能是个与金苗有感情关系的人，但也可能是为了某个奇怪缘由进行的无差别杀人。后一种可能性并非我的力量能调查清楚，所以我准备把精力用在感情纠葛上面。"

"有目标了吗？"

"我读了金苗高中时所写小说的开头部分，现在有个目标，一个叫黑木的男孩儿，这个人绝对有问题。"

"金苗就是你男朋友的朋友？她还写过小说，真是可惜……不过'黑木'这个名字……中国还有黑这个姓？"

"小说中的名字，当然是假的。"

"小说中的一切都是假的吧？"

"我不这样认为，我猜金苗的小说是以现实为蓝本的，这个世界上一定有黑木这个人存在。"

"这个可能存在的黑木做了什么？"

"金苗与张野是一对感情颇深的情侣，同时金苗把与自己有缘分的黑木当作弟弟来看待。后面是我的猜想：黑木渐渐爱上了金苗，可金苗与张野的感情坚如磐石，黑木倍感煎熬，因爱生恨。"

"嗯，听起来合情合理。"

徐若子摇摇头，"不，我这个猜想不合理。警方认为犯人实施的是无特定对象的杀人行为，犯罪手法不支持我的猜测。"

"你真是怪人，既然自己都认为不合理为什么还要调查？"

"怎么说呢……做我能做的事情。"

"你陷得是不是太深了，忘了那个下雪天？"

"没有忘，那天真是谢谢你，以前一直认为你是恶人，想不到还有温柔的地方。"

"真是令我感动的夸赞。"

徐若子伸出空掉的杯子，说道："再来一点儿。"

"上午喝酒可不是美德。"嘴上这么说，强哥还是给徐若子倒了一点，"你别打岔，总是做这些危险的事情有什么好处？"

"那次确实危险，幸亏莉莉没事。"

"我倒不是担心你。我这个与世隔绝的小店，来的都是些没有希望的人，把我们这些人与活生生的世界连接起来的人就是你了，如果你突然不出现，令人失落。"

"知道你爱抒情，我可没那么容易流泪。"

"那说点儿正事，你与那个男生现在处于关键期，要抓紧，不能松懈。"

徐若子不耐烦地应着："知道了。"

强哥整理好所有东西，扶着案台叹了口气，"雪女就是雪女，不是我这个秃子能改变的。"

"秃子也不是雪女能改变的，好了，我得去干活了。"

"去找那个黑木？"

"不知道他在什么地方，我去问问第三集团的成员。"

"第三军团？马克安东尼的第三昔兰尼加军团？"

徐若子离开吧台说道："不是罗马军团，是第三集团，强哥别卖萌了。"

她话音未落，人已随着门头上的银铛声消失了。

不知道为什么，总有人认为这座城市最繁忙的商业区便是城市本身。

可能因为它养活了一城的人，徐若子这样想。她仰头看看那亮闪闪的玻璃幕墙，这栋建筑提升了人们的存在感，存在绝非坏事，它是一种希望。

在大厦三层找到约定的咖啡店，那个身穿整洁灰色西装的人已经在等她了。作为记者，徐若子为自己订下规矩，约人要在对方之前到达，这是诚意也是种战术。可这个人竟然来得这么早，有一个传说，早到对于金融系统的从业者来讲是种罪恶。

咖啡厅的环境高雅，仿佛连射入其内的阳光也镀上了一层银色。徐若子坐下说道："抱歉，我来晚了。"

赵小川冷静地回答："是我来得早。"

"今天不忙吗？"

"忙，不过我不想让你等我。"

"想不到你还挺绅士，我以为你是个精密的人。"

赵小川仔细打量了徐若子才说："你说得对，一般来说我不会早到，但你是嫂子，身份不同。"

"嫂子？"

"标准的说法，你是凌树的女朋友。"

"等一下，你和凌树不是同班同学吗？他能比你大多少。"

"实际上大六个月，问题不在这里，我一直把他当大哥看。我与那个重色轻友的张野可不同。"

"你与凌树间的情谊，方便对我讲讲吗？"

"这就是你电话里说的——重要事情？"

徐若子认真地点头，"是的，你知道金苗、张野出事后凌树很消沉，我想为他做些什么。"

"我知道了。其实我与凌树之间没什么情谊。"

"啊？"

"我说的是事实，说起来我们只是君子之交，我对他很冷淡，保持着距离。"

"为什么？"

"我就是这种人，不习惯和人太过亲近。"

徐若子点头。

"凌树明白，所以他也与我保持距离，并没有强迫我按照所谓正常人的习惯交往，这点我很感谢他。也许凌树不知道，桥牌队对我很重要，我不想放弃。"

"他说你表面上不在意。"

"我不在意桥牌，我在意桥牌的功能。"

"功能？"

"我们的高中很差，我为自己的未来担心，幸亏认识了凌树，他有一些我不曾想过的目标。我没有天赋，但桥牌使我的逻辑、计算以及沟通能力得到很大提升，比赛胜利后获得的奖项更是我向上走的阶梯。我在金融行业做，一直用当年在桥牌队磨炼出的技能。我的这些成长全靠凌树，他对技术十分执着，训练计划都是他制订的。所以在我心里，他是大哥，带我走出了本来没什么希望的人生。"

"嗯，我懂了。"

"我是个功利的人，无情无义，上大学以后桥牌成了累赘，我不想继续为桥牌付出，渐渐脱离了队伍，说白了，就是过河拆桥。我是烂人，但我敢做敢当，这点我对不起凌树，我知道他不会在乎，可心里一直觉得愧对他，所以我不能让你等我。"

"你和凌树都是怪人，张野又怎么样？你刚才说他重色轻友。"

"我不太喜欢张野，他这个人过于傲气目中无人，不过我对大多数人都是看不上的，想起来对张野也不是特别讨厌，毕竟是队友。但他与凌树是发小却总是向着金苗说话，我就看不上他这点，重色轻友。"

"凌树常与金苗争吵吗？"

"那倒不是，只要是桥牌技术上的问题，凌树从来不会退缩，他对谁都一样，金苗是新手犯错特别多，凌树常说她，这时张野就会出头为金苗说话，有一次还和凌树吵了起来。"

"凌树这个人不懂怜香惜玉吗？"

"完全不懂，他眼里似乎没有性别这回事，我不知道你为什么会看上他。"

"我就是喜欢他这点。"

"不能理解。"

"你想，在这种情况下他对我的好是不是就特别真？并不仅仅因为我是女性所以装出的样子。"

"你真有心机。"

"在这点上，我们两个倒是接近呢，都是现实的人。"

"我们？不，我们可不像。你和金苗倒是很像，你们都是聪明人，第一次见你我就有这样的感觉。"

"金苗桥牌水平怎么样？"

"不太好，但比我强，她全靠聪明，这点我比不上她。在复盘的时候我连牌都没看明白她就已经有了思路，有时真的让我绝望，感觉自己的智力完全被一个新人碾压。还好凌树看出我的尴尬不时为我圆圆场，要不我这个前辈真是无地自容。"

"金苗是个这么可恨的存在吗？"

听到这个问题，赵小川眼睛亮了一下，说："当然，金苗处处压倒我，张野又特别维护她，她在队里的存在感太强，让我很不舒服。"

"她对你怎么样？"

"金苗中文优秀，说实话，与她聊天是件令人愉快的事。"

"你记不记得你们比赛的对手中有一个长得特别秀气的男孩儿，像女孩儿一样。"

"记得。"

"真的？"

"我别的才能不行，记忆力特别好。那是一五三中的队伍，他们的主力是这样一个男生，长得特别好看。"

"金苗是不是一开始就认识他？"

"金苗认识他？这我倒不知道，但他本来是我与凌树开室的对手，可一轮结束后我看到金苗与他聊天，样子亲密。比赛结束后那个男生还特别找到我们交流经验，大概是对凌树很佩服，金苗也与他交谈，十分融洽。"

"你的记忆力真是了不起，我现在能不能找到那个男生？"

"你找他？这是九年前的事了，反正我是帮不上忙。"

"你已经帮了大忙，知道他的学校，知道他九年前是校桥牌队的，知道他的长相，我可以去校友录试试看。"

"校友录！你反应真快，简直是金苗再现。"

"不过这也要看运气，有些人不上这个网的。"

"与你说话就像回到从前，现在我常常后悔离开桥牌队的决定。"

徐若子闻言，仔细看了看赵小川后说："我想问你一个私人问题，你别生气，也可以不回答我。"

"你问吧。"

"你是不是喜欢金苗？"

赵小川大概是眼睛酸了，摘下眼镜说："喜欢，是指暗恋对吧？"

徐若子温柔地"嗯"了一声。

"怎么会？我与她连朋友都算不上，只是队友关系，你为什么会这样想？"

徐若子调整了坐姿，显得随意了些，"嗯——只是因为一种直觉，也可能是我想错了。你看，你不讨厌金苗，觉得与她聊天很愉快；有关她的事情你记得很清楚，她与外校男生交谈的样子你都能记住，凌树和我讲这段的时候就模模糊糊的，不像你这样有画面感；你说我像她，说明你了解她；你说与我说话就像回到从前，一个有金苗的从前，你后悔曾经放弃。我觉得你对金苗十分关注，但又不愿意承认她是你的朋友，为什么？很容易让我认为你对她的感觉超越了朋友关系。你与张野关系不好，是不是因为他与金苗太过亲密，因此产生敌意？"

赵小川面无表情地沉默了一小会儿后冷静地说道："你想错了。"

徐若子马上微笑了一下，道歉说："抱歉。"

赵小川站起身说道："我还有个会，下次再聊，很高兴见到你。"

徐若子也站起身，"谢谢，我也很高兴见到你。"说完徐若子向赵小川伸出手。

赵小川看了看徐若子的手，只是微微点头，转身离去。

徐若子有些尴尬地如同枯萎鲜花般地把展开的手指一根一根地蜷了回来。

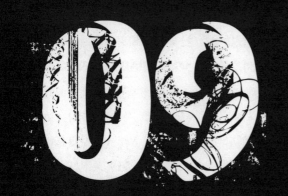

　　因为决定搬去凌树家，徐若子周末要处理房子的事情，之后打包行李，忙了整整两天，直到周一下午她才把手里的稿件完成。

　　社长办公室布置得素朴，靠墙有一排四个浅色书柜，办公桌上的书与文件码放得整整齐齐。窗边放着一张会客长桌，四把椅子两个一组摆在桌两侧。

　　没有舒服的沙发，没有喝茶的情趣，好像在昭告访客，这里只谈工作。徐若子坐在一张椅子上安静地注视着对面的社长，像是在想什么，又像什么也没想。

　　社长不到六十岁，一头银发，是位优雅的女性，不但穿着得体，而且举手投足间流露出知性的气质。她对于发生在身边的职场斗争始终保持置身事外的态度，装作看不见。并非社长愚钝，视而不见比卷入纷争更需要定力以及稳固的背景，否则根本做不到在对立的风暴中全身而退。

　　徐若子虽然属于记者部，但她与记者部主任交集不多，《城市月刊》的社长并非虚位，她同时兼任总编，徐若子的业务现在直接对社长负责，而社里的事务性工作由副社长管理。

　　社长专心地看着徐若子刚刚提交的最后一版修改稿，办公室里一点声音都没有，窗外有微弱的树叶碰撞声，像水流的轻响。

　　徐若子脑中不自觉地出现那时向社长请假的情景。

　　她把自己的缘由一五一十地对社长讲了，没有任何隐瞒。徐若子几乎不会说谎，说谎又能给她带来什么好处呢？父亲根本不理她，无论她说什么做什么；在同学面前也没什么好吹嘘的，没人相信徐若子的人生光鲜亮丽。

　　这次，替徐若子说谎的人是社长。

　　听完徐若子的陈述，社长面不改色地说："你这种理由没办法请到假，为了一件私事还不是你自己的，帮助凌树疗伤……这样的动机在这个社会上还有几个？社里的人是无法理解的。你身体不是不好吗？请病假吧，之后你愿意做什么我就不管了。"

徐若子被社长这种态度惊呆了，她战战兢兢地又问了句实话："您为什么对我这么好？我知道您是有原则的人，从来不袒护下属。"

社长露出一个自然、冷丽的微笑，淡然说："我？我从来不是一个有原则的人，其实我一直在袒护凌树，或者说试图袒护凌树，但他这个人极聪明，很会做人，不给我偏袒他的机会。那天，他放弃坚持了几年的小心翼翼、放弃在社里积累起的好评袒护你，让我吃惊。现在我理解，凌树为什么会那样做，你为了他休假，你们都是性情中人，大概产生了某种共鸣。我很高兴有机会偏袒凌树，他与那些为了小事情争来斗去的人不同，是我在业务上最为倚仗的下属。实话告诉我，如果我拒绝你的请假理由，你会辞职对吗？"

徐若子点点头。

"所以我愿意袒护你，就像我愿意袒护凌树一样，我希望把杂志办好，需要左膀右臂，为了你们这样的人才，我甘愿坏了规矩，对我来说没有什么平等，只有同路人。"

正想着，"啪"的一声轻响，社长合上了笔记本电脑，她慢慢摘下眼镜对徐若子说："好！写得非常好，在你之前社里根本没人能写人物，你是第一个能写好人物采访的记者。"

"谢谢。"

"若子，你是从大社过来的人，水平很高，名副其实。你与凌树的组合我很欣赏，我希望你能在社里一直工作下去，不要轻易放弃，好吗？"

徐若子眨眨眼睛说："我答应您。"

"还有一件事儿，我想问问你。这次选题会你没在，你对记者部主任的专题《当梦想碰到现实之墙》有什么看法？"

"这个……很好的专题，虽然我完全无法理解。"

"你这话说得不诚恳，无法理解怎么会好？"

"我是这样想的：理想与现实是读者喜欢的主题，有理想的读者希望看到这个世界还有人没有放弃；屈从于现实的读者希望看到他们的选择是对的，与其去撞墙、艰难生活还不如一开始就做出正确抉择。它同时适用于截然相反的两群人，这样的选题我自然赞同。"

"无法理解又指什么？"

"在我心里，梦想与现实不是对立的，这样的逻辑关系我理解不了。梦想是种希望，任何人都不能没有希望，屈从现实的人也有关于现实的希望，那些本可以称为梦想。而放弃的那些，并没有消失，还存留在我们的记忆中，梦想本就是无形的，不该用现实过度地衡量梦想的价值，梦想的价值只有心知道。"

"说得真好。"社长站起身，"想喝点儿咖啡吗？"

"好的。"徐若子此时确实感到疲惫。

"速溶的，不是很好的咖啡。"

徐若子接过杯子，"我根本不懂咖啡，速溶的就好，谢谢。"

社长坐下说："我很少与人在这办公室闲聊，不，今天应该是第一次。"

"与凌树也没有吗？"

"自然没有，我们都是严肃的人，除了工作从来不谈别的事情。"

"我听说他在桥牌队时也是个严肃的人，对队里的女生一点儿也不温柔。"

社长笑笑，"我说想办好杂志，其实并不容易。你别看我是社长，很多事都做不了决定。一方面要考虑市场的选择，一方面还要照顾系统内部的需求。社里很多人是被强行安插进来的，他们的业务能力根本没有达到最基本的要求，更可怕的是有些人没有事业心，只想打击对手往上爬，弄得我焦头烂额。"

"我理解。"

社长喝了口咖啡看了看窗外，说："你和凌树都是特别的人，在你们面前我敢说出心里话，不用戴着一副假面具活着。人真是很奇怪，每个都不同……你的挽救工作进行得怎么样了？"

"不太顺利，很复杂，千头万绪，有一种无法成功的预感。"

"别这样说，亏得我给你批了假，你要负责把你自己与凌树两个人的状态找回来。"

"有奖金吗？"

"有，我请你吃饭。"

"一言为定。"

社长定睛看了看徐若子说："注意安全。"

"嗯。"

打开天台的门，沙沙的树叶响声大了起来，风扬起徐若子的一缕黑发。徐若子用手指挡住它们，免得碰到门槛上的灰尘。

凌树坐在远处的石台上望着城市发呆，一动也不动。

徐若子没有说话，安静地坐在凌树身旁，他没有侧头关心坐在身边的人是谁，仍然望着某处。

顺着凌树的目光看去，对面大厦的玻璃幕墙上反射着一排金色的光辉，夕阳的光芒照亮徐若子身后的大厦，之后再次反射到对面楼上。

那是一竖排几乎完全相同的连续图案，外侧是两个半弧形的光斑，中间是鼻梁似的形状。乍一看像一排鬼脸，仔细研究会发现那只是阳光经由窗子的反射再反射到窗上的扭曲姿态。

人类单纯的心总是能创造出远远超越单纯的图画，这种结果有着无法解释的古怪。

"鬼脸光斑"渐渐变暗，由金色过渡到橘红色，然后是暗红色，然后光彩尽失。

没人说一句话。

就像一对已经无话可说的情侣，走过了争吵的互相责怪的总是伴随着失望与不甘心的时光。现在，不想再说什么。

两个人之间最重要的东西大概是存在，在身边比什么事情都重要，能够击碎悲伤的东西不是语言，只是存在。

这就是徐若子想要的最终结果，她调整过人生目标后所追求的东西。

坐了一个多小时后，凌树还是说话了，一开口，所有需要面对的烦恼"呼"的一下涌进徐若子心里。

"走吧，我帮你搬家。"

"你都没有看我，怎么知道坐在旁边的人是我？"

凌树侧过头凝视着徐若子，"除了你还有谁？"

徐若子笑笑。

凌树借了一辆车帮徐若子搬家，赶上晚高峰，车以龟速前进。

前面是一片红色的尾灯，道旁是黄色的路灯，星星点点；两侧的店铺五彩斑斓，行人三三两两。

车中的电台播着谈话节目，女播音员说道："男人永远认为自己是对的，anyway，那就算他们对好了……"

闻言徐若子笑了一声。

凌树问："怎么了？"

"你是男人，大概无法理解这种心情。"

"心情？"

徐若子慵懒地坐在副驾平静地回答："我们的社会从法律、制度上消除了性别的不平等，但事情没有这么简单，毕竟男女有别。相对来说男性更加自由，而女性的天空上好像盖着无形的罩子，总有什么压着我们，这东西太大太缥缈，即使想反抗也没有办法，无处着力。"

"虚无缥缈的盖子……"

"我认为金苗也有这样的感受。"

"你是不是想说明什么？"

"嗯。我在想，这次调查进展缓慢，问过许多人，但没人能提供关键线索，这是为什么？也许因为我们所有人都低估了金苗。金苗可能做出超越我们想象的事情，所以才使事件扑朔迷离。"

"低估？"

"前几天我与警方的人谈过，金苗、张野的事件不是事故，基本可以确认是人为的罪行。"

凌树停顿了一下，淡然说："你不该对我说这些，我知道记者的规矩，嘴不严会失去情报源。"

"我明白，对方也郑重提醒过我，但我相信你，而且需要你的帮助。"

"我更担心你，回想起那座吊桥，心有余悸。"

徐若子做出思考状，想了一会儿才说："所以我们需要取得突破，占据主动。你是了解金苗的人，能不能帮我整理下思路？"

"好。"

"萧伯母，金苗的母亲。她担心金苗为感情所困选择自杀，在萧伯母心里金苗是个胆小、封闭有时又会做出过激动作的女孩子。我认为金苗在母亲面前隐藏了自己真实的性格，她在学校曾经被欺负，那时爱女心切的萧伯母必定寝食难安。金苗为了避免再使母亲担心，也许会选择不向母亲敞开心扉。"

凌树想想，说道："那个年纪的孩子，就算没有特殊原因也会与父母保持一定距离吧？我就是这样。"

"这也是一种可能性。萧伯母是大学讲师，金伯父在科研机构工作，他们的素养很高，金苗在他们眼里永远是一个需要呵护的不成熟的孩子。金苗高中时曾经写过一部中篇小说，萧伯母对这部小说的评价只是孩子不成熟的作品，有种不想轻易示人的顾虑。可我看过开头，认为小说的水平相当高，绝对称得上佳作。父母是这样高高在上的人物，正如你所说，就算没有被欺负的事件，金苗大概也会养成封闭的个性，因为不论与父母谈什么，对方都在自己之上或者认为自己做得不够好，这样的谈话又有什么意思？"

凌树点点头。

徐若子伸手关上收音机，看着前方的灯影说："很有意思，我与金苗的情况截然相反，但我们两个的心境却是一样的。我在被无视的环境中成长，从期待被关注发展到自我意识淡薄，性格孤僻，总是观察别人是怎么活的，又羡慕又好奇。金苗在关爱自己的强有力的父母羽翼下成长，但因为父母太过优秀，金苗又没有强烈的上进心，就像镶金的木筷子，人们的视线集中在华丽的金属花纹上，看不到木筷子本身的存在。金苗在情感上也自我孤立起来，她不想审视弱小的被人欺负的自身，同样性格孤僻。她一定也喜欢观察他人，想知道别人的生活方式是怎样的，他们快乐的源头在哪里。"

凌树打断她说："'孤僻'这个词用得不好，你们都不是孤僻的人。"

"现在哪有精力顾及用词是褒义还是贬义，请你领会精神。"

"孤僻真是你们的性格特征吗？"

徐若子看着凌树，"你的看法是什么？"

凌树让车向前爬了一步，然后回答："你们两个特别善于与人交往，你们懂人，我承认懂人的人也会是性格孤僻的人，但我不认为那是你们主要的性格特征，孤僻是你们选择的生活方式，而不是你们被孤僻选择。"

"你这句话，我不明白。"

凌树看着前面说："简单讲，你们有能力走出所在的角落，只是你们自己不情愿这样做，所以你们不情愿的原因比孤僻这个结果更加本质。"

"那我们性格的主要特征是什么？"

凌树摇摇头说："我总结不了，我不像你有能力给别人做出明确的心理侧写，有些意向纠缠在我心头，但表达不出来。"

徐若子点点头，"我有些认同你的观点，看来把心里的想法对你说出来的决定十分正确，只靠我自己的力量没办法走出这条死胡同。"

凌树皱了皱眉头，"事件如此难解吗？"

徐若子把纤细的手指交叉起来，以此来辅助头脑的运转，"按照警方的说法并不难解，这桩案件只是没有特定目标的随机杀人犯罪，罪犯针对的是山庄或者社会，他用粗糙的手法锯开护栏，等待倒霉的受害者自投罗网。"

凌树愤怒地说："真是凶残的想法，无辜的生命就被这样冷酷地夺走，无论他有什么样的仇恨都无法原谅。"

徐若子沉思着说："可我不这样认为，这一手法太过古怪，而且被山庄工作人员发现的可能性很高。我们假设罪犯走山路或者驾车绕过监视系统好不容易到达平台，还要用半个小时以上的时间耐心地设置陷阱，这期间只要有一个人经过他就会前功尽弃，对不对？"

"嗯。"

"我在网上搜索到护栏没有断裂时的照片，钉入地面的直立栏杆很粗，应该无法撼动，对吧？"

"是的，我亲眼见到断裂的是横向栏杆。"

"平行的横向栏杆一共有四条，断开的是哪几条？"

凌树稍加思索便回答："我面对的右侧栏杆全断了，左侧下面的三道栏杆断了，只有最上面的一道栏杆没有断，因为横向栏杆中还有较细的纵向栅栏，所以断掉的栏杆整体挂在悬崖外并未坠落。"

听到这些，徐若子皱了下眉，沉默了十秒左右才说："你说过，张野曾经一手抓着断开的栏杆一手抓住金苗。"

"这一情况是警方人员录完我的口供后自言自语地说出来的，我想他根据我的叙述正在推演当时的情景。"

"如果真是这样，说明第一道栏杆承受了两个人的重量仍然没有断裂，犯人没有完全锯断它。"

"一定是这样。"

徐若子悠悠地说："看到护栏的照片后我思考了很久，设想犯人该如何布置这道陷阱，如果他的目的是随机杀人，最简单的方法应该是把所有焊点全部从后面锯断，只留下正面的一点儿连接。不论是谁扶住栏杆，稍一用力它就会整个断裂，受害者突然失去平衡，因此坠落。"

"有道理。"

"可根据你之前对我讲的情况，我猜测犯人一定没有把横梁全部锯断，为什么要这样？是因为没有时间吗？"

凌树握着方向盘说："因为犯人不想让从正面扶住栏杆的人坠落。"

徐若子睁大眼睛，称赞道："厉害！我想了很久才有一点点头绪，你竟然瞬间就说了出来。我就是这样想的，他不把第一道横梁锯断的原因一定是这样，从正面扶住栏杆，要么力量不够横梁不会断裂；要么只有栏杆的一端断裂，但受害者并没失去着力点，身体不会失去平衡向前倾倒压断其他横梁，避免了跌落的结果。"

凌树冷静地说："所以这个机关是有针对性的，针对某个以特殊方式接触护栏的人。"

"正是如此。这样推理的话，护栏上挂着的牌子就变得特别显眼。"

"我记得是'禁止倚靠'。"

"是的，犯人的目标是那个明明看到警示牌还会倚靠护栏的人。如果用全身的力量背向悬崖倚在护栏上，陷阱就会按照你所描述的方式发动，一侧的横梁完全断裂，人跟着护栏向崖外移动从而失去立足点，之后坠落。"

"嗯。"

"问题是真的存在这种人吗？第一，他不守规矩，无视山庄的警告；第二，他胆子很大，敢于在悬崖之上背靠着护栏。"

凌树沉默了一下才说："你的推理正中靶心，这个人确实存在，金苗常常靠在护栏上抽烟。"

"我猜到了。金苗她也抽烟？"

"桥牌比赛有时从早上打到晚上，晋级后连续打几天，从那时她开始吸烟，吸得不多。你呢？"

"我？我是没有家教的孩子，吸烟简直是种必然。初中时，走在路上，身边的男孩子吸烟，我就向他要了一根，那次是我第一次抽烟。我还记得那位男同学，普普通通，不爱说话，仅仅是与我顺路。"

"他给你烟的时候说了什么？"

"什么都没说。"

"不错的回忆。"

"还是回到正题。"

"听了你的分析，确实有一种谋杀的气氛，可谁会杀害金苗？她只是个小人物，人又好，从没听说她跟人结过仇。"

"问题在于——我们真的了解金苗吗？"

"我开始明白你的意思。"

"萧伯母被金苗骗了，警方的判断也过于草率，这些都是因为我们只把金苗当作普通的女孩儿来看待，我们把一般人的想法代入金苗身上，才觉得她会想不开，或者她只是一场无脑谋杀的受害者。事实上，金苗很可能与什么人结了仇，而这个仇家也殚精竭虑地设计了对策。如果凶手有确定的目标，我们就可以理解他冒风险进山的心境。"

"就算我们打开思路，但没有线索支撑，也只是空想而已。"

"我有一些线索……"

"到了，让我们先把东西搬上去再说。"

徐若子的东西不少，她认为旧东西会有家的感觉，不舍得扔掉。当然什么才算是家，她也搞不清楚，电视、电影里有很多家的画面，徐若子觉得那些都不真实。

凌树把箱子放好后离开卧室，带上了门。卧室几乎清空，徐若子只要负责改朝换代就好。简单地收拾一下，徐若子坐在床边叹了口气，不知道这算是合住还是同居。

想起了什么，徐若子把包里的镜子拿出来摆在桌上，镜中的女孩儿稍显憔悴，妆容不知何时失了光彩。

补了淡妆，换了套素朴舒适的衣服，徐若子才走出房门。

茶已经泡好，摆在茶几上，凌树坐在沙发上看书，他身后是铺得整齐的地铺，再往后堆满了乱七八糟的箱子，主要是书籍。

徐若子坐在凌树身旁，穿着黑色麻布长裤以及青色麻布上衣，裤子合身，上衣看起来十分舒适。这套衣服凌树从未见徐若子穿过。

她端起茶杯先闻了闻，之后浅浅喝了一口，徐若子放下杯子注视凌树。凌树也正看她，说道："你在家里的形象与工作时完全不同。"

徐若子说："是吗？我在家常发呆，什么都不想做。谢谢你，让我住进来，省了不少钱，而且就算失去工作也不必着急。"

"你这样的情况我还是第一次见，如果你无处可去也不能回家吗？"

"嗯——可以回的，毕竟我是我妈的女儿，如果厚着脸皮去后爸家强行住下，他们也没办法反对。可是我自己不想，我希望永远都不要再回那里去。那个地方没有我的位置，只要进了门就会觉得自己是多余的，觉得我对于世界都是多余的，那是一种强烈的挫败感，再也不想体验。"

凌树点点头。

"人只要能活下去，就会感到幸福，坐在沙发上不用担心未来，这是我一直以来的奢望。"

凌树没说什么，放下书，为徐若子添了茶。

"今天社长同我聊了会儿天，她对你抱有期望，你不认为这是个机会吗？"

凌树放下茶壶问："什么机会？"

徐若子正经地回答："往上爬的机会。"

凌树笑了出来，"别开玩笑，我没有这种能力。"

徐若子端着茶杯站起身，先是在客厅里看了看，之后走到窗边。

客厅的窗子临街，从13层看去一整条街市尽收眼底，各种各样的人为了各种各样的目的往来穿梭，被店铺灯火照亮的街道人影幢幢。

"我倒是没开玩笑。我们社长是位大小姐，生于安逸长于权柄之处，她是个有理想的人，真心想办好刊物。"

"嗯。"

徐若子盯着街景讲故事般地轻声说："社里的事情你比我清楚，想是这样想，可问题多多。我们社的市场部只有两个人，而且他们能力有限，形同虚设。发展战略由主管业务的记者部主任决定，她早已放弃了读者把精力放在有偿报道上，认为那才是我们的出路。社长想改变却又犹豫，如果你有抱负的话，现在正是时机。"

凌树凝视着窗边的徐若子，街道的亮光映着她的侧脸，时空仿佛变慢、停止，甚至扭曲到了其他世界之中。

他轻声说道:"明白了,我会留心这件事。"

徐若子向四处看看,说道:"抱歉,我一来把你家弄得这么乱。"说着她把堆在窗前的箱子、杂物挪了挪,拿来两把折叠椅放在窗前,问道:"有酒吗?"

"喝茶不能满足你吗?"

徐若子认真想了想说:"第一天搬进来,我们可以小小庆祝一下。"

"只有一瓶烧酒。"

"行,要加冰。"

凌树站起身,拿来一瓶烧酒两个杯子,冰块在杯中轻响,他坐在窗边的椅子上为两人倒了酒。

徐若子拿起杯子说:"多谢款待。"

凌树与她碰杯,两人各喝了一小口,徐若子轻摇着杯子说:"突然与你住在一起,兴奋与紧张并存,只好用酒来平复心情。"

"紧张?想不到你也有紧张的时候。"

"当然,我也是女人,虽然我拥有令人羡慕的自由,想吸烟就吸烟想喝酒就喝酒,想与谁好就能可以与谁好,但在与异性的交往上面我还是很谨慎的,至今都没那个过,只是个单纯的孩子。"

"我也没有。"

"啊?看不出来,你在女生面前这么从容,我还以为你已经那个到麻木了。"

"怎么会。我有别的解决方法。"

徐若子笑笑,"我们这两个室友还真是坦诚,第一天便沟通了这么深刻的问题。"

凌树也笑笑,望着窗外说:"有什么深刻的,与你每天见到的热闹世界相比，我的生活没有故事可讲。"

"曾经有个前辈对我说过一句话'在曲折、复杂的生活里，人往往极单纯，因为他们没有使自己变得复杂的时间，相反则是另一种情况'。他说什么样的环境里都有故事，不同的人有不同种类的故事。"

凌树想了想，说道："你前辈的观点不符合常识，难道置身权谋斗争的人都是极简单的？反过来说，若子你该拥有最复杂的故事，你很少说谎又直率得过分。"

徐若子温柔地问道："这样的我可爱吗？"

凌树先是看看她，之后不知有意还是无意回避了徐若子的目光，淡然答道："你的可爱……大概只针对特定对象，有些人会认为你非常不可爱。"

"你看，这就是我的复杂故事，我对有些人来说可爱，对另一些人则不。"

凌树笑笑。

徐若子停顿了一下，"说真的，你说我直率。我知道自己，很多时候我的行为不能被称为直率，只能叫作无礼、肆无忌惮。"

"无礼？"

"大学时，我常常因为这个弱点得罪我的室友。记得一个室友兴高采烈地与我聊她的男友，她说得生动，我知道她真心感到幸福。可到中间还是忍不住插了一句：'你是不是还喜欢那谁谁谁，我看到你们对视的眼神，别有深意，他是你的备胎还是什么？'说完这句话后，空气便凝固住，室友想说什么，又不知道如何开口，我急忙救场道：'我错了，不该提他，虽然我们心里能装下很多微妙的感触，可只有力气专注其中一段。'听到我这番正经的发言，室友干笑一下，走开了。"

凌树闻言，笑出了声音。

徐若子喝了口酒，看着凌树说："你今天总是笑，我喜欢你笑。"

"因为你说话有意思。"

"那时我不能理解人们心里面的脆弱，或者总是慢一步才能理解。不过我倒是更喜欢过去的自己，室友也愿意容忍我的缺点，她们知道我没有恶意，我们的关系竟然还不错。"

"时间会改变我们，经历会改变我们，这些改变大概没有对与错……"

"金苗也有这样的改变吗？"

"她……"凌树喝了一口酒说，"桥牌队解散以后我们没有联系，我不知道她经历了怎样的生活，再见时金苗与张野确定了关系，我自然要与她保持一段距离，对你这个问题，我没有发言权。"

"想不到你还是这样传统的人？"

"我们的关系特殊，过去是难分彼此的队友。"

"你这样说也有道理，君子之交淡如水。"

"让我们继续刚才的话题吧，你说到我们低估了金苗。"

闻言徐若子坐直了身体，看着凌树说道："对！这桩凶杀案可能牵扯到更加复杂的动机，可能是一场积蓄了十年力量的情杀。"

凌树有些不满，"你不要胡乱猜测，用新闻报道的套路代入金苗的事情。"

"知道你会这样说，所以我特意端正了坐姿。"

"你说的线索是什么？"

"金苗在出事的四天前写下一段日记……"不知道徐若子记

忆力超强还是下了功夫，她把金苗的日记一字不差地背了出来。

凌树凝神倾听金苗的日记，之后他沉思着，手攥成拳，皱了一下眉，说道："金苗曾经被什么人威胁过？"

"或者是她察觉到了某种威胁……金苗写下这段文字后，只过四天便出事了，真的只是巧合吗？"

"可我从来没听说过金苗、张野的关系之外存在第三者。"

"在车上我提到金苗高中时写过一部中篇小说，你看过吗？"

凌树摇头。

"小说的名字叫作《黑心娜娜与黑木》，写的是高中女生与一位学弟的故事，我猜想高中女生的原型是金苗自己，而那个叫作黑木的男生有可能与事件有关。"

"高中——那得有十年了……那个人是不是张野？"

"不是，小说中另有一个角色是张野的原型，黑木是张野以外的人物。"

凌树摆摆手说："等一下，这是十年前的事情，就算有黑木这个人，这段感情怎么会沉寂十年后突然爆发？十年的时间，物是人非，那个中学生可能早已成了孩子的父亲，这个猜想不合理。"

"日记中有一句话，'……这么多年过去了，我没发现他的情感……''这么多年'是多久？只有两三年会这样说吗？金苗是个善于使用文字的人，我想她的表述会比较准确。正因为这句话，你所说的不合理反而变成了非常可能，这个人一定不是金苗最近认识的某个人，而是她的旧交。"

"你刚才确实说了这句话，'这么多年'如果指五年以上，有可能指她的大学同学，不过高中生的可能性也大大增加。问题是……"

见凌树有所迟疑，徐若子说道："你可以把心中的想法都说出来，告诉你这些就是想听听你的意见。"

"我确实有一个想法，但不太想说，我觉得那不是我们应该涉足的领域。特别是你，为了调查已经遭遇危险。"

"我又不是小孩子，别小看我。"

"这句话就不太成熟。"

徐若子笑笑，正色说："说吧，我不会容忍你把话只说一半。"

"你认为林中那座桥被人砸断的可能性有多大？"

"林中的桥……"徐若子回忆着，"虽然没有证据，我心里几乎肯定那是人为的。一种直觉，巨石滚落的轨迹、滚落的时机就像是被某种意图牵引着，充满恶意。"

"虽然用感性推理最不可取，姑且让我借用你的直觉。好，你现在有了两个假设，一个是金苗、张野死于一场情杀；另一个假设是凶手弄断吊桥向我们示威。我可以这样讲吗？"

徐若子点头，"可以。"

"我认为这两个假设是矛盾的，无法同时成立。"

"矛盾？"

"我们假设存在一个为情所困的人，这个人暗恋金苗，他受不了感情上的煎熬做出极端的事情。请问，这样一个人为什么会在事发一个月后在那片树林中碰到我们？"

"这……我倒没想过。"

"我认为几乎没有这种可能性。暗恋金苗的人是她的旧交，我们第一次前往雾岭山庄是前年的11月，距今只有一年半，这位潜在的暗恋者既不会是雾岭山庄的工作人员，也不会是林尾村的人，你同意吗？"

"同意。"

"你没有见过金苗，认识我也只有五个月，金苗的朋友不见得认识你。就算他认识你，你去林尾村这件事连我都没告诉，这个人怎么会知道？"

"他一定不知道。"

凌树点头，他见徐若子这么认真地配合他的分析，在语气上又郑重了些："既然我们认为断桥是凶手的示威，你又认为凶手是金苗的旧交，也就是说这个并不知道你前往林尾村的金苗旧交不知道为了什么事情偶然在树林中碰到我们。"

"……"

"他在什么地方碰到我们的？进入林地后道路曲折狭窄、树木高大可视范围不超过10米，很难想象在这种环境下他能在我们没有察觉的情况下'偶然'碰到我们。即便他真做到了与我们的偶然相遇，也只是问题的开始，首先他要判断出我们的行走路线，然后在短时间设计一整套计划不露痕迹地弄断吊桥，你认为一个既不属于林尾村又不属于雾岭山庄的人有可能做到这一切吗？"

"不可能，我认为这个人早就知道巨石与吊桥的关系，知道山里下过雨，巨石存在滑落的可能。"

"我也这样想。所以，如果吊桥是对我们的恐吓，那这个凶手一定是林尾村的人。他对我们的行动了如指掌，从我们进村到离村进山他都看得清清楚楚。我们进山后他预想到我们会通过吊桥，便使巨石滑落砸断锁柱。"

"我明白了，虽然把车停在山边可以绕过林尾村进山，可如果事先不知道我们的行动、不对山林有十分的了解，便没办法设下机关。"

凌树站起身边为两人添冰块与酒边说道："嗯，日记的事情大概只是巧合，就算存在黑木这个人，也不太可能是凶手。"

徐若子如同女朋友般提醒凌树："我倒无所谓，你明天还要上班，不要喝太多。"

凌树坐下说："这段时间我的脑子转不动，好像被什么东西卡住似的。你既然想借助我的力量，我得认真一些，喝点儿酒有助于思考。"

徐若子注视着他在黄色灯光下憔悴的面孔，停顿几秒后便把话题转了回去："你们去过山庄多少次？"

"去过十几次，一个月会去一两次。"

"说多不多，说少不少，与金苗的交集如此有限，村里或者山庄的人真的可能生出杀人动机吗？"

"这件事你不该问我，你是社会版块的记者，远比我有发言权。"

徐若子吐了口气，想了想说："激情犯罪，自然只见一面就够了，有些人脑子里面没有道理这东西，受到冒犯，会不计代价地反击，令人心惊。至于有预谋的犯罪，我说不好。我知道一个流传不广的案例，一个男人精心策划一桩纵火案只是因为嫉妒一对与他并不熟识的夫妻，确实存在这种不可理喻的动机，自己的生活没有希望便对陌生人心生杀机。但刚刚在车上我对你说明了，我不倾向这类几乎等同于报复社会的动机。"

凌树点点头，"你在车上关于护栏的推理十分精彩，我赞同。"

"我本来认为金苗的感情世界远比我们看到的复杂，她卷入某个由感情构成的漩涡之中，最终引发悲剧，可你找到我逻辑的漏洞，把它推翻。现在，你的建议是什么？"

"其实你的分析并没有错，也许我们都小看或者看错了金苗。只是凶手的动机很可能与感情无关，是金苗的为人以及她看待世界的方式使她卷入某个事件。我们所知道的金苗是一个低调、谨慎甚至胆小的女孩子，在这种主观认知的影响下，我们的视界变得狭窄。也许金苗拥有她的母亲以及我这个队友都不了解的一面。想一想，人们常说我们处在一个浮躁的社会之中，社会真的只有浮躁的表象吗？在人们所谓'浮躁'表象下面也许是一段段他人永远没有兴趣了解的只属于自己的人生故事。"

"村里人……如果与爱无关，这就变成了彻底的案件调查……"

凌树把杯中的酒喝光，"不能再喝了，否则明天会头疼。"

"你睡吧，我回房间再梳理下整件事。"

"你还要继续吗？"

"只能继续。"

凌树犹豫了一下说道："你手里那本金苗写的小说……"

"嗯。"

"既然现在没什么线索，不如优先把它读完。"

"我猜小说后面的部分也是两个人物的感情纠葛，大概不会为我们提供新的线索。"

"你认为这本小说写得很出色对吧？"

"对。"

"萧伯母认为它只是不成熟的作品。"

"嗯。"

"一部中篇小说你却只看了开头，说明它对你的吸引力不够大。所以我想萧伯母大概也没能看完这本'不够成熟的作品'，说不定读完之后她对金苗的看法会有所改变。"

徐若子眼睛一亮，"你说得有道理！虽然我夸奖了金苗的文笔，确实如你所说有种看不下去的感觉，萧伯母肯定更加看不下去。但金苗应该把这本书拿给母亲看过，这就说明金苗希望母亲通过这本书来了解自己，结果我们都卡在了开头部分，以至于萧伯母对金苗的看法并未发生改变。"

"我只是这么一说，你也别抱太大期望。"

"不不不，我抱有很大期待，现在就去看！"说着徐若子拿起杯子就向里屋走去，到门口想起来说，"再次谢谢你的屋子和你的酒，晚安！你早点儿睡。"

凌树说："你也别太晚了。"

"嗯。"接着是一声很轻的关门声。

轻响之后，从卧室射入的白色灯光消失了，只留下一盏靠近窗的黄色小灯。声音也似突然断绝了，没有女人的声音也没有男人的。古怪的静谧。

凌树凝视着空荡荡的房间，没有动也没有出声，就像一具失去魔法的木偶，丧失了生机。

坐了许久，凌树站起身，大概他忘了为什么站起来，又呆住了。

凌树站在那里一动不动。

一天都没有徐若子的消息，凌树也没有主动联系她，不知道她在做什么、在什么地方。

公交车和往常一样，售票员大喊着"往里面走"，乘客有的响应有的不响应，大多一脸无所谓地看手机。

凌树站在里面，手里握着拉环，座位上两位女性讨论着公司领导，她们的语气没什么抑扬顿挫，只是以此话题打发时间。不一会儿，一个人下车，谈话自然结束，就像从没人说过什么。

剩下的女性向上瞟了一眼凌树，凌树向外动了动，一位中年女性坐了下来。

路上行人很多，凌树的速度比大多数人慢一拍，他走在内侧不断有人超过他向前走，不知道他们要赶去一个怎样的地方。

按过门铃没有人回答，徐若子大概出去了。凌树掏出钥匙拧动两圈，门打开，便看到徐若子。

她躺在沙发上睡熟了，茶几上有一摞作文纸，大概有一厘米厚，第一页用钢笔竖着写着一排大字，字迹漂亮，像是古时候的书信。

茶几上还放着吃过的外卖盒，没有收拾。

凌树放下东西，走近徐若子，她毫无心机地睡着，睡得很沉。

凌树不知道徐若子什么时候睡的，早上她的房间一点儿动静也没有。凌树俯身，把手插进徐若子的腿弯与肩下，把她抱起的同时使她的头依着自己的胸口。

徐若子的肩消瘦，长发飘出淡淡的香波味道。凌树把她放在床上，整理好她的头发，为她盖上一条毛毯，轻声走出卧室，带上房门。

清理了饭盒，收拾好桌子，凌树坐下盯着那摞作文纸上面的钢笔字发呆。

看了一段时间，他才终于拿起它，翻开第一页。

凌树面无表情地一页一页地看着，稿纸有一百多页，没有订，只是用夹子夹着，年头太久，纸张变得脆弱。

天色全黑时卧室里传来声音，凌树放下稿纸，打开卧室门问道："要吃晚饭吗？"

徐若子没有回答，她抱着枕头裹着毯子睡姿优雅，刚才大概是说了句梦话。

凌树退出房间，重新拿起文稿，上面写着："第三章"。

九月的新学期。

黑木第一次来到黑心娜娜所在的高中，虽然把校服换了，他心里还是有些紧张，外校生站在门口算是名副其实的挑衅，特别是在三二五中这样的差校，就算被莫名其妙地打一顿，也没办法申冤。

更何况他等的人是位学姐，说出来简直没把三二五中高三的男生当回事，休想全身而退。

想起来这位学姐对他的"欺压"变本加厉，不但要陪着买东西，自己为她整理的牌例还要亲自送过来，对一个如此蛮横无理的女人，为什么就是无法狠心拒绝呢？

正想着，眼前便发生一起不可理喻的事件，一个初中部的男生毫无来由地对迎面走来的低年级学生吼了几句，把对方吓得缩手缩脚。更可怕的还在后面，这一切发生在一位老师面前，老师只是嫌弃地说了一句："小流氓。"

见识到了，真的有这种学校存在。黑木又往电线杆后面蹭了蹭，硬着头皮等着。

黑心娜娜终于走了出来，只有她一个人，不像别人三五成群的。这位学姐长得文静，算得上是位美女，如果心眼好一些就更好了。

黑木不敢轻易上前，他想等学姐走到路口再迎上去，这时，有人抢在了前面。

那是个男人，不是男生，真正的成年人。他身体结实，穿着皮衣，一条黑色仔裤，头发弄成一缕一缕的，深褐色与褐色的挑染，好看说不上，气势倒是有的。

他走到娜娜面前说了几句什么话，可是学姐根本就没正眼看他，只是向前走，那家伙丝毫没有放弃的意思，紧跟着娜娜嘴里不停地说着什么。

黑木的手攥成拳，不知道该怎么办？这算怎么回事，明目张胆地强行撩妹？正犹豫，那男人竟然伸手拽住娜娜的手臂，娜娜是个瘦弱的女孩儿，看起来根本不像高三女生，她停下步子，回头狠狠盯着那男人，男人竟然退缩了，他放开手愣在原地，像小男生一样委屈。

看娜娜的眼神，他们应该是认识的，男人只蒙了片刻，便又向前。此时娜娜看到了黑木，招呼他说："你站在那干什么？"

黑木鼓起勇气走过去，娜娜毕竟是他的徒弟，怎么能眼睁睁看着她被骚扰自己缩在一旁。

男人根本无视黑木的出现，对娜娜说道："别这么绝情好不好？你不在，TK根本没有意思。"

娜娜还是无视他，只对黑木说："东西带了吗？"

黑木连忙从包里翻出那本笔记，这时男人又说："我跟你说话呢！"

黑木不知道从哪生起一股勇气对男人说："你喊什么？有这么对女生说话的吗？"

"嘿，这有你什么事儿呀？"男人正憋了一肚子气，睁大眼睛瞪着黑木。

黑木脑子里一片空白，力量对比悬殊，就连两人声音的分量也差几个级别，但此时除了逞强大概没有别的办法。他刚要开口，娜娜伸手按住黑木的胸口，她手指纤细五指张开，就像摸到黑木的心跳便能制止他似的，"你们两个都闭嘴。"

说完她看着男人说："阿龙，我说话算话，如果你不答应我，我绝不回TK，黑木是我的学弟，不许你碰他。"

那个叫阿龙的人闻言还要争辩，娜娜接过黑木手里的笔记本抢先说道："好了，你们都走，别给我添麻烦。"说完转身走了，头也不回。

阿龙愣了片刻，小声嘀咕道："你等着。"说完气鼓鼓地向另一个方向走去。

黑木犹豫了一下，跟了上去。

走进一条小巷，阿龙突然转身，盯着黑木说："你他妈有病吧？跟着我干什么？"

黑木没有退缩，"你刚才说'你等着'，你想对娜娜做什么？"

阿龙打量了黑木一番，问道："你是小黑什么人？"

"小黑？"

"你都不知道她的名字？"

"搞什么，小黑不是人的名字，是你给黑心娜娜起的外号吧？"

"黑心娜娜？这是你给她起的外号？"

"是。"

阿龙想了想竟然笑出了声，"你这外号起得好，起到我心坎里去了，你是黑木吧？"

"你知道我？"

"小黑说过，你是她的自由之二。"

"自由之二？"

"我也搞不懂那是什么玩意儿。"

"小黑又是什么意思？"

阿龙盯着黑木，眼睛里的光和缓了许多，"那天她穿着黑色衣服。"

"哪天？"

"你有胆跟我过来，我就告诉你。"阿龙说完这句话便转头走了。

TK酒吧就是个鬼地方。

鬼地方指鬼待的地方，没有一个人看起来正常。酒吧也破，只有两张大桌子，说是酒吧更像据点，这种地方根本不会有生客来，来此买醉的大概都是这一带的混混。

阿龙给黑木搬来一把看起来快要散架的木椅子，自己坐在沙发上，审犯人一样。黑木浑身不自在，周围的一切都"呼呼咚咚"的无所顾忌地响着，好像这些人就没学会人类的文明。但黑木并非完全不懂他们的想法，作为一个差校的学生，他也活在边缘地带，说不定这是自己的未来之一。

阿龙虽然坐在沙发上，但那也就是一张起了皮的破沙发，他直勾勾地盯着黑木，不眨一下眼睛。

黑木只好也看着他，听说这些人越活越无脑，残忍起来不像人类，黑木觉得这些不仅仅是校园传说。

"你胆子不小，真敢跟过来。"

这语调听起来不善，没有感情，黑木说出自己的心里话：

"我没觉得危险，既然你认识学姐就不可能是恶人。"

"哈？"阿龙冷笑一下看看四周，其他人大都露出意思不明的微笑。

阿龙转回头说道："你骂我们，我们不够恶吗？"

黑木意识到这种无厘头的对话不能再继续下去，否则不知道会变成什么结果，他努力想了想问道："TK是不是那个'哗啦啦阵雨'的TK。"

这招居然有用，阿龙的气势突然全没了，他睁大眼睛问："你知道TK？"

"啊……他不是很有名吗？"

"有名个屁，没几个人知道。"

"我喜欢。"

"不是'哗啦啦阵雨'的TK是TK的'哗啦啦阵雨'才对。"

"你这样说太无视团队了。"

阿龙又瞪起眼睛，好在旁边的人插话道："你们两个没文化的，什么'哗啦啦'，人家叫'凛冽时雨'。"

阿龙竟然当回事似的反驳道："不是我说的，这孩子先说的。"

黑木心想到底谁才更像个孩子，问道："你不用上班吗？"

气氛确实改变了，面对黑木的嘲讽，阿龙一点儿都没生气，"以前不用，后来小黑说'干点儿什么都比闲着好'，我就找了个超市上夜班，活动活动身体挺好。"

黑木犹豫了一下问道："你是娜娜的男朋友？"

阿龙竟然笑了笑，语气也亲切了许多，"小黑是我们这的天使，她喜欢谁就可以跟谁好，我把她当亲妹妹看。"

"你说给我讲她的故事。"

"你想听吗？"

"学姐这个人坏心眼很多，我想听听。"

周围的几个人都笑出了声音，阿龙说："我不允许别人在我跟前说小黑一句坏话，你就算了。你为了她跟我到这来，是个男人。我和你们不一样，不会说话，说得不好别怪我。小黑心里不知道怎么会有那么多故事，可以讲几天几夜，她不在，TK变得没了意思。"

黑木没有责怪他的发散思维，也没打断他，只是盯着他看。

那天，这里乱糟糟的，我们几个无所事事，唯一的乐趣就是喝酒骂人，说实话，我自己也觉得这事无聊透顶，我讨厌自己已经很久了。

这时"猴子"突然大叫一声"有鬼呀！"，一下钻进我的怀里，顺着他的目光看去，大门口站着一个——女鬼。这"女鬼"穿着全黑的裙子，漆黑的头发，漆黑的眼睛，皮肤却是惨白色的。她笔直地站在门口，一动不动，不知道会不会呼吸。不对，她肯定是没有呼吸的，她的眼睛不知道为什么那么亮，闪着奇怪的光。对了，是我们酒吧的灯光奇怪，有绿的，也有红的。

这显然不是什么女鬼，就是个小女孩儿，只是初中生的年纪。我问："你找谁？"

她说："就找你。"

听了这话，我真的哆嗦了一下，我怀里的"猴子"可以证明，当时真以为是女鬼。这世上哪有这么大胆的女生，独自一个人跑来这种地方，面不改色地说要找我。

"你找我？你认识我吗？"

"我不认识你。"

"你找我干吗？"我真是够蠢的，竟然与这个小女孩这么正经地一问一答，可她的气势确实镇住了我，当时并未认识到我的蠢。

"找你帮个忙。"

"什么忙？"

"我们学校有几个同学总喜欢欺负我，我本来想忍过这几年就算了，可班主任发现了这事，告诉了我妈。这下那几个人恼了，大概准备狠狠地对付我。我想了想，我吃不消，必须找人帮忙。"

听了这个女生如此正经地叙述，我们实在忍不住全都大声笑了起来，她简直太有趣了，仿佛从女鬼一下变身为天使，穿着黑衣的天使。她虽然说的是紧迫的事情，可连一丝紧迫感都没有，既不着急，也没有像小孩子那样央求我们，她只是诉说，好像在说别人的事情。

我问："你怎么知道找我们帮忙？"

"我就想找那种霸气又邪恶的地方，转了几圈发现你们这个门，它又脏又破，东西乱堆着，里面声音很大，好像是野兽居住的地方，我想，找你们就对了。"

我们又大笑了起来，这次是因为她说得太好了，说到了我们心里面。我在那一刻就把她当成自己人，绝对不允许别人欺负她。

这时有一个比较蠢的哥们，问了一个平常又低级的问题："我们帮忙你给我们什么好处？"

对，就是这问题，听他的语调我就知道他心里想的是什么，我本来想回身扇他一个嘴巴，他妈会不会做人？我们是贱，但是还没有贱到不要脸。

我还没做，女孩儿回答了："我可以给你们讲个鬼故事，要听吗？"

这倒是个台阶，自己兄弟还是不要轻易闹翻的好，我说："你先讲，我们听听，看你的故事值多少钱。"

女孩儿一言不发，沉默地走了进来，她在屋里转了一圈，对我一个哥们说："帮个忙，我抬左手你就把红灯打开，我抬右手你把绿灯打开，我抬两只手你把两盏灯同时打开。"

我那哥们小孩子般地答应，女孩一下跳上我们的桌子，开始讲她的鬼故事。

她的声音很好听，娓娓道来，不紧不慢，一会儿伸左手一会儿伸右手，让我们听入迷了，最后那包袱抖得我骨头发酸。

真是惊人的孩子，当时觉得自己白活了，自己过的都是多么无趣的生活。没等那些人说出不要脸的话，我叫了声"好"，伸出手与她击掌成交。

她说："我们说好了，你们负责吓唬她们，不可以动手，不可以碰她们，不可以说脏话，可以吗？"

"不可以说脏话？"一个哥们被气乐了。

我说："我们怎么做用不着你管。"

她跳下桌子，面不改色："那你们别管了，这个故事算是送给你们的。"

看着她的背影，我知道她说真的，她说一不二，出了这门就不会回来，我说："听你的。"

从此，主动权就交到她的手上，我们再没能收回来。

阿龙探身靠近黑木，说道："后来我们就叫她小黑，她常常来这里和我们玩，给我们讲各种各样的故事，当然，再也没要过报酬。小黑是这TK的一分子，TK没有她不行。"

"你们真逗，学姐根本就是肆意妄为，你们还挺感激她的。"

"你小子，别蹬鼻子上脸！"

"那她为什么不来了？"

"这个……不用你管。"

"自由之二是什么意思？"

阿龙看看黑木，叹了口气说："小黑看不上我们，说我们虽然是她的自由之一，但我们这样混没意思，人必须要干点儿什么才行，她说她找到了新的玩法，就是你。"

"我？"

"对，小黑说有个不知天高地厚的孩子想成为世界最好的，而且还很认真，她说你有意思，跟你一起玩就像得到了自由之二。"

"她倒是真直接，一点儿不含蓄，一般来说这些话应该拐弯抹角地说出来。"

"她懂我们，跟我们说话直接最好，我最讨厌拐弯抹角的人。"

黑木认真地说："那是我小看你了，你们还挺了不起的，竟然能尊重女生甩你们的理由。"

"嘿，你还真想成为世界最好的……那什么来着？"

"桥牌选手。"

"什么玩意儿。"

"大家都不知道才酷，不是吗？"

"那倒是。"说完阿龙又打量了黑木一番，"哎？我觉得我挺喜欢你的，不愧是小黑的……你和小黑什么关系？"

"我们不是那种关系，我是她学弟，和你一样把她当姐看。"

"我是她哥好嘛……"

"真的？"

哈哈哈，所有人都笑了，气氛特别融洽，黑木很开心，他不常聊得这么开心。

黑木蛮严肃地问："说真的，娜娜为什么不来TK？"

阿龙摸了摸鼻子，大概这个人的习惯是紧张就会摸鼻子，"我们有个大哥，出来混嘛。时不时要去帮大哥办点事儿，有一次我受伤了，不严重，肋骨断了两根。小黑来看我，她哭了。我……"

阿龙这个人完全不会掩饰，他皱了皱眉头把眼泪挤回去，"我当时很慌，不知道怎么办好。小黑还是那么冷静，她自己止住眼泪，抬头对我说'你必须和大哥断绝关系'。这根本不可能，我走的就是这条路，我没办法像小黑有自由之一还有自由之二，我没办法自由。所以我不吭声，不能答应她。小黑站起身就走了，一点儿犹豫都没有，两分钟前还为我掉眼泪，马上就这样决绝。她说她受不了这种打击，如果我不放弃这样的生活方式，她就不会再来TK，不会和我们一起玩。"

黑木说："所以你今天来找她？"

"嗯。"

沉默了一会儿，黑木说："我帮你个忙吧。"

"什么？"

"我觉得你们可以找个契机缓和一下关系，不见的时间久了关系也就淡了。我初中时那些朋友，老不见，现在可说的话变得越来越少。"

阿龙奇怪地盯着黑木问："你这孩子没心没肺，一般来说你该嫉妒我们的关系，看我们闹翻心里乐得合不拢嘴才对。小黑她放弃我们跑到你那边去，不是很爽吗？换作是我打死也不会帮别人。"

"说什么呢，娜娜又不是东西。再说把她拉入桥牌的人并不是我，是她的同学，人家的关系才铁，我这个学弟只是被她'欺负、利用'罢了……有什么好嫉妒的，一起玩的人多才热闹。"

"你这种人……小黑确实不会对你有兴趣！好，你准备怎么帮我？"

"明天下午我们会去一个老年桥牌社团帮忙，你也来吧，反正我们需要人手，娜娜应该不会赶你走。我事先不告诉她，你突然出现就好了。"

"老年社团是什么？"

"因为没什么人玩桥牌，我为娜娜联系了一个老年社团，他们每周都会组织双人赛，正合适帮助娜娜提高水平。不过这个老年桥牌社团条件很差，门窗关不严、桌椅不结实，灯也坏了几个，我们想帮他们弄一下。"

"干这些活我拿手。"

"太好了，有你在我会轻松很多。"

"你是男人吗？"

"不是，我没成年呢。"

众人又笑了起来。

用不伦不类来形容此时的阿龙再恰当不过，对这次的帮忙，阿龙心里一直在打鼓。别看他外形凶猛，其实对高雅的事物相当敬畏，之所以被小黑镇住，大概也是因为小黑生于知识分子家庭，身上有种与众不同的气质。

桥牌与老人家都是他平时避之不及的，这两者还偏偏结合在一起。带着这样的恐惧，阿龙穿了身正经又低调的蓝色工作服，偏偏他头发的颜色以及举止姿态与这衣服格格不入，连他自己都觉得别扭。

这是一个十分老旧的小区，树木长得很大，天气变冷，树上的叶子所剩不多。绕过几栋五层的老板楼才看到黑木字条上描述的活动站。确实寒酸，它本来应该是那种私搭乱建的简易房，如果说有什么房子比简易房还要糟糕，应该就是这种经历了岁月摧残的简易房。

房子的规模倒是很大，像一所小学。阿龙推开已经变形了的木门，屋里飘出一股腐败的味道，伴随着咚咚的敲击声。

黑木到了，正在加固一把木椅，小黑在一旁看着，有三位老人围着一张桌子讨论着什么，此时他们齐齐转头向阿龙看过来。

那三个老人的眼睛炯炯有神，没有那种颓丧的样子，反而很有气势。阿龙向他们客气地点头致意，他指了指黑木的方向，老人们恍然大悟，全部对他露出笑脸。

被这样善意地对待有些不太习惯，阿龙径直走向小黑他们。黑木热情地招呼他："阿龙来了。"

小黑用眼睛斜着黑木没好气地问道："这是怎么回事？"

黑木从容地回答："这屋子太大，我们两个肯定弄不完，比赛三点钟开始，阿龙想来帮忙，我们不是求之不得吗？"

"求之不得个头呀？你们两个联合起来算计我。"

黑木连忙说道："怎么敢。"

小黑无可奈何地看着阿龙，阿龙倒没有低声下气的，他垂着眼睛平静地说："放心交给我吧，我什么时候帮过倒忙。"

"所以我才看不了你受伤。"

听到这句话，阿龙才敢迎上小黑的目光，他说："我尽量少帮大哥做事，只能答应你这么多。"

小黑叹了口气，侧头又看黑木，"你真行，还会牵线搭桥。"

黑木边用力砸着钉子边回答："大家都是朋友嘛，我觉得龙哥人挺好的，你说呢学姐？"

"随你们吧，我去封窗子，你们谁都别和我说话。"小黑声音很淡，也不知道是生气了，还是气消了不再责怪阿龙。

黑木自言自语似的说："真是搞不懂女生。"

阿龙带着工具，他找来一把松掉的木椅在黑木身边席地而坐，一声不吭地修了起来。他表情专注，挑染过的头发随着他的动作摇动着。窗边的小黑偷偷瞥了他们一眼，大概是露出了一个难以察觉的笑容。

黑木小声说："娜娜笑了。"

阿龙低着头，"今天谢谢你，你还挺能说的。"

"还行吧。"

"你在这里打牌多久了？"

"两年多，以前就我自己来，和落单的老人组队。"

"整天和老人家为伍，所以你主意那么多，也不怕我。"

"你？你有什么可怕，我觉得你比我更像小孩。"

"嘿！"

"我小声说，不能让娜娜听见，要不她又该得意了，你们都是挺好的人。有人告诉我'好人''不好人'无所谓的，我觉得他是扯淡。我这个人绝不会一视同仁地对人，对什么人都一样我认为那是缺心眼。"

阿龙没说话，但脸上的微笑一直挂着。

黑木接着说："不过我同意娜娜说的，你说你不自由，哪有那么多不自由？娜娜就是看透这点才强迫你的，你可能欠了你大哥很多人情，但也不能把你的后半生都搭进去。"

"你们的好意我懂，真心感谢你们，但这条道上的事情你们真不懂，小孩子还是别掺和这些比较好。"

黑木语气平淡地说着："我们是不懂，不过我能理解看到自己朋友受伤时的那种滋味。这个地方全是老人家，他们很照顾我，愿意和我聊天，可时间长了会发生许多令人伤心的事情，经常有人因为生病不能参加活动，有些病得比较严重再也不能来。有个开朗的老人家，和我相处得很好，总是开我的玩笑，打牌时不能说话，这是礼仪也是规矩，可他偏和我说话，经常被我们团长骂。某一天，他没有来，去世了，嗯，怎么说呢，你懂吗？"

"不敢说懂，大概明白。"

"就是这样，我知道这是正常的事情，这个地方的人，大家必须以平常心对待这样的事，我也一样。要不，我就没有资格在这打牌。可是你不一样，娜娜认为你的路是你自己走的，她不想经历我经历过的那些事。"

"你哭了。"

黑木快速抹掉眼泪，可是还有新的掉出来，小黑发现后异常快速地走了过来，劈头盖脸地对阿龙说："你怎么欺负他了？"

阿龙与黑木对视一眼，两人同时笑了出来。

小黑张开嘴："怎么搞的，你们两个怪人。"

今天一直少言寡语的阿龙说道："我们男人也有你搞不懂的事情。"

"哼，我什么没见过，你们两个的关系可吓不倒我。"

先是阿龙与黑木，接着是小黑，三个人大笑起来，笑得十分开心。

有阿龙帮忙进度很快，阿龙确实是个干活的好手，黑木弄一把椅子他能弄两把。小黑并没有与阿龙说很多话，但看他的眼神不再是冷冰冰的。

老人越来越多，三点钟比赛开始，黑木与小黑一组，阿龙没有走，坐在一旁看着他们，他想知道桥牌到底是什么东西。

确实很神奇，那两个早熟的高中生打起牌来就像换了一个人，他们冷静严肃，一句话也不说。午后的阳光从几扇大窗射进屋内，斜斜的，照得很远。每个人都在动，可是没有声音，一张张平静的面孔，还有那些锐利的眼神。

这些生命，安静、优雅地存在着。

第四章

之后，TK进入了黑木的生活，老年桥牌社团进入了阿龙的生活。

两条截然不同的人生轨道在娜娜这条岔路口产生了交集。人生既是平凡的，又充满不可思议。

娜娜与阿龙之间的冰并没有完全融化，她来TK的次数还没有黑木多。黑木知道娜娜的固执，明明这个世界有这么多人，她还是要强迫其中一个按照她设计的轨道运转，不知道因为她年轻还是因为她的任性，或者她对阿龙有特殊感情。

阿龙与黑木成了很好的朋友，他们算不上有说不完话题的知己，也不是混在一起的伙伴，是那种可以一起发呆有时说说胡话的同盟。

天越来越冷，夜深之后TK门口没了人，行人早早回家，没人愿意在外面承受凉意。

阿龙与黑木坐在两把木椅上看天发呆，阿龙手边有瓶酒，黑木没有。

一般情况下，他们就这样待着，直到其中一个人站起身说几句没边没际没逻辑的话算是告辞，之后另一个也会离开。

基本上如此，今天有些意外，阿龙说话了。

"我有点儿担心小黑。"

黑木问道："为什么？"

"她走得太远。"

"远？"

"我明白她，她偏离父母的期望没有考上好学校，在学校又被孤立，渐渐变成我们这种活在边缘的个性。我父母去世得早，奶奶带大的，以前在学校也是弱势群体，所以我能看出来小黑一定被欺负了很久，第一次来TK时，她表面上坚强，心里一定是走投无路了，否则一个女生怎么会有那么大的胆子。"

"不敢想……"

"人心里有一条线，一旦跨过线，就不再安全，来TK的人都是。那天小黑运气好，否则她不可能全身而退。运气太好是件坏事，我们帮她解决了问题，又碰到你，你带她去了一个我们去不了的地方，那些老爷子像光一样耀眼，像他们那样纯粹地活过一生是我的梦想。可是这样真的好吗？她碰到的都是些不正常的人，防备人的心都被我们磨掉了，这不是合理的生活方式。"

"你担心什么，她都不理你，我不过是她的学弟，她生活在正常的世界之中。我的想法是走一步算一步。"

"跟你说这些真是没用！你这个孩子完全不正常。"

两个人突然笑了起来，笑了一阵，阿龙说："你说过，有个正常的男孩儿可能是她的男朋友。"

黑木点点头。

"那就好。"

"别担心，有你在谁敢欺负她。"

阿龙没说话。

黑木得知阿龙的死讯是在两周后的一个清晨。

他的班级轮到值周，黑木拿着一把竹扫帚不紧不慢地打扫操场。他听着"唰啦唰啦"的响声，把尘土与碎屑逼向一个方向，地上出现潮水般的纹路，一个"浪"接着一个"浪"。

在一片空旷的视野中，娜娜出现了，她仍然穿着三二五中的校服。

黑木呆呆地望着她，不知道娜娜是怎么找到自己的。娜娜面无表情，苍白的脸衬得她的眼睛特别大，她一直走到黑木身边，突然自然地紧紧地抱住了黑木。

黑木心里一紧，他没被女生抱过，这算是——他的初抱。

隔着校服，他感觉到娜娜的身体，瘦弱、柔软，紧贴着他，微微颤抖，娜娜哭了，哭得很厉害。

操场上有几个人，但两人此时站在沙坑旁的大槐树下比较隐蔽，黑木知道在事态演变为大事前，他们必须离开，他抓紧娜娜的肩头在她耳边轻声说："我们走。"

娜娜跟着黑木，他去哪就跟到哪，没有一点儿主意。两人漫无目的地乘坐公交车，之后花了五元钱进到公园里的一处祭坛，古老的祭坛上长满了杂草，台面也有几处破损，这样的所在还要收费，自然没人愿意来。

他们在祭坛边缘坐下，眼前是晚秋萧瑟的园林景色。

此时娜娜的情绪好多了，至少可以控制住自己，她吐了口气用尽量平静的音调说道："阿龙死了，打架时遭受了重击，再也没有醒过来。"

黑木点点头。

"你的反应好镇静。"

"见到你的样子我就做好了心理准备。"

"也是，我是三二五中的学生，这样的事都算不上新闻，初二时一个与我有些交集的男生与人发生冲突因刀伤去世；第二年，初三的时候，我的同班同学因为打架身受重伤，所以我才担心阿龙，你们怎么就不懂呢……"

黑木没有回答，因为眼泪正不停地掉下来。

"你真是爱哭的男人。"

"我算不上男人，只是你的学弟。"

"但还是比我强，你流泪没有声音，也不需要别人安慰。你是我与阿龙之间最重要的人，如果不能抱着你，我根本无法呼吸。"

黑木擦掉眼泪控制住情绪。

娜娜伸手拽住黑木的袖口说道："黑木，我害怕，死亡总是跟着我，我怕死，真的好怕。"

黑木握住娜娜的手，水晶一样冰冷，他说："阿龙对我说，希望娜娜你用正常的方式生活，不要走进混混的据点，如果有人欺负你就报警，不要相信老年桥牌社那种单纯的人生，那些老人每个都经历过丝毫不单纯的一生，你跟他们混熟以后，他们就会不停在你耳边讲给你听，让你再也不想听他们说话。"

娜娜失声笑了，"你真是怪人，本来是安慰我，说着说着变成吐槽，真是个没心没肺的人。"

"大概是吧，我就不是正常人，你不要对我有太多期待。"

"是吗？"娜娜淡淡地说，"可有人能像你这般冷静吗？你处理问题的能力真的很恐怖，在你的指导下我的桥牌水准直线上升，我能感觉到，你每一句话都有深意，你不紧不慢地把一幅庞大的图画轻轻打开，一点儿一点儿地展示给我看。"

"桥牌是我征服世界的工具，自然不同。"

"你也进入了混混的地盘，不但成了阿龙的朋友，还在我们中间牵线，如果我是皇上，一定让你做两江巡抚这样的大官，你还没有成年，就有管理一个省的能力。"

"所以你当不了女皇，你这只是任人唯亲而已。"

"刚才，你抱着我，可心里却冷静得可怕，你没有意气用事，知道我们不能留在操场上，我是个外校女生，在校内的操场上与你抱在一起，怎么说也是件大事，说不定会被开除呢。真是可笑，一个生命消逝了，可我们却会因为抱在一起这种小事被开除。这就是你说的正常吗？"

"我说了，我什么都不懂。你现在情绪不稳定，絮絮叨叨地说了这么多，我不可能都当真。"

娜娜把头靠在黑木肩膀上咬牙说道："你这家伙，真可恶。"

"TK怎么办？"

"大概要关了。"

"与阿龙有关的东西都会不见吗？"

"只要你在，我就能找到他，答应我，不要死。"

"不会，我从来不打架，没事的。"

"你要用你的冷静保护好你自己。"

"你真啰唆，这就是女生吗？"

"嗯，这就是。"

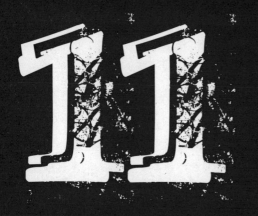

卧室的房门发出"咔"的响声。

凌树回头看到徐若子睡眼惺忪地走了出来，她换上一套白底蓝色格子的棉睡衣，样子简洁清丽。

徐若子问道："你到家多久了？"

"三个小时。"

"今天怎么样？社里平静吗？"

"还算平静。"

徐若子懒洋洋地坐在凌树身边，"白天整理东西洗衣服，下午本来想再看一遍小说，结果睡着了，桌子也没收拾，抱歉了。"

"没关系。"

"我重吗？"

"不重。"

徐若子侧头望着凌树理所当然地说："再抱我一次。"

"嗯？"

"刚才我睡着了不算，完全没有感觉，现在我醒着，你再抱我一次。"看凌树没有马上接话，徐若子又说，"你是我男朋友，有什么关系？"

"我是你男朋友吗？"

"你都邀请我同居了，难道还不是吗？"

凌树看着徐若子笑了一下说："说真的，我配不上你。我一个小杂志社的编辑，一点儿前途都没有，我连跟人家钩心斗角争权夺利的资格都没有。你人漂亮又有正义感，为了一个不认识的女孩儿竟然付出这么多时间与心力，你太过耀眼。"

"我这么耀眼，可你看我的眼神却像结冰的树一般宁静，真的有被我晃得晕掉吗？"

凌树被她的话逗笑了。

徐若子挺直身体摆出一副接受被抱起来的姿态，"别再找借口，让那些乱七八糟的理由去死。现在世人都知道我们住在一起，连抱一下都不行我就亏大了，你说呢？"

凌树不再多说，托着徐若子的腿腕子、肩头使她的身体离开地面，这次徐若子醒着，凌树这一系列动作做得轻松自然，徐若子的手臂绕过凌树的后背扶着他的肩，脸上洋溢着甜美的笑容。

凌树问："这样可以了吗？"

徐若子的脸与凌树离得很近，她每一根睫毛都清清楚楚地呈现在凌树眼前，徐若子眨了下眼睛说："不可以，我想在空中多飘一会儿，那天我的脚离开地面是你拉住了我，今天你要补偿我，把我抱到窗前，我想在你怀里看看这个世界。"

窗外还是昨天的样子，只是耳边多了凌树心跳的声音，徐若子把脸贴在凌树胸口上呆呆地望着外面，她用小到连凌树都听不到的声音说："也许你走过的路与别人不同，但是我知道，你问心无愧。"

"你说什么？"

徐若子小声说："我说，我不过是一条丧家之犬，因为活得太过任性付出代价，感谢你愿意收留我。"

凌树想要说什么，徐若子伸手捂住了他的嘴，"放我下来吧。"

徐若子的脚踏上地面才把手拿开，她看了看桌上的稿纸问道："你看了多少？"

"看到第四章。"

"我想和你聊一下这本小说。"

"我也这么想。"

徐若子望着自己光着的脚不好意思地说:"今天我没有打扫房间,还得麻烦你把我抱到沙发上,我的鞋在那边……"

说完两人一起笑了起来。

徐若子睡觉时凌树为她熬了点儿蔬菜粥,此时徐若子端着粥碗夹起一根酱菜说道:"金苗这本小说真是惊人,不过让我看完这本小说的你更加惊人,你怎么知道小说藏有玄机?"

"我怎么会知道,我只是对连你都没能看下去的小说产生了一点点兴趣而已,既然你说我们都小看了金苗,就更应该用眼睛去看,而不是想当然,对吗?"

"对!你说得太好了,我看你也别做编辑了,我们一起做记者吧?做一对自由记者,为全世界提供新闻。"

凌树微笑了一下,徐若子的话似乎在他心中回荡了好一会儿,他深吸了一口气才说:"这就是你刚才说的活得太过任性吧?"

徐若子插进一句:"粥太好喝了!"

"你喜欢就好。"

徐若子认真地说:"这不是任性,这是相当现实的计划,是我从做这行以来就有的梦想。我们有关系、有门道,最重要的是我们有做好记者的能力,只要不断提高、积累,我们一定能做出名堂。"

凌树点点头,淡然说道:"我说了你很耀眼,你有这样的想法也不奇怪。如果是你的愿望,我愿意奉陪到底。不过,你昨天不是说我们社长帮应该大显身手吗?"

徐若子嘴里含着粥说:"这不矛盾,社长帮过我们,我们该帮她实现办好刊物的理想,我们的事也需要准备,用一两年时间打打基础也不坏。"

"你的病怎么办？"

徐若子叹了口气，"只有我自己的话，什么办法都没有。可现在有了你，就有办法，你负责广度，帮我接触更多人，我根据你做的采访计划跟进人物、事件，进行深度报道，这样好不好？"

"听起来不错。"

"有些奢侈，曾经消失的理想又被提及……"

凌树看着徐若子没有说话。

徐若子接着说："对了，金苗的案子是我们的私事，可以视为我们的第一个调查，如果连身边朋友的想法都搞不清，还有什么脸做记者。"

"看过小说以后，你有什么想法？"

徐若子把吃得干干净净的碗放在桌上，"我觉得第三章与第四章不是金苗写的。"

这句话说得很有分量，凌树思考了好一会儿才回答："确实，从文风上来看，更像是别人在写金苗的事情，不过这里面有些语言又像是金苗所写。"

"与我们的编辑流程一样，别人写下这两章，金苗又改过。"

凌树点头，"可为什么要这样做？"

徐若子把腿伸直，枕着自己的手懒洋洋地说道："为什么呢……我无聊的时候常会做白日梦，白日梦一个人就能完成，它会带来幸福感。可金苗的小说并不是一个白日梦，白日梦没有让别人参与进来的必要，这本小说不只为了金苗一个人存在。"

"有道理。"

"代笔者只能是黑木，这本小说是他与金苗两个人共有的回忆。同时金苗大概想消除自己与母亲之间的隔阂，把它拿给萧伯母看，让母亲了解女儿说不出口的故事。可惜，萧伯母只看了前面的章节就为小说定了性，否则她绝对不会说金苗胆小、性格封闭。"

"这件事最好不要对萧伯母讲。"

"我明白你的意思，你是怕萧伯母因为错失女儿的心意产生愧疚。这件事再让我们想想，是不是该把金苗的心意再次传达给萧伯母……"

"有必要吗？有时候所谓对的事情只能给人带来痛苦。"

"嗯——你这么说也有道理，毕竟最后的结局是个悲剧，如果想不开的话……"

"会认为自己制造了它。"

"嗯。"

"在一个充满悲剧的世界里，作为渺小的人类，我们有能力承受真实吗？对这个问题，我给不出答案。"

徐若子又"嗯"了一声，这次的"嗯"声音稍稍小了些。

看气氛变得沉闷，凌树说道："总之，金苗的小说证明你的判断——我们小看了她。金苗是一个敢于独闯混混据点的女孩儿，同时又把自己的这一面很好地隐藏起来。由此推断她卷入危及性命的事件并非全无可能。"

徐若子认真说道："虽然感到吃惊，但读过金苗的小说反而让我感到安心，金苗的样子因为'黑心娜娜与黑木'这块拼图变得完整起来，之前那些不可思议的感觉仿佛得到解答。我现在更有信心了。"

"下一步该怎么办？"

"我想周末再去一次林尾村，你通过推理把凶手的范围限定在林尾村附近，金苗的小说又增加了我的信心，现在只好用走访的方式寻求新的线索，你陪我去吗？"

"对村民的不配合态度你有什么主意？"

"我的主意是——功夫不负苦心人。"

"明白了，我们通过不停碰壁寻找偶然的突破口，这样看来我一定要去，多一个人多几次碰壁的机会。"

"也许发展会比我们预想的简单，我们的思路已经打开，既然认定林尾村有问题、知道金苗胆子很大，说不定可以取得一锤定音的收获，不必像无头苍蝇般乱碰。"说着，她收拾碗筷到厨房清洗。

凌树拿起那摞稿纸继续读金苗的小说，中间徐若子用手势告诉凌树她回房睡了，生怕自己的声音破坏他读书的心境。

第五章

原来一个人对另一个人的看法可以在突然之间发生改变。

石头成为水，水化作风。

阿龙死后，娜娜眼中的黑木变了，不再是那个亲切温暖的学弟。

他的五官像大理石雕刻般精致，身材标致，像是风的孩子，身体的每一寸都符合大自然的琢磨，不多不少。不论穿校服还是别的衣服他都惹人怜爱，仿佛那寻常的服装也变得飘逸不凡。

娜娜第一次知道，"美"这个字也能让人悲伤不已，不愿提及，不敢正视。这不能怪黑木，大概是阿龙的灵魂附身到了黑木身上，身负两个人的魂魄怎么能不美呢？这"美"再也不是什么好词，变成一种让人吃不消的压力，变成一段无法靠近的距离。

天空不知道为何积了一层又一层的乌云，一眼望去看不到云层的尽头，"未来"真的在乌云背后吗？娜娜心中产生这样的忧虑。

　　黑木坐在公园的长椅上一句话也不说，这根本不像是他，他本该很讨厌地说几句所谓"实话"来打击娜娜。他没有一句话，坐在那，那么温柔、安静。

　　娜娜知道他这些天只是为了陪自己，怕自己因为失去阿龙而伤心。黑木来到一处离他家很远离娜娜家很近的地方，娜娜想象他独自回家的情景，公交车内一片黑压压的人群，一只只抬起的手臂，其中一只属于黑木。

　　黑木的眼眸闪动着幽深的光芒，使一切与它接触的事物瞬间化成悲伤，飘落到地面上，贴伏在地面上，再也没有力气动弹一下。

　　黑木优美的身影就在长椅上，可是娜娜没有办法代替黑木的理想，也没办法投身于对方的"优美"之中，因为那是两个灵魂，娜娜不知道该把她们他们带去何方。

　　你说话呀，你说话呀，你说话呀！

　　娜娜问道："在想什么？"

　　黑木回答："什么都没想。"

　　"为什么不想？"

　　"有必要想吗？"

　　"美"得不可置信，黑木扬起头的样子，完美无缺。

　　娜娜不知道接下来该说些什么，她什么话题都没有。好像借了自己永远还不起的贷款一样，娜娜轻轻坐在黑木身旁，只是靠近就能感觉到对方那颗心，真的什么也没想。怎么回事？这个人，不可思议。

　　随着时间流逝，又想流出眼泪，太难受了，受不了，无法坐在他身边，利息就像是按秒计算的，不停地蹦出数字。

　　娜娜说："上次说的比赛快到了。"

"哦。"

"最近你别来了，我想多安排些时间和搭档练习，你说过，桥牌不是一个人的运动，多好的技术都比不过与搭档的默契。"

"嗯，好的。"

娜娜看着黑木，他语气平缓，他真心说"好"，不论娜娜说什么他都逆来顺受，如果是永不相见呢？

大概回答也是"嗯，好的"，之后他会默默地陪着娜娜离开公园，然后在门口优雅、温柔地说一声"再见"。一个优美的生命本该如此，永远从容不迫，出现在他应该出现的地方，做完他应该做的事情，在别人不需要时优雅地永远消失。听起来不可思议，但是现在的黑木就是一个这样无趣的男生。

娜娜不得不让自己的思绪走神到平原君身上，那个在教室里突然与她说话把她带入桥牌世界的男生。与现在的黑木相比，平原君是个真实得多的人，黑木曾经带给她的一切感觉此时只能从平原君那里才能得到。平原君代表活着的现实的生命，黑木象征着死亡以及无法存在的"美"。

黑木不再是黑心娜娜的自由之二，而是她的束缚。

平原君。

一个善良、温柔、坚强的男人，虽然平原君还只是个高中生，娜娜却已把他视为一个稳重可信的男人。人最难做到的也许便是低调、友善地活在世界之中，能做到这一点的人，无论性别，都是了不起的。

另外，男人味道是什么？娜娜想过，也许是一种说不清楚的固执，以及由这固执生出的安定感觉。对于女生来说，是安全感，平原君不会轻易变化，既不会向前走，也不会后退，不像黑木突然就变了。

距校间双人桥牌赛还有四天，为此娜娜学了四个月桥牌。这四个多月发生了很多事：与平原君成为朋友；认识黑木；阿龙死了。

听说这次的桥牌赛不够正式，只是省桥牌协会为了鼓励学生积极开展桥牌运动的普及类活动，组织、裁判都是以此目的进行，所以有些高手不愿意参加，认为它不够公平，大概是怕在一场混乱的桥牌嘉年华中栽跟头丢面子，虽然大家只是高中生，成人那套东西早已经掌握娴熟了。

也许正如黑木以及那些傲娇前辈的判断，这次比赛就那么回事儿，但是娜娜却有种感觉，它有可能改变自己的人生轨迹。为什么会这样认为，娜娜也说不清楚，桥牌与她之前存在的世界有很大不同，是一个全新的开始，一个截断了过去的开始。设想一下，如果娜娜从小就参与这样的集体活动，还会受到欺负吗？大概不会，因为娜娜没有空闲惹人烦。

鉴于遭受过严厉惩罚，不能在教室中练习，娜娜与平原君找到一处堆放杂物的库房。学校年头久，经过军阀混战、抗日战争、解放战争，存在许多当年不知道为了什么目的建造的"外挂屋"以及教会学校特有的阴森曲折的地下室。有传说抗日战争期间地下党曾在学校里杀死过敌方人员，之所以选在这个地方动手，大概因为学校隐蔽处颇多。

库房里光线不好，他们找来几个箱子当作桌椅，倒也舒适，练习过叫牌体系后，两人决定休息五分钟。

与黑木不同，平原君对性别敏感得多，一旦两人不说话，娜娜就能感受到自己的存在，这是种无法言说的微妙感觉，没有办法证明以及表述，因为平原君其实什么也没做。非要讲就是不知从哪里渗出一种名为在意的元素，这东西阿龙以及黑木都没有。

想到这里，娜娜看了看平原君，平原君自然地回避了她的眼光，好像她的眼睛里能射出刀子或者某种利器。

突然变得十分安静，娜娜甚至能听到自己的心跳声，她像个阴影中的精灵，负责人类阴柔的一面。这没有什么，平原君对异性的反应才是正常的，谁说朋友就该忽视对方的性别？

男人与女人并不是同一种生物。

因为箱子比较矮，娜娜把腿伸得直直的，平原君的坐姿则比较端正，回避目光后，他低下头在书上写着什么，不是装样子，真的在写，样子十分认真。娜娜问道："你为什么学桥牌？"

平原君与女生说话的态度总是很绅士，具体描述为保持着一定程度的克制，一般来说这被认为是不成熟的表现，但对于一个好人，也算是一项优秀品质。

"怎么对这个有兴趣？"

"我认识一个人，他学桥牌的目的是成为世界顶尖牌手，所以想问问你。"

"我就比较普通，有个发小叫凌树，是他教我的。当然，也有不普通的地方，我心里对他很钦佩，他是我见过最冷静的人，有时我都怀疑这个人没有感情。"说这些话的时候，平原君没有抬头。

"有人比你还冷静？"

"我其实很容易被影响，谈不上冷静。"这就是平原君的说话方式，正经，同时又句句真心。

"你们都比我认识的那个人强，他还只是个孩子，能不能给我讲讲你学牌的故事？"

平原君合上书说："我学牌与你的动机相似，你喜欢复杂我是害怕无聊，终归都是为了找点儿事情做。

"称不上是个故事，特别平常的事儿，我与发小直到初中都在同一个班，放学后常去他家玩，他父母忙，长期不在家。可他家里就像他这个人似的，有些阴森，我不是在背后说他坏话，当面也会说。

"我拉他出去，又无事可做，我们只好坐在路边的石板上发呆，我没话找话地问：'没意思，有没有什么好玩的事情？'他随口回答：'最近我知道有一种游戏叫桥牌，听说很难，要不要试试？'我回答说'好'。这就是故事的全部。"

"真是干净的回答。"

"干净？"

娜娜笑笑，"我好像看到了那是一个下午，阳光苍白。"

"你说对了。"

"那时的你们一点也不会打桥牌？"

"完全不会，我连听都没听说过，以为他只是说说，没想到真的行动了。第二天凌树把桥牌规则讲给我听，引起了我的兴趣，他一定是自学了整晚。凌树就是这种人，你认识的那个人说什么想成为世界顶尖，我没有嘲笑他的意思，可我不相信，但这话如果从凌树嘴里说出来，我会把它当真。"

"我现在明白，桥牌不是一个人能做的事情，不管你怎么夸他，没有你也不会成功。"

"我没有夸他，只是说出事实，你说得没错，是需要两个人，但他不是普通的人类，凌树做事儿的时候可以排除感情。对了，我刚才说得不对，他也有感情，但他总能想办法把自己的感情'解决掉'。"

"怎么解决？"

"比如在谈论技术的时候完全忘记我是他的朋友。"

娜娜笑了起来，"你真是个好人，可以包容他。"

"好人？我不是。"

"这次比赛会碰到他吗？"

"我想会吧？他没那么容易转变兴趣。"

娜娜扬起眉毛说："多么阴沉的人呀！突然想见见你这位发小。"

"作为对手，他的实力不可小觑。"

"桥牌很有意思，为了不被你的发小轻视，我该再努力一些。"

"你那个想成为世界顶尖的朋友会来吗？"

"不会。"娜娜抓起牌又说，"休息时间到，我们继续吧。"

阿龙成了永恒，一切与他有关的回忆全部定格，包括娜娜给他起的名号"自由之一"。

在娜娜走投无路的时候，是他保护了娜娜的脆弱。娜娜知道那些人，他们就像野兽一样，并不像电影里演的那般有情义，人们因为软弱聚集在一起，去对付那些更加软弱的人。他们既单纯又自私，说话虚张声势，易怒，不要命。

本来是知道的，直到见到阿龙，他没有碰过娜娜一个手指头，与黑木一样，不是因为他能忍耐，而是因为他是一个笨蛋。

他是个笨蛋，所以死了，死了的全是笨蛋，没有脑子，不会算计。大概有不少人嘲笑他，然后忘了他，他从小失去父母，阿龙的存在无关紧要。

可娜娜不想失去这样一个笨蛋，不惜以绝交为代价威逼他远离危险的生活。但是她失败了，娜娜也是笨蛋，早知道就不该做无用功，该多给他讲些故事，讲到自己因孤独而看的闲书用尽。

失去阿龙太痛苦了，能缓解这痛苦的是平原君平凡的话语，不是黑木。

娜娜不敢见黑木，见到他甚至会生出强烈的罪恶感。

至少现在不行，绝对不行！黑木不会死，黑木没有危险，就算不理睬他也不会怎么样。

娜娜看着手机上那行字：今天中午12点我去你家楼下的公园门口。

看了很久，仿佛这行不是字，是什么别的东西。最后，娜娜打出两个字"不必"，她的手机设置了对方关机提醒，发送失败。

黑木以前说过，手机虽然方便，但使人们越来越随便，随便发个短信就可以毁约，信义之类的玩意儿再也不必顾忌。古代没有手机，一旦做出约定就无法更改，人们天各一方，无法联系，就算有千难万险、越过千山万水也要赴约，不去，便会失去一切。

"小孩子。"娜娜轻声说着，把手机放在桌上。单方面约定后关机无关信义，只是无知男生无知的霸道行径，娜娜心想着，上次明明说了"嗯，好的"为什么又要见面？

重新捡起手机，仔细看了看那句话，不是什么约定，只是对方说要来，并没有要求自己去。

"大笨蛋……"娜娜又轻声说了一句。

"娜娜吃饭了！"母亲的声音。

11时50分。

"……在大风减弱之前，预计今天下午会迎来更强阵风，局地风力可能会超十级。目前本市仍处于大风黄色预警中。提醒市民朋友千万注意远离树木、广告牌，防止砸伤。建议减少外出，出门也请务必提高警惕，注意安全。这场大风的破坏力相当强，今天早晨已经给市民出行带来了不小麻烦。据消息，今早8点，多条主干道大树被狂风刮倒，北三环一棵杨树被刮倒挡在主路上，一辆出租车被砸，司机受伤……"电视里播着天气节目。

娜娜问道："这座城市为什么这么多风？"

"这里有三个风口，风在不同季节从不同方向赶到我们的城市。长风几万里，把我们与其他人连接在一起。"

"您说话总是这样动听。"

"菜好吃吗？"

娜娜突然停住筷子，哭了起来。

母亲绕过桌子赶到娜娜身边，有些慌张地问："怎么了？哪不舒服？"

娜娜深吸一口气止住哭声，说道："对不起，对不起，我让您失望了。"

母亲闻言扶着娜娜的肩头，轻轻抚着，没说什么。

"我的条件这么好，却被当成是肆意妄为的资本，考得这么差，让你在朋友面前抬不起头来。"

母亲笑笑，坐回位子，说道："肆意妄为……太夸张了，你是我的乖女儿，从来没做过过分的事情。以前是我不好，为了自己的面子总是逼你，我也想通了，人不能为了面子活，你平安就好。"

娜娜重新拿起筷子，"以后我会努力的，大概还是考不上重点大学，但我会走一条正路，做一个正经的人。"

母亲"噗"的一声笑了出来，"娜娜你今天怎么了？是不是发生了什么事情？我一直都觉得你太过正经，希望你能更开朗一些。"

娜娜用一个笑容回答母亲，显然她并没有做好准备把心里藏着的话说出来。她看了看墙上的挂钟，指针重叠在12时。

"妈，这个世界上有各种各样的人，能认识他们，我觉得很开心。"

"所以你刚才是开心的哭还是悔恨的哭？"

"都有。"

"也许你以后能结识到一个与你生活的世界完全不同却又能心意相通的朋友。"

"我也有这种期待，最好她是个女生。"

"为什么？"

娜娜犹豫一下有些尴尬地说："似乎我与女生的关系总有些问题……"

母亲有些生气地说："那些孩子不能代表所有女生。"

"我知道。"

13时。

吃过饭，刷好碗。娜娜回到房间，今天是周六，明天她的第一场比赛就要开始了。娜娜拿出笔记本，复习着应该掌握的要点，不经意间又瞄了下桌上的时钟。

这时窗外的风呼啸起来，风声在高层听起来特别响亮，娜娜习惯了它的声音，任其在外面撕心裂肺地叫喊。

不知不觉，五个小时过去了，从西伯利亚飘来的故事特别长久，不知道这里面有多少段结了冰的人生。

娜娜走到窗前，太阳完全消失，天色昏暗，街上依然有些行人。

"妈，我出去一下。"

"马上吃饭了，去做什么？"

"明天比赛，我去买一支签字笔，记录用。"

"家里没有了吗？你对桥牌还挺认真的？"

"嗯。"

"外面风还大吗？"

"没事儿，实时天气说我们这里风力只有五级。"娜娜对母亲晃了晃手中的手机。

"现在技术真先进，还有实时天气预报。"

"嗯，所以说手机除了爽约这个功能外，以后会越来越有用处的。"

"你说爽约？"

"我走了！"

口袋里装着新买的签字笔，娜娜向公园门口走去，风依然很大，逆风步行有些艰难。

天上的云被吹乱，东一块西一条，纷纷飘向黑夜。

走到对着公园门口的街上，娜娜松了一口气，当然了，那里空无一人。

"我在担心什么，人家说的是12时，现在是18时25分。"娜娜心想。

在视线随着身体转动时，娜娜看到有个人窝在花架的角落。

那人坐在转角处的长椅上，利用花架西北侧的两面砖墙遮挡风势。他的身体斜倚着身后的墙面，姿态懒散地望着天空发呆。

娜娜就站在那里，默默注视黑木，他们之间隔着一条车辆稀疏的街。

过了整整五分钟，黑木都没有注意到她，娜娜已经把他的样子牢牢记在心中。不知道为什么，看到这样的黑木，娜娜反倒安心，这个人不就是这样吗？眼睛永远看着远方，从不留心身边的细节，什么都知道，又什么也不知道。

看起来他根本没有在等人，只是独自发呆。就算他在等人，等得如此从容，再多等几天又何妨，悲伤的眼睛看不见未来，我们现在剩下的大概只有时间。

娜娜想着，转身，离开。

周日。

娜娜与平原君早早来到比赛场地，她望着那一张张青涩的面孔，不经意间露出一个笑容。

"怎么突然笑了？"平原君其实对娜娜的无常早已习惯。

娜娜看向平原君，说道："大风过后晴空万里。"

"你说天气？"

"嗯。不知道我们今天的运气会不会好一些。"

"堵住他们！别让他们离开大楼！"

"他们跑不掉，后门上了锁！"

声音在楼道里格外清晰，就像在耳边喊的一样。这声音伴随着威吓声、急促的脚步声以及某种硬物与栏杆碰撞的声音，仿佛渐渐接近的是一群暴走的只会攻击不能进行任何思考的动物。

对还活着的生命来说，它们是这世上最恐怖的事物。这狂响声越来越大，大到不可思议，不只在身边，更在身体之内，进入人心最柔软的地方，进入绝对私密的领地，曾经美好的一切在它面前只是一只无用的玻璃瓶，玻璃瓶会被随意击碎，什么都不知道的它们，听到的不过是一声令征服欲稍微得到满足的脆响。

徐若子一下子坐直身体，微小的汗珠凝结在额头上，一道阳光从窗户射入印在她的被子上面，仔细听，空间并非绝对宁静，有鸟叫以及某种无法描述的证明世界还活着的杂响。

因为害怕封闭空间，徐若子习惯打开窗帘睡觉，她用手抹抹额头，四下看了看，现实是一个比梦幸福一百倍的地方，它是梦的避风港。

披上一件外套走出卧室，外面空无一人，只有茶几上那摞金苗亲笔所写的手稿。

已经十点了。

请的两周假已用掉一半，金苗是否自杀这个最初的问题并未得到完美的答案，徐若子知道自己手里掌握的证据远远不够。

坐在沙发上盯着小说看。

金苗的小说就那样结束了，不明不白，徐若子对《黑心娜娜与黑木》的结尾不能理解。或者，萧伯母拿到的小说只是一部没有完成的作品？这样的设想并不符合情理，怎么会给如此严格的母亲看一部半截小说呢？

再或者，它象征着青春以及面对青春的茫然，留下空白才能称为好的文学作品。

反正徐若子搞不清楚，黑心娜娜与黑木到底是分别还是等待？

不管怎么说，调查要继续下去。徐若子先给凌树发出一条信息，之后拨通了余队的电话。

"余队，我是若子……没有进展，我是想拜托你帮我查一件事……我知道你很忙，这件事与案子有关……十年前，金苗高三那一年，时间大概在秋季，十月十一月左右，有个青年男子死于斗殴或者类似的事件，他平时出入一间酒吧，酒吧名字有可能是'TK'，男子有个外号叫'阿龙'，案发地不清楚……我知道，这样的案件大概不会被报道……原因嘛，现在还不好说，是关于金苗这个人的重要线索……一定会第一个告诉你……哦，不用谢，萧伯母也很慌张，你有没有好好安慰她？……嗯。太感谢了，我得挂了，还要安排一个会面。……好的。"

通话过程中，凌树的短信到了，上面写着约见的时间地点，就在今天下午。

徐若子在葬礼上见过张野的父亲张卫平，是位文质彬彬的中年男性，他当时处事得体，显得十分有主见。

此次登门拜访该如何开口，徐若子想了一路，如果金苗自杀，原因是她与张野吵架，这次拜访不就成了兴师问罪吗？一旦把此目的没头没脑地讲出来，对方一定不会配合，说不定还会不客气地送客。

张伯父把茶杯放到徐若子面前，又一次欠身说道："上次多谢您的帮忙，我们那时乱作一团，孩子他妈撑不住了，如果不是凌树和你帮我们撑着场面真不知道该怎么办。张野有你们这样的朋友也许是他这一生最大的幸运。"

张野家是那种特别素朴的家庭，不仅桌椅摆设，对人的态度也全无花哨，徐若子闻言忙说："您太客气了，伯母呢？"

"她现在还是听不了与孩子有关的话题，出去买菜了。"

徐若子点点头。

张伯父坐下后，打量着徐若子，徐若子被看得有些慌，露出一个试图缓解尴尬的笑容。

张伯父说："你总是出现在人间的悲剧之中，还能这样冷静从容，真是了不起的孩子。"

这话说得不太客气，大概是指徐若子的职业。她微笑一下摇摇头顺势说道："其实我们是一群被讨厌的人，有些同行的做法也确实不敢恭维，锦上添花还好，有人说我们是以他人痛苦为食的冷血的寄生虫。"

"你们是吗？"

"嗯——有时候我也讨厌自己，讨厌去采集那些悲伤的故事的自己。记者像光，人们拉下窗帘撑起伞，不愿见它。但没有它，无人知晓的角落里又会发生什么？会不会有人无法忍受那黑暗，希望有光射进来呢？"

"令人钦佩的一番话。"

张伯父话说得诚恳，这让徐若子下定决心放弃她所设想的所有话术，徐若子开门见山地问道："警方找过您了吗？"

张伯父点头。

徐若子说："栏杆是被人锯断的，警方正尽全力破案。不知道凌树是否与您讲明，我这次拜访主要是为了调查金苗的事情。之前与萧伯母谈过，她说出事前几天金苗情绪特别低落，与张野吵过架，把自己关在屋子里、不吃东西，这件事困扰着萧伯母，因为她再也见不到女儿，不知道女儿身上到底发生了什么。"

"我能理解她的心情。"

"所以我自告奋勇帮忙调查，主要想否定金苗自杀这个可能性。"

"金苗自杀的动机与张野有关吗？"

徐若子吸了口气坦诚道："现在不能排除这种可能。"

张伯父注视着徐若子，许久才说："可我看你不像来兴师问罪的。"

听到这句话，徐若子松了口气，整个人放松下来，她端起茶杯喝了口水才说："古人有端茶送客的规矩，我实在有些渴，请允许我先喝一口。"

张伯父笑笑。

徐若子放下茶杯说："我本人不相信金苗会自杀，我现在知道她是个特别坚强的人。即便如此，如果不能拿出确实的证据，人的不安难以平复。"

"我不明白，既然警方认定栏杆是被人为锯断的，怎么还存在自杀的可能？"

"这两件事并不矛盾，您说呢？"

张伯父点头，"是的，我想警方会忽略金苗接近护栏的缘由，对于他们来说抓住破坏护栏的犯人就算破案了。"

"您说得对，很可能我做了一件多此一举的事，就算金苗真的有意自杀，我们也永远搞不清楚她自杀的决心有多大，所以，他们两个人在事实上还是被那个凶手害死的。"

"这我就懂了，你不相信金苗自杀，你要找的不是金苗自杀的证据，而是她不可能自杀的证据。"

"没错。张野与凌树关系特别好，是吗？"

张伯父点点头，"是，我们都很喜欢凌树这个孩子，他稳重懂事，是那种值得交一辈子的朋友。"

"张野与金苗的关系总体来说怎么样？"

"金苗是张野桥牌队的队友，我知道他们的队伍很早以前就解散了。大约两年前，两人恢复了联系，光是金苗这孩子打过来的电话我就接过许多通，在我眼里他们的关系一直都很好，张野与金苗的联系远远多于凌树，我想这就是人们说的重色轻友吧。出事之前我没发现不同寻常的地方，张野从来不在我们面前与别人吵架。"

"您的意思是，张野就算有什么不快，也不会在家里表现出来？"

张伯父坦诚道："是这样，张野很懂事，大概是怕我们操心，他很少对我们说不顺心的事情。"

徐若子点点头，"我听别人说他们两个十分亲密，张野用行动证明了他对金苗的感情。关于两人的感情，您能再多告诉我一些吗？"

张伯父想了想说："张野不太对我们讲这些，但有一个东西，你来看看。"

说着他站起身，引领徐若子来到一间卧室。

"这是张野的房间，他的东西我们没动过，说实话，我们不知道该怎么办。"

徐若子点点头表示能够理解。

张伯父指着挂在床头的年历说:"你来看。"

徐若子走到近处发现年历还停留在两人出事时的3月,年历的图画是一张夜景照片,除此以外看不出特别之处。她看看张伯父,表示自己不明白。

张伯父指着3月1日与2日的小框说:"这里面有字。"

按照张伯父的提示,徐若子才发现在这两个日期框的左下角有个用黑笔写的英文字母"L",字很小,难以引起注意。徐若子问道:"这代表什么?"

张伯父没有回答,只是把年历向前翻了一页,这次徐若子一下就看到了,所有的日期栏中都有一个"L",因为数量很多,一目了然。张伯父再把年历翻到一月份,每一天都有写。

张伯父说:"我知道,'L'是英文LOVE的首字母。"说完,他从储物柜中又拿出两本用过的年历递给徐若子。

徐若子认真翻过一遍,去年的年历全年都有这个标志,前年的年历从十月底开始标注,"这些年历是张野存留的吗?"

"是的,我想他大概是想留作纪念。"

"张野会保存所有年历吗?"

"他留下的年历就只有这两本。"

徐若子用力点点头说:"这倒是个有说服力的证据,如果我们推断得没错,'L'代表爱,每一个'L'都代表张野与金苗之间的爱在延续,前年是两人重新见面的年份,'L'从十月底开始,时间正好,从那时起两人确定恋爱关系,直到出事那天一直没有断过。"

张伯父点点头。

徐若子接着说:"这些年历证明张野对金苗确实用情很深,为了纪念两人相恋的日子,他连过期的年历都保留下来,很少会有人这样做。另外，今年的3月2日也留有标记，说明张野与金苗分手的可能性几乎不存在，就算分手也不会是张野主动与金苗分手。爱这个字十分脆弱，我想提出分手的那个人在他表明态度之前其爱意早已消退或者消失，绝不可能一边考虑与对方分手一边写下爱的标志。仅凭这三本年历，我认为就足以证明张野与金苗的感情坚实，更何况张野在3月3日用自己的性命证明了他对金苗的爱。"

听到徐若子说出这些话，一直保持绝对冷静的张伯父眼睛湿润了。

徐若子假装没有看到，问："我可以拍照吗？"

"当然可以。"

"有了这些照片，我想萧伯母应该可以放心了。"

"若子，很高兴你今天能来，你不仅帮了金苗妈妈，也帮了我们，两个孩子的离开令人痛苦，万幸的是他们在最后带着彼此的爱离开，是不是这样？"

想不到张伯父突然说出这样感性的话，徐若子把年历整理好，郑重地交还给张伯父，她说："这也是我希望得到的结果，也许我首先就该来您这里，只是我担心没有经过充分调查贸然来访，太对不起张野。"

"从你一进门我就知道你是个有心的孩子，你不是一个通过伤害一方来满足另一方的人。"

徐若子笑笑，"这个赞美我一定要收下，它也可以作为我的座右铭。"

"这样一来，你的调查是否告一段落？"

徐若子摇摇头说："调查还远远没有结束，确认金苗与张野间的感情没有出现问题是一件大事，之后我会专心调查金苗出事前反常的状态，以及与这个案子有关的细节，希望能从金苗的经历入手为余队提供些帮助。不过我的假期只剩一周，能做多少算多少。"

"我还能为你做些什么？"

徐若子问："张野有没有说起过林尾村发生的事或者提起在林尾村碰到的人？"

张伯父用力想了想后摇摇头，"他最多给我们讲讲与金苗、凌树去过的地方，没有提到村里发生的人与事。"

"嗯——金苗在村中的活动呢？什么都可以，再小的事情也请告诉我。"

张伯父眼睛一亮，说："对了，张野说过一件事。他听村民传言金苗的麻将水平很厉害，可金苗之前并不会打麻将，张野说可见金苗是非常聪明的姑娘，能把刚刚学会的游戏掌握得这么好。"

"还有吗？"

"与村子相关的话题，我只记得这么多。"

徐若子仔细琢磨张伯父的话，小声重复着："麻将……"

在街的深处，徐若子找到这家"萍李小馆"，据凌树讲，萍是妻子的名字，李是丈夫的姓。

凌树就站在店门口，他身边趴着一只小黑狗，黑狗没什么精神，懒散地眯着眼睛。

"你们两个挺般配。"徐若子说。

凌树低头看了看小黑狗，回答："确实。"

店里只有他们一桌，菜单也毫无特色，徐若子随便点了几道菜，看老板走进后厨，她小声对凌树说："你不用特意给我省钱。"

凌树也小声回答："这家店并不便宜。"

徐若子想了想说："也是，在同类菜品中，他家算贵的。"

"突然请我吃饭，有什么好事？"

"回报你美味的粥，不行吗？"

凌树淡淡地说："如果那种程度就要回报，你很快便会破产。"

"你这个自大狂，不但夸自己做饭好吃，还暗指我穷。"

凌树笑了笑回答："抱歉。"

"说到好事，也有一点儿，见了张伯父后有些感触。"

"感触？"

徐若子微笑着轻叹道："有这样一个父亲真好啊！严厉又脆弱，为了保护孩子的尊严不卑不亢，其实他不能允许张野受到一点儿伤害，对我这个入侵者是准备随时给予痛击的。"

凌树闻言露出了微笑。

徐若子接着说："这样好的父亲却失去孩子，而还活着的我有那样一个父亲，真是悲哀。"

凌树抓住了对方放在桌面上的手，徐若子看看他，"我没事儿，只是盲目地羡慕，其实我根本不知道有一个好父亲的感觉是怎样的，内心深处也没有这种期待。"

"你们谈的结果如何？"

"有重大进展。"

凌树放开手看着徐若子，一副洗耳恭听的样子。

"我拿到张野、金苗关系稳定的证据，这样一来，萧伯母最担心的事情就被排除了，不论凶手是谁、他的动机如何，整件事与张野、金苗的感情无关，张野为救金苗遇难的事实是独立的。"

"这是好消息，不正是你调查的目的吗？"

"是呀。没想到这么顺利，张野保留了那些年历。如果没有这种拿得出手的证据，想改变萧伯母亲耳所听亲眼所见的事实并不容易。"

"年历？"

徐若子把年历的事情详细讲给凌树。

凌树想了想，之后说："你的分析有道理，张野没有理由在年历上作假，标记符号与保留年历都是自然的行为，很有说服力。"

徐若子说："不过这种单方面的解释算不上完美。我们只是证明张野确实爱着金苗，张野没有分手的动机，但金苗的状态并没有得到解释，只有解释清楚金苗事件前的反常表现，这次调查才算有结果。"

"也有这样的可能：萧伯母听到的那次电话争吵只是情侣间不可避免的磕磕碰碰，金苗就算为了这事情绪消沉，也绝不会选择自杀，因为张野对她的爱并没有变化，他们之间没有严重问题。"

"你这假设太敷衍，我们都读过金苗的小说，她会为了一次情侣间无伤大雅的不快消沉好几天吗？甚至连房门都不出。"

"你们女孩儿难道不会这样？"

"呃……"徐若子想想后妥协，"你说得也有道理，可她的日记中提到的人与张野无关。"

徐若子接着说："总之，金苗自杀的可能性变得非常低，除非她的生活中还有比爱更严重的问题，我没发现任何这样的迹象。"

"这些证据你给萧伯母看了吗？"

"离开张野家后，我在第一时间把证据发给萧伯母。调查还不完整，但我担心她最近承受了太大压力，萧伯母需要好消息才能支撑下去，这时候没有什么比爱更有力量。"

"有效吗？"

徐若子点头，"她回复'令人欣慰，谢谢张野，谢谢你'。"

"我觉得你做得对。"

徐若子重重叹了一口气，说道："越是调查就越感到遗憾，你们都是好人，根本不应该出这种事。我真希望时光倒流，能拦住你们三个，不让你们踏入雾岭山庄一步。"

凌树望了望窗外的黑狗，没说什么。

徐若子小声说："你的手怎么拿开了？"

凌树看了看她，"我们挡住桌子，人家怎么上菜？"

"我自会看到他走过来。"

凌树重新握住了徐若子的手，这次比上次更紧一些。

徐若子露出微笑，说道："还有一件小事情，张伯父告诉我，金苗与村里人打过麻将，你知道吗？"

"麻将？让我想想，确实，赵经理称赞过金苗的麻将水平。"

"你没有见过金苗打麻将吗？"

"没有。"

"这么说来……"

这时老板过来上菜，两人的手分开。

凌树问："你怎么会关注麻将？村里人打麻将很普遍，金苗陪他们玩几圈没什么。"

"我似乎能抓到什么，又说不清楚。你帮我整理一下思路，你们参加的是一个山岳徒步小组，活动时间是如何安排的？"

"小组组织的徒步只有一天，有的人会在当天返回，剩下的人在山庄留宿，第二天各自安排。"

"你们都会做些什么？"

"留在酒店、去林尾村和进山一般来说是这三种选择，金苗因为与赵经理的女儿燕子关系比较好，基本都会去林尾村玩。"

"你们三个一起行动吗？"

"大概因为我是一个人，他们比较照顾我，经常邀请我一起行动，不过我对做灯泡没什么兴趣，更愿意独自打发时间。"

"据你所知，与金苗关系最好的村里人是谁？"

"我知道的就只有赵东升一家。"

"我倒是了解一些村民打麻将的习惯，他们打牌一般外人不会轻易加入，同样他们也不会轻易邀请外人加入他们的麻将圈子，金苗想参加他们的牌局，需要与他们足够熟悉才行，你认为金苗与赵东升熟悉到那种程度吗？"

"这我说不好，你的问题过于模糊，人与人熟悉到怎样的程度很难量化吧？"

"我的意思是赵东升与麻将的吸引力会超过张野吗？金苗在林尾村与燕子玩或者与越梅姐说说话，这些动作比较合理，但如果她参与牌局就不会是随便玩玩这么简单。既然你都算作灯泡，金苗为什么要放弃与张野独处的时间加入一个她并不十分熟悉的牌局呢？"

"张野没有与金苗一起打牌？"

"是的，张野说'他听到村民的传言，金苗的麻将打得很好'，说明张野不但没有参与牌局，而且没有旁观。金苗甩开你与张野独自打牌，难道是因为她喜欢赌博？"

凌树沉思了一会儿说："你这个问题提得好，如果张野不在金苗身边，金苗与村民打麻将这件事确实有些不自然。她应该知道村民打牌是要挂钱的，并非单纯的游戏。"

"我记得你说过林尾村曾经发生过打麻将作弊事件，具体是怎么回事？"

"具体我不清楚，这件事也是赵东升告诉我的，他说村民打牌，有时候会碰到作弊的事情，但如果没有证据，大家不是特别计较，不会激化矛盾。但有一个人太过离谱，坑了同村人不少钱，闹得比较大，伤害了村里人的感情。"

"你看，麻将作弊、赵东升出逃、金苗参与牌局这些事会不会有什么联系？"

"有可能。"

徐若子点头，"金苗之前不会打麻将，如果没人提起她在林尾村打牌的事情，警方很难找到这条线索。村民打牌输赢不会小，大概算得上赌博，赌博又是违法的，谁会主动向警方说这件事呢？"

"所以这可能是一个盲点？"

"嗯，我觉得这条线索有调查的必要。既然警方不易取得村民的配合，只好由我们来做。"

"你准备什么时候动身？"

"周末去肯定来不及，事不宜迟，我明天走。"

凌树说："我请假。"

徐若子按住他的手机说："别请了，你在这边撑着我们社长帮，我一个人能搞定。"

"又逞强，忘了吊桥的事？怎么可能让你一个人去。"

"记得，当时我在向你炫耀我的人生悲剧，结果被藏在暗处的某个人教训了一番。"看凌树盯着她，徐若子只好放开按着手机的手。

凌树说："另外，如果是与麻将有关的线索，我预感我能帮上忙。"

"哦？"

列车行驶在一片接连一片的麦田中，此时冬小麦已经成熟，正是农忙时节。

车内旅客不多，车厢一半空着，十分安静，只有前面的一对女学生在轻声聊天。徐若子望着窗外，怕打扰到其他乘客用很小的声音说道："冬季农闲，如果事件与麻将有关，时间也正好符合，他们3月3日出事，前面几个月是村民打麻将的旺季。"

凌树呆望着椅背，正思考着什么。乘坐高铁，他们的旅程只需要三个半小时，速度是十年前的三倍。

看凌树没反应，徐若子追问道："你说呢？"

凌树低声说："如果真是金苗惹了祸，不知道张野的父母会怎么想。"

"你在想这个问题？"

"世事无常，本来同病相怜的两家人，会不会因此产生隔阂……"

"在没有弄清楚事实之前，怎么能指责金苗？"

凌树淡淡地说："不论怎样我都不会指责她，就是不知道这个世界会怎么想。"

徐若子沉默了片刻，"你的担心不无道理，如果案子破了，仅凭张野为爱舍命、金苗喊出'放手'的动人故事就能使他们成为热点。"

凌树说："所以，我们必须亲自得到真相，防止有些无良媒体抹黑他们任何一个人。"

"人是脆弱的生命，既不想被无视，又不想化作谁的玩具，用自己的人生娱乐他人。可是，终归，我们的力量过于渺小，有话语权的是更多人以及更大的圈子。"

"你明知艰难，却不辞辛苦地寻找金苗。"

徐若子点点头，"现在我能抓住的，就是这样一点点身边的东西……对了，"说着她用手指滑动几下后把手机交给凌树，"你看看这个视频。"

凌树认真看了两遍，"这是你那天吓唬讨债人时录的视频，有什么问题？"

"我们把目标锁定在村子后，我看了好几遍这段视频，你看看周老板。"徐若子指着已定格的画面提醒凌树。

徐若子的指尖精致，把凌树的视线集中在画面中周老板那张模糊不清的脸上。

实在看不出什么，凌树不得要领，摇了摇头。

徐若子轻声为他解释，"画面中周老板的嘴角扬了扬，嘴角扬起那就是笑，为什么要笑呢？痛苦的笑？自弃的笑？或是嘲弄对手的笑？"

"大概是他遭遇的生活与经历使他露出这样的表情，你真的是什么都想探究。"

徐若子目光停滞在前面座椅的背面，"一个奇怪的表情代表一颗拥有奇怪感受的心，那样一颗心是我想去了解的事物。是的，我有探究的欲望。"

凌树想了想说道："他确实有些古怪，仔细想想他对我们的态度不友善得过分，你帮了他，他却对你不理不睬，林尾村人的性格不该是这样的。当时我认为那是因为他的生活遭到重创，意识变得麻木，可如果他被讨债人围殴还能笑得出来，那就不是这样……是什么使他丧失基本的礼节？难道他针对我们？"

"凌树，我就是这样想的，周老板是个不正常的林尾村人。上周三，我们出村时正好碰到他，他知道我们要去哪里，掌握我们的行踪，周老板有机会也有时间砸断吊桥。对吗？"

"你的假设有些太过牵强，他能做到与他做了有着巨大的距离，我们不该这样想。"

徐若子微微笑了一下，"嗯。"

由于徐若子之前打过电话，李越梅正在家里等着他们。

徐若子陪燕子在院子里玩了一会儿才返回客厅，凌树正与李越梅聊天，徐若子听到凌树说："所以我一说金苗，张野就说我，他对女朋友的爱护简直是……"

看到徐若子进来，凌树停下这个话题，李越梅笑着说："凌树在讲张野是如何重色轻友的。"

徐若子知道李越梅说这句话是为照顾自己，让自己能融入他们的交谈，有这种处事态度的人已经不多了，徐若子不知道这算保守还是什么，只是听起来有小小的感动。

她坐在李越梅旁边的椅子上笑笑说："人家那叫真爱，是吧？"

李越梅赞同地点点头。

"我们这次来还是为了金苗、张野，想向你请教村子里麻将牌局的事儿。"徐若子认真说道。

"这事儿你在电话里说不就好了，还大老远地跑一趟。"

"越梅姐，对这次的调查，我们两个是全力以赴的，不能说一定解决问题让赵经理安心回家，但绝非有一搭无一搭的随意之举。"

李越梅担心地说："自从警方让我给他发信息，他不但不回复我，还把手机也关了。"

徐若子说："这就奇怪了。按理说赵经理应该跟你保持联系才对，而且他也不该如此担心警方，从他对我说的那些话来看，让赵经理害怕的应该是警方之外的某些人。越梅姐，你上次说赵经理在村里没有仇人，如果我们假设事情与麻将有关，赵经理与金苗会不会惹上谁？"

"嗯——提到牌局，那就是村子里的大王。大王最喜欢打牌，人很凶，听说他在外面有不少关系，反正挺咋呼的，我们都不敢惹他。"

"大王？"

"哦，他的名字叫王力军，在家里排行老大，我们都叫他'大王'。"

"这个大王，人在村里吗？"

"不在，大王不管地的事儿，整天在外面跑，年底才回来打牌，一打就是几万的输赢，主要是那几个大户在一起耍。"

徐若子感到奇怪："你家赵东升会同大王打牌？大王的局很大不是吗？"

李越梅停顿了一下，语气不自然地说："你们问苗妹的事儿……东升对我说过，有一次三缺一，他拉苗妹凑数，具体跟谁打的……那次……他们耍得挺大，可能是大王。"

虽然李越梅一句话要停顿好几次，徐若子还是点点头，她问："赵经理那次是不是夸金苗麻将打得好？"

"是，说苗妹是个天才，夸得不得了。"

"那次赵经理是赢了还是输了？"

李越梅沉默下来，仿佛这是一个很难的问题。

徐若子看到这个情况反而来了精神，她与凌树交换了个眼神后，对李越梅说："越梅姐，这是事关人命的大事，金苗他们已经遇难，如果赵经理出逃与这件事有关，他现在一定也身处危险之中。"

　　李越梅看看徐若子与凌树两人，犹豫了一下，还是没有开口。

　　这时凌树说道："我不知道为什么赵经理不相信警方，但你们可以相信我们，特别是若子，你们怎么信任金苗就可以怎么信任她，你也说她们很像，她们是很像，她们是我见过最善良的人，宁可自己被伤害也不会伤害别人。金苗已经走了，你们不想为她讨回公道吗？"

　　听了这番话，徐若子也吃了一惊，很少开口的凌树原来是这样想的，她盯着凌树看，对方选择无视她的眼光，没有回应。

　　李越梅下定决心般说道："好！我对你们讲。东升交代过，这件事不能对任何人提起，但他既然跑了，我愿意相信你们。其实东升耍这样的局不是第一次，与苗妹一起的那次，东升赢了，赢了很多——12万，我们是穷人，他从来没有赢过这么多钱。"

　　看到赵东升家的经济条件，徐若子有些惊异，"一次就赢了12万？"

　　李越梅忙说："东升赢钱的前一个月输了10万，如果合起来算，我们家也只得了2万多块。"

　　徐若子自言自语道："原来如此。赵经理与某些大户连续玩过两次，一输一赢，赢的那次有金苗参与。"

　　李越梅接着说："输的那次真把我吓死了。东升从来不这样，平时的输赢也就千儿八百，那天不知道怎么了，去和人家大户耍，一下输了10万块，他没有钱，只能要我手里的钱，那是我们给孩子存的钱。当时只想和他离婚，不知道这日子还怎么过下去。"

　　徐若子想了想，问道："赵经理先输了一次钱，那是什么时候的事情？"

"12月底。"

徐若子问凌树："你们12月底来过林尾村吗？"

凌树回答："我们来过，而且拜访过赵东升家，当时他家的气氛非常不好，还有砸坏东西的痕迹，我们当时也想帮忙调解，但不论金苗怎么问他们两个都不说话。之后金苗说陪燕子玩一会儿，让我和张野先离开。"

徐若子说："金苗说陪燕子玩一会儿一定是个托词，赵经理家气氛这么差，她哪有玩的心情？我想金苗是认为你们两个男人碍事，希望独自了解情况。"

凌树点点头表示赞同，徐若子又问李越梅："金苗留下来后是不是与你们说了什么？"

李越梅努力想了一会儿才回答："那几天我都气疯了，只想带孩子回娘家，根本不愿意看到东升的脸，那时一个人待在屋里，不知道他们在外面说了什么。"

徐若子望着李越梅的眼睛问道："越梅姐与赵经理感情很好，你最后选择留下来与他一起承担，是这样吧？"

李越梅莫名地有些不好意思："……倒也不是感情好，我不能一次机会都不给他。"

徐若子不介意李越梅的话是不是言不由衷，她接着问："一个月后，赵东升与金苗一起又打了麻将，并且赢回12万，就是你刚才所说三缺一那次。"

"是这样，而且东升向我发誓以后再也不耍钱了。"

"这中间，金苗是不是还来过家里？"

"嗯——来过，一月中她来过一次，而且是一个人来的，我当时还在发愁钱的事情，对她招待不周。"

"打麻将那次也是金苗一个人来的对不对？"

李越梅吃惊地问:"是呀。妹子,你这一连问了好多问题,怎么像什么都知道似的?"

徐若子笑笑,指了指凌树说:"我这都是跟他学的。"

凌树说:"这条线索完全是你自己抓住的。"

徐若子用力点了点头,弄得李越梅一头雾水。

凌树解释道:"若子推测麻将是引起赵经理出走的源头,她认为金苗与赵经理一起打牌并赢回12万的事儿不是偶然。赵经理赢了12万,你知道金苗输赢的情况吗?"

李越梅回忆道:"这我倒不清楚……"

凌树又问:"赵经理不是夸奖金苗麻将打得好吗?"

"对对,所以说她也赢了……"说到这里李越梅仿佛也明白了什么,她吃惊地看着两人问道,"你们的意思是?"

凌树没有回答反而问:"一月中我来的时候听赵经理说村里有人在麻将桌上作弊,坑了不少乡亲,你知道这个作弊者是谁吗?"

"我那时心很乱,不过也听到有人说大王与周青山两个人合起伙来骗别人的钱,之后都没人再敢跟他们打牌。听到这消息后我还问过东升,问他是不是也被人给骗了,东升只是摇摇头让我不要再提。"

徐若子问:"周青山是旅店的周老板?"

"是他。"

徐若子看向凌树,凌树对她点点头,徐若子又问李越梅道:"周老板是个什么样的人?"

"周青山是大学生,村里人都知道他聪明,他的数学还考过我们县中学的头名。可他在外面混得不怎么样,他爸去世后家里只剩他一根独苗,他就回来经营他们家的小旅馆。我不喜欢这个人，他吃不了苦，心又高，看不起我们。"

徐若子问："之前有外人来周青山家讨债，好几个人打他一个，你们村里的人只看热闹没人帮忙，后来他受伤我们把他送去卫生所，那里的大夫对我们的态度也很糟糕，是不是因为他打麻将作弊这事？"

"一定是，他已经被村里人孤立了，兔子还不吃窝边草，我们拿大王没办法，他周青山一定是穷疯了才算计同村人，如果他真靠作弊赢钱，谁也不会帮他。"

徐若子闻言点点头，"越梅姐，赵经理输钱以及赢钱的对象有没有可能是大王以及周青山？"

"听你说完，我觉得就是他们两个，他们两个当时都在村里，东升不承认只是怕我惹麻烦，一定是他们两个！他们两个一起骗了东升并且在牌桌上作弊，如果没人勾搭东升，他不会玩那么大的。"

听到这些话，徐若子沉默下来，不知道在想什么。

李越梅小声问道："妹子，你是说苗妹是被大王他们害死的，因为她帮我家东升出头？"

看徐若子在想事情，凌树接过话头，"嗯，我们是这样想的。你认为大王他们有害人的胆子吗？"

李越梅小声说："现在的人，什么都缺，就是不缺胆子，你说谁干了什么，我都不会觉得奇怪。大王这个人不好惹，他要豁出去整东升，警察也不一定能保护得住他。可……如果苗妹是为了我们，他可不该跑……"说这话时，她的眼睛湿润了。

徐若子丝毫没受气氛的影响，突然说道："所有的逻辑都对上了，可是我们这番推理没有说服力。这是一个合乎逻辑却特别离奇的故事，警方大概不会相信。"

李越梅奇怪地问:"怎么离奇?我听了半天,觉得你们说得都在理。"

"你们想想,金苗从没打过麻将,现在大王与周青山联手作弊,她在知情的情况下怎么敢在麻将上与对方对抗?金苗只有一个月的时间,她到底做了什么才能确保赵经理在麻将桌上获胜?要知道赵经理已经输掉了10万,金苗也不是有钱人,他们都不能承担失败的后果,赵经理又怎么会放心把自己的身家全都押在一个不懂麻将的女人身上再赌一次?"

刚才还完全赞同徐若子推理的李越梅一下就被说服了,"就是……我都没想到,东升不会这么冒失。"她想了想又说,"但……东升确实赢回12万,凑手的苗妹也赢了。我了解东升,他们如果没商量好,东升不会拉苗妹进这种局。"

徐若子说:"可惜性格担保不能作为证据。我们也可以解释为赵经理运气特别好,他破釜沉舟又把钱赢了回来,这样一来就无法证明大王、周青山作弊。你们想想,如果不存在作弊,综合两次的结果,大王他们只是与赵经理打了个平手,这事儿无法成为大王他们杀人的动机。所以说,如果不能破解金苗的手法,我们的推理就没有说服力。"

李越梅闻言皱眉,"苗妹已经不在了,东升又关机,只能等他开机好好劝劝他。"

徐若子摇了摇头说:"干等不是办法……"她望向凌树:"该你出场了,凌树!我对桥牌与麻将都不了解,只有你才能破解金苗的手法……"

凌树叹了口气,说道:"不知是命运跟着金苗,还是她手里有一把钥匙,总是闯进命运之中。"

徐若子催促道:"哪有时间感慨,快帮我想一想。"

"我已经想过，结论是：金苗有能力也有信心去做这件事。"

徐若子吃惊地问："你能猜到金苗的手法？这么快？"

凌树回答："大概可以。"

"我不知道你还精通麻将。"

"只是略知一二。不过，凡是精通某一种智力游戏的人，都有能力触类旁通，对他们来说大部分棋牌类游戏是相通的，用逻辑与数学可以解释一切问题。当然，金苗一定赶不上专精此道的高手，可对于没有经过极端刻苦的棋牌训练的一般人来说，金苗会是一个很难被战胜的存在。"

徐若子说："触类旁通……你不说出来，我理解不到这一点。假设你所言为真，在金苗眼里这并非难事，同时对于其他人来说，金苗只是个麻将新手，所以根本不会在意她的挑战。"

"是的，她这就叫扮猪吃虎，大王他们肯定被金苗的外形蒙骗了，他们认为金苗不过只是恰好喜欢赌钱的无知肉鸡，而赵经理不过是输红了眼急于翻盘的肉鸡。"

"手法到底是什么？"

"不要着急，我只能慢慢解释。"凌树问李越梅，"我记得上次你说过金苗曾经摆牌沉思，当时我说她可能在研究四明手牌，你的表情有变化，是不是不同意我的观点？"

李越梅被这个突然的问题问得愣了一下，她看看凌树，显然惊异于对方观察的仔细与城府之深，她回答："是，当时你说她是在研究四家打牌，可我当时看她只是把牌凌乱地摆放，不像是研究打牌的样子，反倒更像是算命。"

"桌上摆的是不是从A、C、E到9的数字牌，没有JACK、QUEEN、KING这类花色牌？"

"什么？"李越梅完全没有听懂。

徐若子解释道："他的意思是桌上是不是只有数字牌，没有带图案的牌？"

李越梅想了想说："对，全是数字。"

凌树问："时间是1月中旬，她独自去你家的时候？"

"对。"

"所以她那时并不是在研究桥牌，而是借用桥牌在研究麻将，并把这个技术传授给了赵东升。我们权且认为金苗设计了一套麻将作弊方案，目的是帮助赵经理赢回他被骗的10万元。"

两个女人点头赞同。

"金苗手上掌握着一个优势：她可以从赵经理那里得到上次牌局的具体情报，并以此推测对方的作弊手法，再根据他们的手法判断自己的胜算。如果胜算很大，接近必胜，她就能说服赵经理陪她尝试。"

徐若子说："是这样的逻辑。"

"所以我们应该追寻金苗逻辑的轨迹，首先推测大王他们使用的作弊手法。大王是个霸道的人，曾经的学霸周青山一事无成，学霸与混混不是一路人，他们能走到一起的原因是什么？或者说，有钱又想赚钱的大王看中周青山哪点？"

徐若子说："你刚才说过，棋牌类游戏的基础是逻辑与数学，周青山的数学好。"

凌树点头，"我们这样假设，周青山提供给大王的帮助是智慧。大王这次放弃了一些惯用的作弊方法，比如在麻将桌、麻将上动手脚，或者使用摄像头等作弊手段，在村子里使用这类手法作弊很危险，留下证据有可能被抓现行。严格来说三家打一家的行为不能算作弊，只能算没有牌品，但这种套路很容易被发现导致对象退出牌局，我猜周青山设计了一套2吃2的赢牌策略。"

李越梅质疑道："2吃2？没听说过，这很难做到吧？"

"以桥牌的思路来考虑，并不困难。桥牌本身就是一项2对2的运动，同时桥牌把运气转换为概率，普通人看来凭借运气的胜负，桥牌选手会把它精确地转换为固定概率的胜负。我们假设四个牌技相当的牌手一起打牌，他们每一个人的胜率为25%，这时其中两个人结成同盟，只要他们的手法是有效的，两个结盟牌手的胜率就会远远超过没有结盟的牌手。"

徐若子问："具体应该如何操作？"

"传递信号。"

听到这四个字，李越梅也点了点头。

凌树接着说："只需通过打废牌就能发出强大的信号，6张不同的牌其组合数有720种，5张牌有120种，3张牌有6种，一个数学高手可以利用这些组合向自己的队友传递大量信息，根本不需要抓耳朵挤眼睛这样的辅助手段。"

徐若子问："能不能举些例子，我不懂麻将，对你说的话不易理解。"

"比如双方在前6张牌内制定出联手策略，一方主打一方配合或者双方同时做牌，另外同伴具体要做什么牌、他的前景如何也是可以得到的情报。"

"哦……"

"使用一套信号系统，可以使独自作战的牌手获得同伴的有效支持，以单独一个个体来看还是有输有赢，可一旦综合起两方的成绩，其胜率会明显提高，而且这套系统对做大牌很有效，通过高番牌来定胜负。"

李越梅说："我们这的规矩是点炮的给钱，其他人不给钱。"

"两家合作胜负一体，相互间不记输赢，按照之前说好的比例分成即可。握有点炮张可以有多种选择，提醒同伴换牌，或者点炮阻止其他人和牌。"

徐若子说："明白了，周青山利用数学与对麻将的了解设计出一套有效的信号系统，以此来帮助大王赢钱。"

"是这样。既然村子里传出大王作弊的风闻，说明周青山的系统发挥了作用，只有特别有效的系统才能让人明显感觉到威胁，让人猜到他们打联手牌。"

徐若子问道："虽然明白了，可面对这样的对手，金苗怎么会有必胜的把握？"

凌树笑了一下，他向一个人在院子里玩的燕子看去，看了一会儿才又转回头。

李越梅说："我记得以前你就这样看着在院子里同燕子玩的苗妹，脸上也带着笑容。"

凌树说："那时每个人都很开心，仿佛只要人活着就不再有遗憾。我记得是去年秋季，丰收的日子。"

李越梅点头："是。"

凌树的目光落在徐若子身上，他问道："我们所说的运气是什么呢？"

徐若子不是很自信地答道："运气？嗯——运气就是运气呗，随机的，不确定的。"

凌树解释道："对，正因为一般人抱有这样的心理，类似周青山这样靠数学闯荡赌场的人才会越来越多，海外有不少赌场的黑名单越来越长，大多是这些数学天才。不过我想，周青山在麻将上试刀并不明智，麻将天生就不该是个2对2的游戏，真正理解麻将游戏规则、乐趣的牌手不会做出周青山与大王这样的举动，因为它伴随着巨大风险。"

"这怎么讲？"

"所谓运气一定是平等的，人人拥有平等的运气才叫运气，而麻将正是一个基于四个牌手拥有平等机会的游戏。我们想想，此时有人希望自己在游戏中的运气高于其他人，他试图控制运气、控制游戏，会发生什么？运气的定式将被打破，麻将的运气突然消失了，它变了，变成另一种东西——桥牌的运气。"

徐若子对上了李越梅的目光，两个人都有些不解，她对凌树说道："你这话说得好玄。"

"我之所以敢于认定周青山使用的手法，是金苗用她的决心与她确实的胜利告诉我的，我想那时的金苗一定也做出了和我现在相同的判断'这些人不是我的对手'，虽然使用的道具完全不同，但周青山玩的游戏已经不是麻将而是桥牌，如果说周青山、大王用他们那套联手作弊的手段对别人有65%的胜率，金苗与赵经理的联手对他们就能拥有超过95%的胜率。"

"有这么大的优势？"

"你们不懂桥牌，我为你们简单做一个讲解。我们可以把桥牌理解为一个传递信号的游戏、计算的游戏以及推理的游戏，其中队友间可以公开传递信号、建立自己特有的信号系统是桥牌不同于其他游戏的特点之一。我不知道周青山研究了多久信号麻将，金苗从学桥牌的第一天就在研究信号系统以及与同伴合作的方式，同时她也在研究对手的信号系统以及对手的合作方式，她擅长的是——信号系统的博弈。换句话说，在金苗眼里，周青山就像一个踏入全新领域的新人，金苗的能力是通过长时间训练得到的，她可以在一瞬间解析张数以及花色信号背后的内涵并且进行一系列复杂的概率计算，这种敏感度并非知识，可以说是经过无数次读牌后的病态，而这种病态不是她独自一人完成的，金苗有机会与众多此中高手交流切磋。从结果来看，周青山放弃麻将的技术选择了金苗最擅长的2对2游戏，也许周青山不作弊金苗反而不易取胜。"

徐若子眼睛里闪出光亮，"有意思。"

"赵经理输掉10万这当然是坏事，不过在金苗眼里这却是件好事，因为周青山失去了先机。金苗通过赵经理的记忆可以大体了解他们建立的信号系统，只要掌握蛛丝马迹便足够金苗制定出比较完善的对策。所谓对策，是指金苗会建立一套完全针对对方的信号体系，这套体系不但仅在同伴间传递信息，也会把对方的体系一并加入进来，在对方的信号上打出双重信号，以便传递更加复杂的讯息。比如大王打出信号说自己牌好可以做清一色，金苗那方可以针对他的信号打出阻挠、抢和小牌等对策信号。"

李越梅惊呼："天呀！这么复杂的东西，我听得一头雾水，我家东升一定掌握不了。"

凌树解释道："系统的方便之处在于只有设定系统的人花费精力，而使用系统的人不需要过多思考，他只需记下金苗教给他的方式行动即可，我想这套针对周青山的系统不需要太过复杂。"

李越梅似懂非懂地点点头。

凌树接着说："仅凭赵经理的回忆应该不足以完全掌握对方的体系，因为赵经理很可能记不住对方打过的牌，不过这并不要紧，金苗通过现场读牌，一圈后就能彻底明悉对方的信号系统。这会形成怎样的局面？金苗利用周青山的信号系统掌握周青山、大王的牌况以及作战意图，同时通过对方无法破解的己方信号系统完全控制游戏。在这种情况下，周青山的信号系统越是有效越是详细，就越对金苗有利，金苗可以清晰地掌握四位牌手的一切活动，在这种情况下想要战胜金苗好比天方夜谭。"

徐若子击了下掌说："有道理！这番解释警方也一定可以接受，从而展开刑侦工作把犯人绳之以法。既然你在如此短的时间内就能想到周青山的手法与破解之法，金苗有一个月的时间准备，绰绰有余，而在事实上她与赵经理也取得了胜利。"

凌树点点头，说道："金苗的优势还有很多，我们经过大小比赛无数，心理素质会好一些，周青山面对突如其来的打击一定会不知所措心存疑虑，如果金苗懂得欲擒故纵的道理，放对方几局，在关键牌上下手一下就能打得对方翻不了身。大王他们如果还不服输，后面只能越输越多。"

李越梅问道："原来苗妹是一个这么厉害的人……我家东升都赢了12万，苗妹一定赢了他们更多。"

徐若子看看凌树笑了笑，李越梅奇怪地问："我说错了什么吗？"

徐若子说："我猜那12万就是全部，这样赢来的钱金苗不会要，她只是为赵经理讨回公道。"

徐若子叹了一口接着说："否则，赵经理何必冒着被家属围攻的风险去参加金苗的葬礼，他在金苗墓前深深鞠了一躬，当时我想，这个男人是多么敬重这位死去的姑娘……"

离开李越梅家，徐若子与凌树并肩向车站的方向走去。

徐若子长出一口气，"今天，你令我刮目相看，凌树。"

"这件案子是你一个人解决的，每一条线索，每一个突破，都在你的努力下完成，我亲眼所见。至于我，几乎没能帮上你什么。"

徐若子摇摇头，"我不是指这个，不是指你的逻辑。"

她接着说："你的逻辑我见识过，它的美妙一直存在，包括金苗，通过你我可以想象出她的样子。令我刮目相看的是你对金苗的态度。我知道你对张野、金苗的去世十分伤心，你尽全力帮助萧伯母他们，可见你对他们的感情有多深重。不过，作为一个男人，你的架子太大了，你眼看着我调查不闻不问，从没有主动提起过金苗，也没发表过任何感慨，就像……金苗不是金苗，她只是你发小张野的女朋友，你那个'小心翼翼'的队友。你这个奇怪的态度令我生气，我曾想过'凌树怎么能这样？他对女生的心理毫不在意，如果金苗活着多希望这个还活在世上的男人、曾经的队友、朋友多赞扬她几句，让她在别人心里活得久一些。为什么凌树不懂呢？这个人是不是冷血的'。今天，我知道，你对金苗的信任与骄傲在这个世上可能已经无人能及，对了，除了金苗小说里提到的黑木，如果他是真的，而且还存留着那时的情感。你对金苗的信任不仅是因为你了解她的能力，你也相信她的人品，我很感动，真的，多希望我也能拥有你这样的朋友……"

凌树打断她说道："我们换个话题吧，这个话题我现在还承受不了。"

徐若子微笑了一下扬起头说："你看，今天的天气多好，四月是不是一年中最好的季节？"

凌树也望向远方，山林、田野、天空仿佛阳光下的一块绢布，闪动着柔和的光芒，"嗯，大概因为有你们这样的人存在，世界才如此美好。"

"什么呀？你这是在夸我吗？"

"是，你刚才不是批评我不懂女孩儿的心思。人死不能复生，但你让她做过的事情重见天日，我确实为她骄傲，能成为她的朋友……"凌树真的说不下去了。

徐若子知道必须要改变话题才行，她问："你说，我们下面应该怎么办？"

"就像出门前说好的，把所有线索交给你的朋友余队长。"

"可是……"

"你还想做什么？现在我们已经可以确定吊桥是被弄断的，周老板以及我们没见过的大王可能十分危险，你必须抽身了。"

"嗯——"

"还'嗯'什么？"

"我在想，周老板周青山大概不是一个穷凶极恶的人。"

凌树冷冷地说："不用再做心理侧写了，他是什么人，我们管不着，法律自会判断。"

徐若子突然站住。

凌树无奈地看着她，不知道她要做什么。

"你看，我们不是警察，既然我们比警方先搞清楚案情，我们有一个机会，去做一件余队长无论如何也做不到的事情。"

"是什么？"

"劝周青山自首。"

"他是害死金苗与张野的凶手。"

"我想金苗一定希望给周青山这个机会。"

"你说什么？你这是自欺欺人！你这样做是把自己完全代入到金苗的角色中去，金苗没有你这么宽宏大度，她坏心眼儿多……"

"你说坏心眼？"

"她小说中不是写了吗？人家叫她黑心娜娜，她进入混混的地盘求他们摆平欺负自己的人，这样的金苗怎么会原谅谋杀她的凶手？"

"你没仔细读小说吗？金苗那样做是被逼无奈的，她在那种情况下还要求阿龙他们不要伤害欺负她的人，甚至不要阿龙他们说脏话，这才是金苗。我们按照金苗的意愿去做，好不好？"

凌树被徐若子说得卡了壳，但他明显不愿意妥协，小声强词夺理道："你的依据只是小说，小说的情节并不真实，而且那部分是黑木写的，大概只是黑木为了美化金苗的形象。"

说着，两个人都听到徐若子的手机响了一声，有信息传来，两人停止了争论，徐若子掏出手机一边看着一边说："我理解你的想法，你希望谋害你朋友的人得到最严厉的惩罚，对他们恨之入骨。"

"他想害死你，如果当时我慢一秒钟，就拉不住你……对，你说得对，我不管他的心理怎样，甚至他是不是成功了，他试图谋杀你们，我希望他得到最严厉的制裁，我对他连一丝怜悯都没有，一丝都没有……"

"我懂，但也知道金苗一定不希望看到你这样，你这样理解她，她希望你能放开这一切，重新做你自己。我想，金苗对你这个曾经的队长也是非常敬佩的。我的目的不是帮周老板，我想让我们两个都有一个机会，放下这段往事的机会。"

"放下……"凌树站在那里说不出话来。

徐若子对着凌树默默举起手里握着的手机，柔声说："是余多的信息。余队查过了，阿龙是存在的，他叫陈龙，在一场斗殴中重伤而死，死亡时间与小说中的时间相符，TK酒吧也是存在的。"

"小说是真的又怎样……"

"如果不为金苗，为我好吗？为了我，翻过这一页，我没有你不行，我们还要一起成为独立记者，让我们的新闻传遍世界。"徐若子说这话时仿佛用尽了力气。

凌树垂下目光轻声说："你真正的目的是这个，翻过这一页。问题是我能做到吗？"

"为什么不行？"

泪水从凌树的脸颊上落下，但他的声音冷静如常，"这个世界对你们这样残忍，却不需要付出代价，这样真的可以吗？它只是在摧残你们，它不管你们是谁，只凭自己的欲望从事，不论是爱还是恨它任性而为，它看不到你们也是活着的生命，有血有肉。不，它什么也看不到！就算这样，你还要原谅它，你不觉得自己很可怜很悲哀吗？只有惩罚才能让这个世界懂得道理，而不是原谅。"

"如果世界是你说的这个样子，那它就没有明天，而我有，我还有你，你在黑暗中拉住了我，我有希望。我不是要原谅谁，我没有资格，我只想面对。"

凌树断断续续地笑了起来，大概是被气笑了，徐若子也跟着他笑，不过他们只笑了几声。凌树说："你与金苗一样，同样任性。"

"正因为金苗是这样一个人，你们才喜欢她。"

"好……我说不过你。我听你的，给周青山自首的机会。"

徐若子微笑着向凌树走过来，凌树伸出一只手阻止她向前走，他说："我们可以去，但你怎么知道他不会从厨房拿出一把尖刀不由分说地插入你的身体，你怎么能向我保证不会发生这种事情？你要知道，这个人连续谋杀他人，其罪当诛，就算自首也不见得能保命，这样的人会做出什么你能预料吗？"

"不要紧，有你在，有越梅姐、乡亲们在，我们可以控制他，我们人多。"

"人多？你不要天真了，你还要相信人，周青山被围攻时，只有围观，是你孤身一人上去帮忙，你以为换作你就有不同吗？"

徐若子不由分说地走到凌树身边，她挽着凌树的胳膊说："别说了，说真的，我才说不过你。你的道理太多，排山倒海一般，作为记者我永远说不过我的编辑，是不是？"

凌树叹了一口气，配合着徐若子的步伐默默向林尾村走去。

徐若子说："相信我吧，我能说服他，我还不想死，我们有很多事要做。"

村中旅馆的一楼，几把木椅子围着一张方桌算是大堂的摆设，这是上次周青山被讨债人围殴的地方。

凌树与徐若子坐在桌子一侧，周青山坐在另一侧。此时的凌树恢复了平静，他木然看着周青山，不知道心里在想什么，至少表情上没有流露出丝毫恨意。

高瘦的周青山还是那副邋遢的样子，这次看他，确实有些天才的气质。

周青山虽然同意与两人聊几句，但明显并不欢迎这两个来访者，他无精打采地说："你们倒是敬业，为了这条小小的新闻花这么大力气。这世上每分每秒都在死人，没人会在意我们这些无名之辈，何必呢？你们什么也挖不出来。再说，干吗总围着我转？我像个有用的人吗？上次你们帮了我，只是白费力气……别人都懂的道理，你们不懂，做与别人不同的事儿不代表你们聪明，说明你们傻。我该是什么反应？对你们感激涕零，像电视里那样？我什么都不知道，知道也不会说。如果说不出来什么新鲜的话，你们就回去吧，我很忙，没时间陪你们玩采访游戏。"

徐若子对他的冷嘲热讽不以为意，说道："我们不是为了工作而来，也不是为了与你斗智而来。为什么非要谈成功、失败？我们又不是在火车上偶遇的陌生人。说实话，我对这样的谈话方式感到疲惫，你周青山的名字不是为了帮衬我而存在，我徐若子的名字也一样，别再说谁是穷记者，谁是失败者，你就是你，我就是我。我们来找你，为的是金苗。"

周青山斜眼睛看看徐若子，"对此我一无所知。"

"我们心里都清楚，'一无所知'是个谎言，不过你既然这么说，我也没有多少力气来反驳你。开门见山吧，你的事儿我们知道了。我希望你去自首，并不是想减轻你的罪，只是我认识你，你叫我一声'穷记者'，这算是我们的缘分，我不想冰冷地对待我的过往。我知道，你曾经是县里的状元，曾经'最好的一个'，这样的人总要有些执念，我不试图改变你，如果你真认为与我们的交谈是浪费时间，我们马上离开。"

听到这些，周青山的手剧烈地抖动起来，他眼神迷离，情绪竟然失控了。徐若子递给他一支烟，周青山想也不想地接过来，徐若子又为他点燃。一支烟吸到尽头，周青山才稳定下来。

徐若子淡淡地问道："讨债人打你的时候，你笑什么？"

周青山抬起头反问："你怎么知道？"

"你忘了？我录过视频。"

他把只剩下过滤嘴的烟丢在地板上，说道："普通的苦笑而已……"

徐若子点点头。

这时周青山才定睛望向徐若子，他说："我承认，你很有意思，我们可以聊一聊。不过，一旦我发现你的话失去了意思，请恕我送客。"

对此，徐若子没有露出一丝感激的神色，说："我先为你讲个故事，故事挺无聊的，你凑合听吧。上周三，我与身旁的凌树在山谷里漫步，有一个人跟随我们走进山谷，推下因为前些日子的雨变得松动的大石，大石一路滚落砸坏了吊桥的桥桩。我没有注意，走上吊桥的瞬间，它垮了，幸亏凌树及时拉住我，我捡回一条命。因此我今天才有机会坐在你对面，谈什么有趣或者无趣的话题讨你欢心，否则呢？就是你看着我一动不动的尸体，那样的我是不是才符合你的期待？"

周青山淡淡地说："你帮过我，我是个人，又不是畜生，为什么要那么想……"

"我帮你是在那之后。"

周青山失去了耐心，吼道："我管你在前在后，不是我做的！"

凌树只是默默坐着，完全没有介入交谈的意思，徐若子说："不是你做的，你去山里做什么？"

听徐若子这样说，凌树才扫了她一眼，他知道之前的徐若子从不说谎，这次，她说了谎。

周青山自然不知道徐若子诓他，他跟了两人不知道多久，偶然被看到一次没什么好奇怪，"进山又怎么样？我根本就不认识你，没必要把桥弄断。"

"大石自己落下的？"

周青山面不改色地说："是，我进山了，有人看见我进山，我不瞒你们。我在山里看到大石滚落砸坏了吊桥，但那是自然发生的，与我无关。"

"可你没有提醒我们呀？"

"谁知道你们在山里？我眼睛没你尖，你看到我，我没看到你。"

徐若子点头说，"原来如此，没看到我们。问题是：桥桩被砸断是上周三的事情，今天周四，时间过去一周，请问周老板，这件事你告诉谁了？你不怕别人落崖吗？"

周青山被问得哑口无言，他显然对这种问答事先没有做过预案。

徐若子接着说："山谷里的吊桥被砸断，你作为村里人却不声张，如果有人过桥时出了事，难道不是你的责任吗？"

"等一下！你们不是也没说吗？"

"我们自然说了，我们两个又不是没心没肺的人，知情不报等于故意害人，与谋杀无异。"

周青山露出不屑的神色，像是抓住了徐若子什么漏洞，他说："我当然要告诉村里，可你也知道回村后我被人打，受了伤，当天在家休息。第二天中午我想找村长说这件事，听人说你们已经通知了村里，自然不必多此一举。"

"你听谁说的？"

"我忘记了。"

徐若子语速很快地说道："你连与你说话的人都能忘记，怎么能够确定时间呢？"

"绝对不会有错，那天我有些恍惚，与人说话的时候没带脑子，只听了话没有记人。但我刚刚被人打过，受了严重的伤，这种时间节点怎么会有人记错？我记得清清楚楚，我知道你们通知过村里的时间正是我被打之后的第二天，所以我当然没有必要再说一次。"说完这些话，周青山并没有得意的神情，反倒有些失望。

徐若子轻轻拍了拍手，"不得不佩服，你真是厉害，难怪金苗愿意视你为对手，为你下一个月的功夫。在如此不利的情况下，你竟然还能保持思路敏捷，在短暂的瞬间里、在与我交谈的过程中为我设下圈套，引导我亲手打碎了自己的逻辑。"

周青山淡淡地说："你的故事勉勉强强，不能说有意思，但也不十分无聊。好了，你们可以走了。"

徐若子轻声说道："有意思的部分还在后面。"

"还有？"

"实际上，我通知村长吊桥被砸坏的时间并不是事发当天，而是事发后的第三天，也就是上周六，那天我给房东打电话讨论退还押金的问题，突然想起还没把吊桥的事情告诉村长，就又给他打了一通电话。"

周青山笑笑，"你现在说谎已经没用了，我不会中你的圈套，真相是你当天就通知了村长，你们不可能放着危险的吊桥不顾……"说到这里，周青山停下了，吃惊地望着徐若子，好像望着某种妖怪。

"对，是我设计的圈套，我不仅是个穷记者，还是个变态，我利用了你思维中的漏洞，让你产生了错觉。"

"你到底做了什么？"

"很简单，我们两个人看到的吊桥是有区别的，你砸断桥桩后见到的是一座充满危险的致命陷阱。我知道，你一开始并不想杀我，只是希望吓唬我们，对我们示威，可看到你在无意中设置了如此完美的陷阱后，你改了主意，你不顾杀害我的后果，径自离去。这样一来，你头脑中吊桥的状态就被强化了，一座看起来完整的安静的桥。刚刚我用自己的逻辑引导你，语速很快，你知道我的观点是：'看到危险的桥又没有通报，无疑相当于谋杀'。可吊桥最后的状态是无害的，这是我眼里的桥，它断了，一目了然，人们只是无法通过它，这个陷阱被我使用后不再是陷阱。对于你来说不通报自然相当于谋杀，对我来说不是，我没有必要马上通报。正是这个微妙的差异让我的圈套获得成功。"

周青山眼睛直直的，他说："有意思！当我说出'你们不是也没说'时我就输了。"

徐若子点点头，"你也知道，我是个记者，录音是我的专长，平时我录音前会征得被采访者同意，但今天我面对的是对我实施了谋杀的犯人，我的立场你能理解吧？现在的结果是：你承认大石滚落时你确实在场，并且在通报的事情上说了谎，你明知吊桥有致命的危险，却没告诉任何人。"

周青山一言不发。

徐若子把身体向周青山的方向稍微倾斜了一点儿，她说："这就是我的撒手锏，可我并不想使用它。你、大王、金苗、赵东升的事情我们知道了，我可以向你承诺，只要你对警方说出护栏的真相，我愿意忘记你试图谋杀我这件事。"

周青山冷笑一声，"我怎么可能相信你？"

"我曾经帮过你，而现在正在帮你，自首是你最好的出路。当然，对金苗、张野来说也是，我想与惩罚凶手相比，他们更希望收到你的真心歉意。"

"人都死了，道不道歉又有什么意义？你虽然聪明得可怕，可是与金苗一样都把它用在不可理喻的事情上。"

"看来你对金苗有些了解，跟我说说她吧？"

周青山看看徐若子，"不如还是你说，你都知道些什么？你不是喜欢玩侦探游戏吗？大记者。"

徐若子叹了口气，无奈地指指凌树说道："你们见过吧？他叫凌树，以前常来村子。"

周青山点点头。

"他今天只是陪我来的，应该不想开口。凌树是金苗的朋友，也是金苗曾经的队友，凌树推理出你建立起一套信号系统用于麻将作弊，并且进而指出你与金苗的博弈过程。我自然希望你能自首，但凌树不这么想，金苗死了，你懂吗？你说什么'游戏'，游戏的规则如同凌树所讲，是无尽的报复……不说了，我已经没有力气，你要继续谈下去要看凌树他愿不愿意。"

徐若子侧头对凌树说："下面由你来决定，我听你的。"

凌树还是面无表情的样子，这时候连他的喜怒都看不出来，像是一部毫无情感的机器，他平静地说道："冲你那句'我是个人，不是畜生'我说一句。若子的调查不是为了寻找罪犯，她寻找的是金苗，金苗在最后这段时间里做了什么又经历了什么？因此我理解若子的想法，有些事情必须由你这个当事人亲口来说，法律并不能解决所有问题。我建议你说出来，反正这次你一定逃不掉。当然，你说不说与我无关，自首只能使你的惩罚变轻，这不是我的愿望。"

"按你的意愿该怎么做？"

"我们结束谈话，离开这里，把所有线索交给警方，让他们来处理。"

"你不怕我跑了？"

"随你便，逃跑也是种折磨，甚至比服刑更可怕，你要选择这条路，那是你自己的事情，与我无关。"

"你的意思是我说什么你都不在乎……何以见得你们把线索交给警方，警方就能认定我是凶手？"

凌树皱了皱眉说："你太小看警方了，其实警方根本就不需要我们的帮助。这个案子最让警方头疼的问题是动机，外来的金苗与凶手之间的关系才是破案的障碍。现在我们已经找到了你们之间的联系——麻将，你想想，就算我们不告诉警方，他们自己就没有能力查出来吗？金苗在村子里最主要的关系是赵东升，现在警方没能取得进展一是因为他们不了解金苗，金苗是个用很短时间便能与他人建立起强大联系的女人；二是村民向他们隐瞒了麻将赌博的事情，可毕竟纸里包不住火，只要警方加大力度，赵东升与你们的关系迟早会浮出水面。现在，赵东升跑了，他逃跑的原因不是怕你，你只是无名之辈、过街老鼠，赵东升害怕的人是大王，他以为所有事情都是大王的报复，如果他知道只是你一个人所为，就会马上回来说清楚你们的牌局为金苗报仇，到时不需要任何推理，金苗与赵东升的策略、你们的手法，所有一切会清楚明白地摆在人们面前。而大王这个人，他为了自保也会站在我们这边，你想想，到时候你有什么胜算？当然，我们的介入大大加快了案件的进程，李越梅已经把我们的推理全盘发给了她的丈夫赵东升，希望他早一天回村，他们的孩子也盼着爸爸回来。你剩下的时间已经不多了，赵东升打开手机那一刻就是警察来拜访你的时刻。谁也无法阻止，连我们都无能为力。"

"你怎么知道不是大王做的？"

"这么简单的推理还需要说出来吗？金苗只赢了你们12万，赵东升前次就输了10万，大王与赵东升的胜负不过是区区2万而已。既然大王与你联手作弊的事情已经在村里传得沸沸扬扬，就说明你们不可能只赚了赵东升这一笔，你们赢了很多人，因为赢得太多才引起怀疑。大王是村里的大户，有家有业，他与你不同，绝不可能在赢钱的状态下选择杀人，杀害的还是与他并无关系的外来者，大王又没有疯……"

"我也不是疯子……我们前面一共赢了86万，输给赵东升、金苗他们12万本来算不上什么。可是……"

徐若子问："你们的分成比例是多少？"

"大王9我1。"

徐若子点点头，"我猜也差不多，所以即使输了这场，你也还能分到7.4万元。"

周青山摇摇头说："大王说这次的大败是我一个人的责任，让我承担所有损失，不但没给我一分钱，还逼我签了一张4.6万元的借条。"

凌树淡然说道："这些话你不先对警方说出来，到了大王嘴里就不知道会变成什么。如果你所言属实，大王一定认为你没用了，你的手段被金苗识破，村民又对你们产生怀疑，你们的联手牌局已经走到尽头，所以他才会选择杀鸡取卵的手段，彻底放弃你从而取得最大利益。"

周青山第一次露出紧张以及不甘的神情。

凌树又说："去年11月下旬，我在平台上见过你，当时金苗正好在吸烟，你多看了她几眼，对吗？当时自然没当回事，金苗的回头率本来就高，再加上她那种姿态难免引人侧目。后来若子推理出你设置的护栏陷阱，你针对金苗常用的吸烟姿态把护栏锯成特定的样子，这个手法十分高明。你在平台上碰到金苗大概不止那一次，毕竟你所针对的是'习惯'。"

周青山向徐若子看去，徐若子并没有做任何回应，只是低垂着目光倾听着凌树的话。

凌树说："周青山，你不是疯子，你不过是个聪明人，真正的疯子是坐在你对面的这个女人——徐若子。这世上根本没人在乎你，大王、村民、警方或者我，我们都一样，对我们来说，你只是个符号、是个变量，你是利益或者逻辑上的一个环节，仅此而已。除了徐若子……她今天来找你，不符合逻辑，也不符合利益，她是你能抓住的唯一机会，若子向你承诺消掉你的一项罪，你还想怎样？你不可能得到更多了，你要明白，她为你消掉的不仅仅是法律上的制裁，是来自她本人对你的原谅，这种行为你能理解吗？我理解不了。你还要谈什么相信……人类是一种怎样自私的生物呀？我真为我们两个这样的生物感到悲哀。那天，她为了只见过数面的你面对那群讨债人，你该明白她为你冒了多大的风险。你对她还要谈什么相信……你应该知道，这世上最不缺的就是你这样的聪明人，聪明人太多了，多到不值一提……"

周青山沉默着。

凌树笑了一声，说："当然，也可能是我太小看你了，你不是一般的聪明人，你像神一样聪明，能够实施传说中的完美犯罪。所有证据都指向你，甚至警方知道你为了掩盖罪行不惜杀害若子和我，你在一桩谋杀罪几乎坐实的不利条件下竟然还能否定对护栏动过手脚，如果你是逻辑之神，说不定真能实现这样的奇迹。毕竟警方锁定你以后，整个社会都会对付你一个人，每一个你碰到的人、每一台拍到你的摄像头、你说的每一句话、你买过的所有东西，它们都是你的敌人。你的锯条是怎么得到的？你怎么处理它的？你作案过程中没有碰到一个人？你处理掉每一个痕迹？我不知道，因为我不掌握这些资源。我不是神，没有资格与你玩什么侦探游戏，我只知道那时若子也会与我一样，对你毫不在乎。"

"我不是神，我什么都不是，那天我就知道了……"

凌树停下他的话语，徐若子抬起头。

周青山的心理显然从很早之前就已经崩溃，实际上他比谁都更需要一个倾听者，好让独自一人承受的所有压力释放出来。

现在，周青山开始小声讲述，声音虽小却蕴含着绝对无法停止的力量。

"我确实见过金苗几次，知道她是个还算漂亮的姑娘，不拘小节，没想到她也有耍牌的爱好。1月28日星期日，牌局那天，那天的金苗特别漂亮，暗绿色的外套，围着酒红色的围巾，一副大小姐的样子，与我平时见过的金苗不同。大小姐这个概念是我从电视里得到的，我觉得这个世界上根本没有那种女人，贵族这东西早就消亡了，人们获得了平等与自由，从此也放弃了高贵的气质，只有贵人、强人，不再有贵族。金苗与电视里那些大小姐不同，她才是真的大家闺秀，对我来说是个完全陌生的存在，一个全新的概念。什么大王？什么我？我们都是不入流的，与那天的金苗相比，我们两个包括和金苗一起来的赵东升，我们活在一个不入流的世界，就算再赚80万、800万也不能填平我们之间的鸿沟。

"这些是我现在的感觉，那时的感觉是模糊的，说不清楚，只觉得这个女人是来送钱的。之前我和大王商量，收手算了，村里人已经开始怀疑我们，能赢的大户全都赢过了，人家说'兔子不吃窝边草'，我们把窝边草吃了个干净，像我这样的穷人可以为十万块钱做任何事，不要说窝边草，什么草都吃得下去。没想到，大王比我更贪，他不管什么撕破脸皮，他不同意，他要赚尽最后一分钱。想不到这时赵东升又送上门来，还带来一只肥羊。我理解赵东升，他输不起，大户都有个度，人家输得起，'你们不是横吗？玩不起我不玩了'，他们有这样的资本。赵东升没有，他输那十万足够让他家破人亡，他是借了钱也要翻本的，人被逼急哪里还有理智，只有冲动，就像我一样。

"打联手牌的主意最开始是我提出来的，现在流行靠技术在赌场赚钱，概率、逻辑这些正好是我的强项，平时用不上，赌场才是施展我英雄本色的地方。我想攒点钱，去澳门博一把。不瞒你说，当时的我觉得自己就是神，我周围的人全是垃圾，让我低看一眼都不够资格，就是这脾气让我丢掉了三份工作，那帮弱鸡，跟我不在一条线上，无法沟通。事实证明我的系统确实厉害，那是当然，设计联手牌没有那么简单，这是个超级复杂的数学问题。所谓废牌，每一把抓的都不一样，怎么打信号？一个完整的信号不是靠一张牌打出来的，是通过一组牌推理出来的，前面打的牌是什么意思，要看你后面跟着的牌来定。同时所传达的信息也要有所选择，你只有机会传递最关键的消息，你是高手，我说这些你自然明白。设计这套体系我用了半年时间，有十足把握之后才敢拿出来给大王看。大王是个不择手段的人，他能控制局面，只要抓不到我们的把柄，大王就能让那些人吞下苦果。我设计的联手系统，没有把柄可抓，我们不借助任何道具，只有极个别根本不可能被察觉到的小动作辅助，比如出牌时某一根手指的屈伸程度，非常微弱，这种小动作只起辅助作用，如果没有我的系统，它毫无意义，没有人能猜出它代表什么，它可能只是一道选择题的答案，而那道选择题的意思才是核心。抱歉，忍不住又在炫耀我的聪明，这也是人之常情，谁都希望夸自己的孩子，这套麻将手法就像是我的孩子。

"所以我对自己的手法有着绝对的自信，就像德国人当年发明的密码系统，如果不是丢了密码机又碰到图灵根本无人可解。在林尾村这种小地方，怎么会出现图灵呢？不可能，那位大小姐以及一个输红了眼的傻瓜更不会有这本事。那天的场地就是我们现在坐的地方，这张桌子，这四把椅子，之所以选择我家是让那些肉鸡放心，我们是耍牌不是抢钱。赵东升还耍了个小聪明，叫来两个朋友助阵，他是怕我作弊，我不怕，你随便看，大王也叫来两个自己人给我们撑场面，他们四个搬来张桌子，在我们旁边玩，当然玩小的。

"打第一圈时我就彻底放心了，赵东升凭运气和了一把，运气这东西我阻挡不了，而且这才显真不是吗？金苗点了两次炮，一次给大王一次给赵东升，她与大王闲聊着外面的见闻，似乎根本不在乎输赢，有美女陪聊天大王也挺高兴，谁不想在风花雪月里赢钱呢？我心想，别着急，等一会儿就让你输得花容失色，那时候要真不眨一下眼睛才叫贵族。

"第二圈情况有些奇怪，我们做了两次牌都被他们给干扰了，就是不给上牌，最后没办法我自己和了小牌，多少赢了一点儿。我心里也打鼓，我们做什么牌，他们不可能知道，光凭麻将的技术是看不出来的。大概就是瞎猫碰上死耗子，本来想第二圈就开杀戒，最后两边打得波澜不惊，我们只赢了小一万。看看大王，他根本感觉不到任何威胁，受累的人就只有我一个，他只负责享受赢牌的快感。

"第三圈时，我开始留意那两人打的牌，看不出什么名堂，如果真存在体系，一定与我的思路完全不同。赵东升我了解，一个老实人，对山很熟，与游客打得火热，他是典型的四肢发达头脑简单的类型，小聪明倒是有点儿，不可能掀起风浪。而金苗，一副若有所思的样子，好像心都不在牌上，完全走了神。就这样金苗上了庄，她松了松围巾笑着对我们说：'我可要认真了，前两圈似乎大家手气都不好，打得快要睡着。'大王没心没肺地回道：'就是就是，不过还请美女手下留情。'那是让我一辈子都忘不掉的三连庄，我从来没见过如同金苗般认真的人，她心无旁骛，似乎完全变成了麻将的一部分，一个与麻将心意相通的精灵，我甚至能听清她呼吸的声音，柔软的有节奏的呼吸，像是诗或者乐声。三连庄，一次做得比一次大，三把下来我们一共输了8万多，又输得不是特别显眼。这时我清楚地意识到，对方不是凭运气打牌，她使用了与我相同的手段，金苗正在控制牌局，而且她的控制比我更加彻底，她出的每一张牌都经过严密计算，每一张。

"大王开始着急，他不好对我发作，只是找机会恶狠狠地瞪了我几眼，那意思是让我认真应对。我心里苦笑，一心想玩着赢钱的人在这张桌上大概就只有他一个。我当然不会轻易向一个女孩子认输，对自己呕心沥血打造的体系仍然拥有信心。我试图发起反击，可一切都是枉然，只有经过较量才能真正明白我们间实力的差距有多大，我看不懂对方的信号，而对方对我了如指掌。打到第四圈，我们又输了4万。这时金苗不再与大王聊天，大王也没了心情，金苗之前根本不看我，我能理解，我只是个无名穷鬼不在美女眼里。可现在她把注意力放在了我身上，常常盯着我，有时还会露出一个微笑，绝对不是嘲笑，是什么我也说不清，我没见过那种笑容，大概是贵族特有的气质。她出牌的方式变了，不以赢钱为目的，金苗刻意控制着双方的胜负，使我们的输赢基本持平，你知道吗？做到这点可比单纯地赢牌难多了。可笑的是在牌桌上只有我才知道自己被这个姑娘玩弄在股掌之间毫无办法，大王对此一无所知，还在庆幸自己截和成功的运气，此时的牌桌已经没有一丝运气，只存在一个神。

"牌打到这个地步，真是打绝了……说真的，我佩服金苗，同时也对自己极端失望，那是我这一生最感无力的时刻，欲哭无泪，希望像泡沫一样破裂，不是因为输钱，我打心底里承认了自己的无能。

"我们形成默契，再打下去毫无意义。不，不是默契，是金苗单方面的命令。第四圈结束时，除了大王外的三个人提议结束牌局，直到这时大王才彻底反应过来，他恼了，一个已经赢了84万的人，一场胜负都放不下。大王迁怒于我，我无话可说，这次的败局恰恰是因为系统的存在，金苗利用了它，反过来对付我们，可以说是我的责任，如果大王与金苗打正常的麻将绝对不会输这么多。"

　　说到这，周青山看着徐若子，又恢复了无精打采的样子，"穷记者，这就是你要听的故事。我知道她为什么赢12万，因为我们赢了赵东升10万，我相信这钱金苗一分也不会拿，她是一个贵族，她心里坚持的是一些奇怪的东西，她把聪明用在奇怪的地方。这样的人，随意浪费自己才智与生命的人，才是货真价实的贵族，我跟她这样的人玩不起，她连生命都不在乎。"

　　徐若子问："为什么要杀掉这个'贵族'？她对你并没有恶意，对你有恶意的人是大王。"

　　周青山冷淡地说："为什么？这是一个自以为是的问题，你对世界有一套自己的解读方式才会问别人为什么，我的答案一定不是你想听的，既然如此你又何必问我？"

　　"只听自己想听的话，这样的人不配做记者。"

　　"好，也没什么不能说的，到了公安那里也要说出来。我不知道我还能做什么？我什么也做不了，这个世界已经没有我能做的事情了。我欠了一身债，失去了一直坚持的希望，没有脸在村子里待下去，被大王整却不敢出声。我完了，我面对的问题不是我不该做什么，是我还能做什么。想了想，我只能报复，报复就要干掉最有价值的目标。大王？大王根本不在我的眼里，与他较劲是我的耻辱。我选择金苗是为了恨，但也是出于尊敬，她高高在上，值得我舍去一切，而大王不配。

　　"不过，虽然现在说得轻巧，事实上我这个变态也在犹豫，下不了决心，我承认自己胆子不够。过了一周，我几乎把这事忘了，想出去再找份工作，借点儿低息贷款想办法把之前的债先还上。周六傍晚，我到山上散散心，命运的安排，在平台上又看到金苗，她与那个叫张野的男人在一起。你们的名字是金苗赢牌后我打听出来的，总要了解自己的对手。金苗和以前一样，背靠着护栏吸烟，她没看到我，眼睛里一片茫然，藏着什么痛苦。那一瞬间我决定了，这叫什么贵族？不过是一个平凡的女人，不守规矩，没有幸福，与我没有不同，一周前那个金苗像个幻影。我不甘心被这样的女人打入十八层地狱。

"有了这个想法后，反倒冷静下来，之前的计划不过是海市蜃楼，凭我的信用怎么能借到低息贷款？追债人不会放过我，我已经没有机会再做回上班族，走错一步满盘皆输，我曾经极度厌恶的生活现在求之不得。那时脑子转得飞快，就像我设计联手麻将系统时的状态，我想象金苗靠着的护栏断裂，她坠入万丈深渊，那才是我要的。

"回去后我用一个晚上制定了方案，现在想起来那套方案异想天开、漏洞百出、可笑至极。当时我没有这种认识，一门心思只想报复，脑子里没有别的东西。我有一把手锯，第二天一大早便去镇上买了锯条，根本没想到要去远一点儿的地方，回来后直接上了山，我觉得自己像着了魔，不管不顾，直到用锯条把一根钢管锯开一个长长的口子，我才突然意识到计划有一个巨大的错误，我忘了今天是周日，金苗他们会在下午返回城里，这个陷阱没有成功的可能。清醒后，我感到害怕，似乎锯护栏时有谁一直看着我，向四周看看，没有人，过了这周就是年，山庄的生意冷清，大概是我的神经太过紧张。你们说得对，警方没发现我，只是我的运气，我计划的时间与动手的时间隔了一个月，他们还没排查到这么远的时间，如果把目标锁定到我身上，我是逃不脱的。

"我不想放弃，一定要试一试，当时的我像被什么东西卡住了，无法自控。我知道过年前后是淡季，没什么人来山庄，是动手的唯一机会。问题是金苗会不会再来？为了确定这个关键信息，我进入山庄，趁没人的时候用走廊里的内部电话给每一间可能住人的房间拨电话，拨了几十通电话后，终于有人接起，男人的声音，我问他是不是凌树或者张野，他回答说是，我说'山庄想确认年后订房情况，请问你们年后有没有订房计划'，对方告诉我他们准备订3月2日及3日的房间，不知道是我的幸运还是不幸，我的方案得以继续。"

徐若子问凌树："电话是不是你接的？"

凌树迟疑了一下点头说："我记得接过一通电话，酒店的人问我订房计划，我如实告诉了他，不知道是不是这通，时间有些远，记不清了。"

"你们这么早就订出年后的计划？"

"我们三个人在山庄的淡季自己聚一次是张野的计划，对，年前就说好了。"

徐若子又看向周青山，周青山接着说："过了一个凄惨的年，我更坚定了决心，无论如何都要做。这次我谨慎许多，计划得更加周密，选择了冷僻的上山路线，四下没人时才动手。锯护栏的方法早在脑海里准备了千百遍，进行得十分顺利。金苗只要在她熟悉的位置靠上去护栏就会断裂，无关者用正常姿势扶住护栏是不会跌落的。此时山庄几乎没有别的客人，我自认为有机会成功。"

说到这里，周青山仿佛完全失去了兴致，不再出声。

徐若子微微点头，她掏出一张名片递给周青山，"这是余队的名片，他负责金苗、张野的案子，请你联系他。我会信守承诺，吊桥的事情就当没发生过，得知你自首的消息后，我会删除所有证据，包括这段录音。"

周青山接过名片，看也不看，问道："你给我几天？"

"不如就今天吧？越梅姐已经发出短信，我不希望你失掉自首的机会。"

"你和金苗一样，看起来柔软，骨子里强硬。"

"我比她命大。"说完徐若子站起身，准备离开，现在的她不知道该怎么面对周青山。

"也许这就是命。"

已经转过身的徐若子又回头，问道："命？"

周青山木然说道："做完所有事后，不知道为什么，预想中的快感一点儿都没有。深夜，我独自躺在床上，想起金苗对我露出的那些含意不明的笑容，觉得心痛。我起床，吐了一地，我后悔了，突然不想让金苗死，好像她死了，我的一部分也会消失，我曾经的骄傲，我打算前往澳门的野心，它们都会彻底消失。那天的麻将是我人生的低谷，可大概也是我人生最辉煌的时刻。

"也许此时金苗已经坠入深谷，可望着窗外，我突然想到谋杀计划的一个漏洞，谁会在深夜去平台抽烟呢？平台上没有夜灯呀？山里漆黑一片，什么都看不到，并且十分危险。想到这层，觉得安心多了，如释重负，我的计划大概会因为我的愚蠢而失败。天亮以后，以金苗的观察力不难发现护栏的异样，就算她发现不了，我早早上山一脚踹断护栏，结束一切。

"这样想着，我又睡下了，那时候的我完全错乱，疲惫至极。再睁开眼已是上午十点，推开门，村子乱糟糟的，我得知金苗、张野坠崖身亡……"

周青山呆呆地说道："金苗能破解我拼尽全力设计的麻将手法，却没看出一道如此草率的陷阱，这是她的命，也是我的命……"

此时，凌树用很小的声音说道："所谓不明含意的微笑，是金苗对同伴常有的笑容。"说完他转身走出旅店。

徐若子看到望着凌树背影的周青山流下眼泪，此时的他大概感觉不到自己流出的泪水是温暖还是冰冷。

凌树在门口等着徐若子，她跑了几步跟上凌树，两人一起重新向村口走去。

凌树用平淡的语气说道："你设置的那道机关实在厉害，我仔细考虑过才弄懂你的逻辑，如果那个人不是周青山，是我，一样会被你套住。"

"已经向你做出保证，我只能全力以赴。"

凌树点头，"现在，对你来说事件完结了吗？"

徐若子摇摇头，"还没有，有一些问题，我没弄明白。"

"明天我要回去工作。"

"好，明天是周末，下班后我们一起去哪玩吧？"

"你想去哪？"

"嗯——根据调查的情况再定，现在还不知道要做什么、要用多久，应该会很快，很快的……"徐若子小声说。

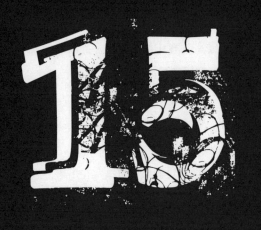

徐若子目不转睛地盯着公交车，公交车像头吃饱的胖河马不紧不慢地绕过树墙缓缓进站。一个人、两个人、三个人，凌树第四个走下车，他穿的与早上出门时一样，灰色衬衣、黑色长裤，快要遮住眼睛的头发长度，看起来不是很清醒的样子。

徐若子迎上去，对凌树露出一个淡淡的笑容，"我还在担心你不在这趟车上。"

"不是这趟车就是下一趟，有什么好担心？"

徐若子轻轻挽住凌树的手臂，"如果一直这样推导下去，不就没完没了嘛，你虽然信心满满，对我来说却是未知。"

凌树柔声说道："下次你晚到一些，让我等你好了。"

"嗯。"

凌树侧头看看她，奇怪地问："现在穿这件外套是不是有些热了？"

"这是你送的外套，我想穿着它。你不懂，女孩儿体寒，比较敏感，春季常常会刮一阵阵的阴风，非常可怕。"

凌树低头看看，徐若子穿了条未及膝盖的白色短裙，凌树送给她的外套比较大，挡住了裙子上半截。看到凌树打量自己，徐若子快步向前走了两步，然后转身问道："怎么样？像个球迷吗？"

总体来说，徐若子还是给人理性的感觉，仿佛眼睛里藏着一片宁静又幽深的湖，今天的她只是变得"轻盈"、羞涩了些，就像阳光洒到湖面上。心里这样想，表面上凌树说道："嗯，有点儿体育生味道，这身搭配挺好看的。"

"谢谢。"徐若子回到凌树身侧，突然指着马路对面说道："凌树你看，那只熊。"

"熊？"凌树奇怪地看过去，那边确实有一只"熊"，是一个穿着表演服扮作熊的人，他手里拿着一摞传单，大概是哪家店的推广人员，"嗯，他怎么了？"

徐若子认真观察了他十几秒钟后才回答："他走得好慢，比路人慢很多，人们不断超过他，没人回头，也没人关注。他默默走着，看着手里的传单，被每一个人甩在身后，看起来好孤独，明明长着一副惹人怜爱的样子，却因为自己的奇怪被隔离到另一个不同的空间。"

凌树叹了口气，"人家只是在思考，我猜是'这份传单是不是哪里印错了，怎么回事儿呢？'"

徐若子大笑了起来，"那不就更可爱了吗？这样一只熊简直让人受不了。"

凌树又看了看那人。

徐若子用手指交叉的方式握住凌树的手。

"你今天有些奇怪，调查进行得怎么样了？"

"差不多完成了，明天告诉你，去'灰猫'说。今天是我们的约会，不谈这些。"

"周青山自首了吗？"

"余队给我打过电话，他自首了，周青山是个守约的人。刚刚说过，我们不谈这些了。"

"好。想不到你喜欢看球。"

徐若子傻笑了一声，摆摆手说："我不是球迷，而且是个体育盲，倒不是说没有兴趣，平日接触得太少。"

"那怎么约我去看球赛？听说这场比赛很火，这个时候你大概只能买到高价票。"

"可不是，没想到球票卖这贵。不过，现在吃住都不花钱，我也该对你有所付出才行。"说着徐若子用力扣了扣手指，纤细的手指向凌树指缝深处钻了钻，手掌贴紧他的掌心。

凌树没有出声，徐若子侧头看看，发现这个又瘦又颓废的男人在一瞬间脸颊染上了些绯红，表情也有一个微妙的变化，徐若子小声说："我还以为你对女人全无感觉，看来并非如此。"

"嗯？"

"没什么，是称赞你的话。"随后，徐若子简短地"嗯"了一声，她"嗯"的声音很好听，仿佛是低沉与轻盈在净空中自然的合体，音调平稳异常，"我从来没看过现场球赛，一次都没有。今天想趁着你在我身边的机会实现这个小小的愿望。"

"不是球迷的人却有一个看球赛的愿望？"

"如果父亲不讨厌我，大概我永远都不会生出这样奇怪的愿望。他离开了我，我常幻想如果父亲在，他会做些什么？会不会无视我的喜好强行让我陪他去省会看球赛？那会是怎样的情景呢？我不情愿地坐在他身边，看着他与那些球迷一起大喊大叫的，渐渐地，我会觉得这个男人好单纯好可爱，他愿意把自己的乐趣与女儿分享，说不定我会爱上这个男人，然后慢慢地喜欢上球赛，与他一起大喊大叫，单纯地笑或者流泪。父亲不就该是这样的角色吗？稳重、从容、自然地应对生活，同时也该教会我这些技巧，让我掌握进退的分寸，让我加入集体融入社会之中。

"对，我常做这种完全不顾现实一味美化父亲这个角色的白日梦。做着做着便当真起来，把被我臆想出来的情景当成愿望。凌树是个稳重的人，你能从容面对大多数事情，你面对不了的，也会平复心境，转头给我一个微笑。在我需要的时候，你给出恰当的帮助，既是我所需又不过分。你让我搬进家里又对我相敬如宾，其实你知道，就算多做一些，我也不会反对，可你没有。我对你越来越依赖，你的逻辑、你的分寸、你的关心，你真的是我最需要的那个人。所以我想，让你来陪我看比赛，让我这个不真实的白日梦在今天结束。我自己是没办法的，一个人进去只会像记者一样被孤立在人群之中，只能冷静地观察所谓客观现实。"

凌树没有说话，他握紧徐若子柔软的手，把她拽向体育馆外的一个小摊位。

"两条围巾。"

摊主也不多说，他递过围巾，凌树付钱，就像买了两颗糖果。

凌树靠近徐若子把主队围巾挂在她的脖子上，又仔细为她调整围巾的姿态，看凌树用专注的眼神近距离地审视自己，徐若子的心跳得快了一些。凌树自己也围上主队围巾，离开小摊很远他才说："不好意思，没有洗就给你围上了。我是没有自信做那种从容、稳重的男人，不过看比赛需要一些魔法，改变外形是其中之一。"

徐若子摸了摸它，质地柔软，有舒适的触感，"真的？"

"嗯。"

越是接近体育场穿同样衣服戴相同围巾的人就越多，徐若子与凌树仿佛被包裹进了一支参加嘉年华的游行队伍，徐若子常常会参加这类热闹的庆典，但从没有今天这样的参与感。

两人到得早，看台上的人不多。徐若子望着偌大的场地发呆，好像在看什么风景一样。

凌树问道："怎么样？现实与你的白日梦差距大吗？"

"大，在梦里我可没有这么显眼，我应该是个渺小的存在才对。"

"开场还要四十分钟，靠着我睡一会儿。"

徐若子听话地把身体完全倚在凌树身上，头枕着他的肩，不一会儿真的睡着了。

当凌树把她摇醒时，徐若子才发现周围全是人，一个挨着一个望不到头，人们说话的声音连成一片像是海浪的声音。睡得有些迷糊，仿佛听到主持人说了什么。只感觉凌树拽着自己站了起来，熟悉的音乐声响起，那是一首人人都会唱的歌——国歌。

大家都在唱，徐若子不自觉地跟着唱，她看看凌树，发现他唱得特别认真，一丝不苟。

比赛的过程就像梦境一般，徐若子完全记不住赛场上发生了什么，球员们左边来右边去，观众却总能做出某种统一的反应，欢呼、嘘声或者鼓掌，虽然在电视上没少看，可身临其境还是觉得神奇。这些人真的像中了魔法一般。

凌树也是，他虽然不像别人那样激动，但也在全情投入地摇头或者鼓掌，看起来特别真实。金苗、张野死后，徐若子是第一次见到如此真实的凌树，对眼前这个男人，她是可以给予全部信任的，不论他做什么，他去哪，徐若子都愿意跟随他。

忽然所有人都站了起来，徐若子也跟着凌树站了起来，她的眼睛一直盯着凌树，眼泪不知不觉地流了下来。

这时候徐若子感觉到旁边传来炙热的目光，侧头看去，一个陌生的男性球迷正对着她欢呼着，徐若子对他还以笑容，越来越多的球迷看向徐若子，大家都奋力欢呼起来。这时候徐若子才意识到发生了什么，主队进球了，人们以为徐若子激动得流下了眼泪。索性，徐若子对每一个友善的视线都报以热情的笑容，并且与凌树以及其他球迷一起庆祝、大喊。

之后，徐若子分清了主队的服装，开始与其他人一起被魔法控制，鼓掌、叹气、做人浪，同人们一起大声唱着不知道是什么词的歌曲，她开始享受比赛的过程，虽然根本不清楚球迷做这些事情的缘由。

因为主队赢了比赛，走出球场的人们神情轻松喜悦，徐若子却显得有些失落。

凌树问她："怎么样？开心吗？"

"开心，特别开心。真正的现场比我的白日梦还要幸福，大家太单纯太可爱，感觉自己也变成了个主角。"

"你的钱总算没有白花。"

徐若子笑笑，随后叹了口气，说道："我想问你一个煞风景的问题，可以吗？"

"问吧。"

徐若子用平静的语气问道："你爱我吗凌树？"

凌树短暂地停顿了两秒后回答："我爱你。"

"从什么时候开始的？"

"从见到你的第一面。"

"那是今年年初。"

"嗯。"

"对我说说你吧，凌树。我总向你倾诉我的事情，我小时候的事情、我的理想、我的病，我知道倾听是最宝贵的东西，我总是滥用你的倾听，把一切都倒给你，太狡猾了。仔细想想，我都还不了解你，只知道你的朋友金苗与张野、你们的桥牌队，只知道这一件事情。讲讲别的，比如你小时候的故事。"

"我的生活平平淡淡，与你的经历相比，不值一提。"

"我不是一般的听众，我爱你，真的爱你，你的事情不论多么平淡我都想听。"

"小时候，让我想想……我的父母长年在外面工作，一年只有两个多月的时间在家，其他时间由亲戚们轮流照顾我。初中以后我就自己住，拥有其他孩子奢望的自由，算是现在常说的留守儿童。虽然是留守儿童大军中的一员，但我一点儿不幸都没有，父母很关心我，我们保持着联系，有时候还会聊聊天，与你相比实在是幸福得过分。与金苗相比我也好得多，没有来自家庭的巨大压力，没有被同学欺负，我的童年没有故事。"

"就没有一点儿遗憾？"

"你真是个合格的记者，非要说出遗憾才算回答问题吗？"

徐若子笑笑。

"勉强说也有。毕竟独自一人，常常感到孤独，到处都是冷冷清清的，有时候觉得时间过得好慢。朋友对我来说十分重要，还好，我有张野这个发小。别看张野人长得挺高大，但我觉得他的性格更像女生，特别细腻，容易受伤，不像我一个人待久了心比较大。他很善良，是个淳厚的孩子，能与他成为朋友是我的幸运。我们性格互补，长大以后也谈得来。所以，对我来说与朋友分离会是件特别伤心的事情，不论是张野还是那些只有短暂缘分的朋友。

"上初一时，我刚开始自己生活，正好此时对门新搬来一家邻居，外国人。大人的职业很酷，在一所名为'雨燕'的桥牌俱乐部做教练，这算是我人生第一次接触桥牌。那家人有两个孩子，与我年纪差不多，两个都是男孩，双胞胎。我如获至宝，经常找他们玩。一开始他们几乎不会说中文，我们就用各种能用的语言以及手势沟通，渐渐地我们能够顺利交流，成了很好的朋友。两个兄弟的关系特别好，其中一个很会照顾人，另一个特别机灵，简直是完美组合。那时，我非常羡慕他们，虽然他们跟随父母漂泊不定，但有彼此可以依靠。我带他们结交新朋友，去城里好玩的地方，他们也给我讲有趣的事情，我们度过了快乐的半年时光。与他们告别的那一天，我并没觉得有什么，还祝贺人家因为父亲结束工作可以提前回家。可当他们真的消失以后就觉得特别痛苦，又恢复了一个人的状态，四壁空空，时间静得难以忍受。张野这些朋友此时在家里与家人说话、拌嘴或者一起玩游戏，与我不在同一个世界，每次他们向我抱怨家人多么霸道时，我只是表面附和，而心里有种说不来的空虚……"

说到这里，凌树对徐若子微笑了一下说道："这算是你要的遗憾吗？我只有这么多了，大概别的孩子……"

徐若子没让凌树说完便紧紧抱住了他，抱得很紧，那种感觉似曾相识。凌树愣了好久，大概有二十秒才想起应该抱紧对方。当他这么做了以后，凌树听到徐若子在自己耳边不停地说道："对不起，对不起，对不起，对不起……"

她持续不断地说着，不知道什么时候才能停下来，凌树也没有问她为什么要这样说，只是抱着对方，感受对方传过来的心跳。

终于，徐若子停下了她咒语般的念叨，仰起头对凌树柔声说："吻我好吗？"说完她闭上了双眼。

凌树低下头，嘴唇印上徐若子微微颤抖的唇。

这是徐若子的初吻，此时的她无比清晰地感觉到一个男人柔软的冰凉的唇，仿佛所有神经都麻痹了，只有嘴唇还有知觉。

如同升上夜空的那一轮明月，明亮又清冷的它占据了夜空的一切。

同居的两个人还要到外面商量事儿，就说明这事儿挺严重。

特别是对于已经进入尾声的调查，大概就更没有必要如此郑重，对此凌树一句也没问，徐若子也没有解释。

周六是个多云的天气，天空布满厚厚的云层，天气预报说明天有雨，一场珍贵的春雨。

上午的"灰猫"没有别的客人，强哥对他们两个十分热情，看起来已把凌树当成熟客来招待了。

两人坐在老地方，那扇细长的窗白天看起来有些古怪，它的光亮很窄，像是教堂里的式样。

这次他们先点了饮料，都是黑咖啡。有人说，当人们总点同样的东西时，就说明他们的关系正在变好，与个性及需要相比他们会因为彼此的亲密而变得懒惰。

徐若子半天也没开口，像是准备与凌树一起打发掉一个无聊的上午。咖啡只剩下半杯，她才不情愿似的发出声音，"要先向你道歉，我骗了你。"

凌树抬起眼睛看看她，随口回应道："怎么会？你根本不会骗人。"

徐若子淡淡地回答："没有什么东西是学不会的，之前我不会说谎是因为没有需要，没有人关心我，我也不关心别人，对这样的世界只要说实话就好，大家都不介意伤害对方，也没有可以争夺的利益。现在不同了，我有了在意的人，也有想要追求的生活，为了抓住它们我会毫不犹豫地说谎。"

"你说了什么谎？"

"昨天我们的约会就是个巨大的谎言，可怕的是我还想把这个谎言一直说下去，即使现在我也没下定决心说出实话。"

凌树不解，"约会？我不明白，约会怎么会是谎言？"

徐若子呆呆地看着凌树，许久才叹了一口气，"靠说谎来生存果然行不通，说谎的人一点儿魅力都没有，只会让人觉得幼稚、可笑。我是这样，你也是。让我们结束这种使人难以忍受的对话方式，说些成熟的语言吧。昨天的约会是我骗了你，我为了留住最后一点儿幸福，没有告诉你白天调查的结果，我装作什么都没有发生，骗你陪着我，骗你完成我的愿望，骗你吻我。你是一个跌进万丈深渊的人，而我不但没有尝试拉住你，还利用你、榨干你最后一滴血，昨天的我确实做了这么可恶的事情。"

此时的凌树完全安静下来，他默默地注视着徐若子一言不发。

"虽然这个世界上遍布谎言，可我也知道有些东西一定是真的，你对我的关心是真的，你的善良是真的，你救了我，这是真的。我爱上了这样的凌树，你不仅给了我心灵的依靠，也把我的肉体留在世上，我的呼吸、我心脏的悸动，都是因为你。你对我的情义之重今生无以回报，既然如此，我就产生了一个任性的疯狂的贪婪的想法：不如再多索取一些！想更多地得到你、拥有你，想把这个谎言永远继续下去，只是……"

说到这里，徐若子哽咽了，她停下话语慢慢地调整呼吸，上午的阳光透过窄窗渐渐向她靠近，她的皮肤泛出柔和的亮光，徐若子根本没有察觉到，此时的自己呈现出一副怎样的动人样貌。

"……我做不到。我做不到忽视其他人，我做不到你对我好我便回报你，哪怕为此牺牲别人的幸福也在所不惜，我没办法无视这个世界只做自己。这个谎言实在太过可怕……它太可怕了！我在睡梦中会被惊醒。对不起，凌树，我没有办法继续这个谎言。"

凌树看着她，竟然露出一个微弱的笑容。

徐若子的情绪平复了一些，她用平和的语调继续说道："当警方告诉我护栏是被锯断的时，我便生出一个疑问：被人锯断的护栏与自然断裂的护栏一定不同，应该有很大区别。而你的观察能力与逻辑能力是极强的，怎么会一点儿都没注意到呢？你向我讲述事件过程时完全没有提到护栏有可能被锯断，一次都没有说过，甚至还说你倾向于事故的判断。我对自己说，那时候的凌树已经崩溃了，你遭受到的是突然的巨大的情感冲击，在这种情况下不可能还能做出冷静的观察与判断，你后来的分析基于回想，而这回想大概已经模糊了。"

徐若子露出遗憾的神情，"可是之后，我们两个在车里分析案情，你清晰地说出当时的情况，护栏横向有几根纵向有几根以及它们的断裂方式，你的观察非常仔细，记忆犹新。这说明我之前为你做出的辩护不能成立，你注意到如此程度的细节却完全没发现它们是被锯断的……不过，我仍然相信你，认为你不会骗我，你也没有理由骗我，所以又为你找出许多解释。比如：犯人很厉害，他给断口做了非专业人员无法察觉的伪装；凌树就是没有注意到断口细节，你又不是侦探，本来就没有义务发现所有细节；你虽然有所察觉，但事关重大不敢轻易说出判断等等。

"当时，我并没有意识到这个怀疑的严重性，毕竟你有不在场证明，锯断护栏的人不会是你，没有什么好担心的。直到前天，在我们与周青山对峙的过程中，周青山逼你说出了非常不利的证词，你说你们三个在年前便做好计划于年后的第一周在山庄相聚，请问，这怎么可能呢？"

凌树干脆地回答："想不到你如此敏感，我当时的说法确实不能成立。"

"是的，我是你的同事呀，凌树。对于月刊来说，一年最最紧迫的关头就是过年前后，我们社里有几个同事老家在边疆地区，春节总要多请三到四天假，编辑小红家住伊犁，从这里出发乘坐火车、长途汽车单程就需要三天时间，大家都知道年后时间很紧，我们所有人特别是你们编辑部注定要加班，而这种加班赶刊的工作少不了任何一个人，大家负责的版块不同，每位编辑都有自己的稿件网络，让同事临时接手你的工作很不合适。再说你不参与加班的理由是什么？只是与朋友们聚会。你凌树在社里工作有四年了，名声很好，大家都知道你尽职尽责，怎么会做这样的决定？"

凌树一点儿反抗的意思都没有，他认真地点点头，表示赞同。

"社长宣布不加班的消息时不是好多人都在欢呼叫好吗？你也在场，那是年后发生的事情。也就是说，仅仅为参加朋友的聚会，你不可能在年前定下前往雾岭山庄的日程。问题是，你真的这么做了，你对周青山说出一个本来不该做的决定。我特别想听听你的说法，如果你能击破我这条逻辑，我就能重新建立起对你的信任。"

凌树转过头向窗外看去，他的眼睛里闪动着树影，不禁使人联想一株冰做的树到了春天会不会真的发芽。

徐若子看着眼前的男人，只觉得自己的心都碎了，一种痛苦到令人窒息的情感萦绕在胸口，可她必须平复自己的情绪，今天的徐若子是个要解决问题的女人，她没有发泄的资本，也许从来就没有过。

发了一会儿呆，凌树回过头，说："若子，真是抱歉，我没办法击破你的逻辑，只能说我不知道自己为什么会做出这种不恰当的决定，我解释不了。"

徐若子用很小的声音说道："我是否能尝试为你做出解释？"

"嗯。"

"周青山说年前他第一次锯护栏时感觉有人看着他，那时你是不是看到了锯护栏的周青山？"

"这只是你的假设，你没有办法证明它。周青山想起来回头时，什么也没看到。"

"是的，可现在，我们并不在法庭上……"

"嗯，这个假设可以存在，我没办法否定，当时我人在山庄，独自行动，拿不出不在场的证明。"

"你在越梅姐家很轻松地推理出金苗参与牌局的事情，而且推理得非常精妙，所有细节都被你说中了。在短短几个小时内你就还原了金苗与周青山那场荡气回肠的麻将大战。有没有这样的可能，你一开始就知道事情的原委，那时只是引导我们把矛头对准周青山？"

"你这样想合乎道理，我的推理实在过于精准，就算到了法庭上大概也站不住脚。"

"我们设想一下，金苗现在有一个非常冒险的计划，她会对谁说呢？如果是我，不会对你说，我爱你，觉得你也爱我，在这种情况下你会怎么做？一定会全盘否定我的想法，因为在你心中，我的安全是第一位的，你不会放任我去做这么危险的事情，对吗？"

"是这样。"

"同样的道理，金苗不会对张野说出计划。但你不同，金苗与你的关系很好，你们互相信任，同时你的阻止又不会影响到她的行动，她可以无视你的劝阻，你对她并没有约束力。在这种情况下金苗有可能主动找你商量，毕竟这件事关系到赵东升一家的未来，她不想草率行事。你是桥牌队的队长，技术最好，如果能得到你的帮助，就能真正做到万无一失。"

"嗯。"

徐若子微微有些生气，问道："'嗯'代表什么？"

凌树淡然回答："原来如此。"

"对，这只是我的假设，而我希望它不是真的，你与其嘲讽我，还不如当面反驳。"

"抱歉，我应该说'有道理'。"

徐若子无奈地说："好吧，让我们继续。如果你根本就是知情者，又看到了周青山锯护栏的举动，你会怎么想？"

"我会想，这个家伙在干吗？哦，我知道了，他是被金苗对付过的那个男人。他为什么要锯护栏？改行做维修工了吗？更换护栏？可既没有施工标志，也没有准备材料，怎么看这个人都只是想单纯地把护栏锯断而已，他到底在干吗？不会吧？他见过金苗吸烟的样子，他这样做不是……不是要害金苗吧？"

徐若子流下了眼泪，轻声说道："你能不能正经一点儿。"

凌树微微笑了一下，"我只是回答你的问题，你问我会怎么想，我会这样想。"

徐若子干脆趴在桌子上哭了起来，她的举动惊动了强哥，强哥走过来担心地问："你们，没事儿？"

凌树什么也没说，徐若子抬起头强忍住泪水说道："没事儿强哥，我们在商量搬家的事情，你别管，我只是想让凌树答应我一个小小的要求而已。"

"那……我送你们两个一杯冰柠檬茶吧？"

"好，白给的我要。"

强哥笑笑，转身离去。

两个人就那样坐着，一言不发，直到强哥把冰水放到他们桌上，再次走开，徐若子"噗"的一声破涕为笑，她的笑容干涩又灿烂，闪着微光，"不知不觉就说谎了，说谎一点儿都不难，只要开了头，它就会变成我的一部分，甚至感觉不到它的存在。"

"嗯。"

"你为什么不反击？"

"我们不是敌人。"

"不反击代表我说的是真相？"

"代表你的推理符合逻辑。"

"逻辑？我寻求的是真相。"

"在我看来它们是一回事儿，如果你无法相信任何人，得到真相的方法就只剩下一个——逻辑。"

徐若子沉默着。

"逻辑是冰冷世界里冰冷的工具，它不讲感情，却是唯一能使你安心的事物。可你现在做得还不够好，你虽然与我讨论真相，可还抱有情感上的期待，你这样做只是在浪费时间，最后无法得到什么，只会陷入情感的漩涡。"

"我又不是你的队员……"

"确实。"

"你说抛开感情，可你明白我说的这些话意味着什么吗？"

"知道。"

"意味着我们的生活会发生翻天覆地的变化，我们曾经建立起的一切都会成为幻影；意味着对我最重要的人可能会失去一切，他会彻底毁灭，甚至不再拥有人的形态……"

凌树用缓慢的语速低声说道:"若子,你是个追求真实的人,我经常搞不清什么东西才能称为真实,也不知道你为什么会有这样的追求。不过,我希望你能说出想说的话,做你想做的事。反正你无法改变自己,干脆面对它,我愿意支持这样一个徐若子。"

徐若子呆呆地望着凌树,之后她下定决心般地说道:"我明白了。下一个问题:你接到周青山那通电话时能否听出他的声音?"

凌树淡淡地回答:"应该可以,我们三个有时会去周青山的旅店买些东西,金苗与周青山还有过一次较长的交谈,我对他的声音有印象。"

"周青山给你打过电话,你接到过他的电话,这件事是经过你们两个人当面确认的事实,对不对?"

"是的。"

"电话的内容是:一向负责的你不顾做了四年的工作以及你的同事,把一次约在任何时间都可以的朋友聚会定在社里最忙的当口上。"

"是的。"

"我是不是可以这样推理:你既然这样做了,就说明3月2日前往雾岭山庄这件事的意义超过你的工作,而且它并非一次可以约在任何时间的聚会,它是特定的,只能选在这个周末,过了这个时间,你的目的便可能永远无法实现。"

"符合逻辑的推理。"

"你的目的是什么?"

"不要问我,这是你的推理。"

"我能想到的目的只有一个,你想让这个日期成为金苗的死期。"徐若子说出这句话时音调并没有任何波动，只是直直地盯着凌树。

凌树淡淡地问道："何以见得？"

"请问，既然你能听出周青山的声音，为什么不戳穿他假冒酒店服务人员的把戏，反而给了他一个准确的订房时间？"

"我不知道我为什么这样做……"

"你不知道？这个回答并不诚实。事实是周青山没有想到他的对手是在逻辑与计划上远胜于他的个中高手。我查阅了有关桥牌的资料，有文章介绍桥牌是一种极端依赖计划的智力运动，桥牌选手需要在极短的时间内分析他所掌握的情报并以最快的速度制订出一套作战计划，是这样吗？"

"是这样。"

"你在听到周青山声音的一瞬，在他看来也许你只是稍作停顿，甚至你连这点儿等待的时间都没让他感觉到，金苗与周青山的恩怨、周青山锯护栏的动作，以及他打这通电话的目的，所有这些情报在你头脑中飞速运转，最终你得出一个结论：周青山意识到你们下午将要离开山庄，他准备放弃今天的行动改日施行，所以才设计询问你们的订房计划。问题是什么时间对周青山来说最合适？根据他锯护栏的举动，你判断这个人的谋杀计划十分幼稚，在人多的情况下无法成立，只有在年后的第一周实施才能获得最大的成功概率。那一周山庄的工作人员刚刚陆续回来，游客也要缓解过年的疲劳才会考虑进行登山健步的运动计划。"

"嗯。"

"做出这样的判断后，你决心利用周青山，帮他继续施行他的谋杀计划，所以你给他提供了你们的行程。这一行程也许符合金苗、张野的安排但并不符合你的日程，可你不会在乎这些，只在乎它是否能为周青山提供便利。"

"这套推理从逻辑上可以讲通，我与周青山通话的事实也可以作为证据。问题是警方不会相信你的说法，我不具备杀人动机。"

徐若子轻叹了一口气，说道："你不但拥有动机，而且金苗本人早已留下文字证明你对她构成威胁。"

"情杀？"

徐若子好像用了很大力气才张开嘴说出："对，情杀。昨天你骗了我，你不爱我。至少，你对我不会是一见钟情，因为我们第一次在社里相见时，金苗还活着，你不可能爱上我，那时候你的心里全是金苗……"

凌树沉默着。

"凌树，你就是金苗小说里的黑木。"

凌树抬起眼皮看着徐若子，不置可否。

"我一直没能把你与黑木联系在一起，是因为我被金苗耍的小把戏蒙蔽了。想一想，你与张野是发小、同学，金苗与张野是同学，因为A=B、B=C所以C=A，经过这个简单的推理我自然知道你与金苗同年级，而在金苗的小说中，黑木称金苗为学姐，显然金苗比黑木高一个年级，那么，你自然就不可能是黑木。可是昨天我又翻了一遍小说，金苗在小说中从来没有说过自己是高三的学生，也没明确说过她比黑木高一个年级，所有'金苗是学姐''金苗高一个年级'的想法都出自黑木。真实的情况是：金苗说黑木是个'小孩儿'，黑木便误认为金苗比自己大，是学姐。其实，当时金苗的意思只是黑木的思想幼稚，或者她在讽刺一般的高一、高二男生思想都比较幼稚。所以，金苗说出'还只是孩子'这句话，并不代表她高出一个年级，这是她对同年级男生的看法。金苗见黑木造成误解不但没有解释还顺水推舟地把对方当作学弟来看待，正因如此我才上了她的当。"

看凌树不准备做出反应，徐若子接着说："经余队核实，阿龙伤重身亡那年金苗高二。想通这一层，你与黑木之间的那条鸿沟便完全消失。昨天我去了你的母校三一三中学，沙坑旁边有一棵大槐树，校工告诉我这棵树十年前便在那里，不论是沙坑还是槐树，十年间并未发生过改变。"

"三一三中学还好吗？过去我们学校缺钱，缺了一块的篮板没人修，现在它是不是完整了？"

"你知道我不是去帮你怀旧的……金苗的小说里描述了她去黑木学校时的细节，我只是去寻找你是黑木的证据。"

"光靠沙坑与槐树应该并不足够。"

"是的，我也没有因此而满足。好在桥牌这个运动非常不普及，我查过，本市只有三个老年桥牌团体，小说中描写的那家很快便被我找到，还在那里，甚至你们亲手加固过的椅子都没有被丢掉。阿龙与你的手艺很好，它们很结实，从来没有摔过一位老人。会长不认得一个叫凌树的高中生，十年对于人类来说足够久，它会改变许多事情。幸运的是当我大声说出你的名字时，开始在角落里，之后在各处，很多老人举起了手，还有人问你现在过得好不好，为什么不来了。经过十年的岁月，仍然有人记得你、关心你，那一刻，我很受感动……"

凌树认输似的苦笑了一下，说道："这样一来，我确实没办法继续否认了，你的调查十分扎实，结论没错，我是黑木。"

"那么黑木，我们来讨论一下你对金苗的感情。小说的第五章，黑木与金苗之间的关系发生了微妙变化，你还记得吧？黑木不再开金苗的玩笑、讽刺她，不再斤斤计较与金苗之间的得失，而是无条件地陪着她，对金苗异常温柔。说明这位'学弟'已经对'学姐'萌生爱意，而金苗对此也有所感觉。她小说中的意思是：'感受到对方带来的压力，因此无法与黑木待在一起'。敏感的金苗察觉到你爱上她，所以不能再像对待学弟般对你。她现在拥有两位候选爱人，你以及张野，而金苗选择了后者。因为恋爱中的你太过'无趣'，你之前的洒脱状态全部消失，同时又没有大胆追求金苗的决心，金苗根本不喜欢你的温柔与体贴，更不喜欢你的退缩与绅士，这些都对她形成了压力，她要的是过去那个黑木，大方、随性、无拘无束的男孩儿。比赛前一天你执着地约见金苗，独自等了她很久，金苗心里很难受，备受煎熬，但是最终她没有赴约。你对她很重要，她希望你获得幸福，可她无法爱上你。

"对于《黑心娜娜与黑木》的结局我之前一直没想通，不知道金苗的态度是等待还是分离。现在看来她的态度应该是后者，金苗最终选择分离，不是与你分离，是与黑木、阿龙以及娜娜分离。金苗记忆中的你们非常重要，你们是她的'自由之一''自由之二'，但金苗无力把握这段故事，她只是陷入其中，无可奈何地迎来了阿龙的死亡，这个结局让金苗决心改变，她希望踏上新的旅程、开启新的篇章。所以金苗大方地邀请你加入小说的创作，与你共同记录过往的故事，她希望母亲了解自己曾经的样子，因为金苗已经做好准备面对全新的未来。我说得对吗？"

凌树此时恢复沉默的状态，一言不发。

"看来你只对确凿的事实作出反应。可我上面说的那些并不仅仅是对你们感情的凭空猜测，它只是对一个事实的反推——金苗最终与张野成为恋人。如果金苗爱你，你也爱她，你们两个自然会在一起，如果是这样，雾岭山庄的一切都不会发生，我们的生活将完全不同。可惜事实并非如此，你单方面地爱着金苗，而对方选择了别人。

"后面发生了什么我不知道，也没有任何凭据。我只知道你们在比赛上相见，你发现金苗的同伴原来是你的发小张野，这样一来你对金苗的选择就更加无能为力，你对朋友太过重视，看看你对我做的一切就能明白。你埋下了这份感情，可它并没有消失，反而越发强烈，它压迫着你，折磨着你，扭曲着你。最后它已经不是单纯的爱，变成别的什么东西，你只想要这份感情消失。

"金苗显然发现了它，她大概觉得震惊，也深感歉意。其实这不能怪金苗，高中时我们只是个孩子，没有几个人会把高中时埋下的情感当真，在她心里，你永远都是她的学弟、老师、队长、朋友，你的角色从来不曾转换，面对这样的惯性，每个人大概都会生出想当然的情绪。距离太近，反而看不清楚。"

说到这，徐若子改换了口气，从叙述转为评论，"我不知道你所做的能不能称得上是犯罪……大概算不上，警方对你无能为力，你只是给了酒店服务生一个订房时间，仅此而已。只要你否认自己的意图，或者如同现在般沉默不语，其他人就没有办法，因为我们根本无法证明你头脑中的恶意是否存在。动手的人不是你，社会的法则只有能力捕捉那些看得见的真实。甚至，你可能根本不相信这样蹩脚的谋杀能够成功，你的行为只是在痛苦逼迫下的一时冲动。"

徐若子喝了一大口冰水才接着说："既然你不准备开口，就听听我最后的决定好吗？"

凌树点头。

"你骗了我，昨天我也骗了你，可通过这些谎言，我们抓不住真实的生活，既对不起死去的金苗、张野，也对不起还活着的周青山。周青山认为自己是唯一的犯人，他准备接受法律给予的全部制裁，这合理吗？就算社会无法为你定罪，我们也有义务说出真相，我们两个人一起劝他自首，你说他罪有应得，首先你该承认自己的罪。

"当然，说出真相的人最好是你自己。我知道这对你很不利，你与周青山不同，自首是他唯一的机会，而对你，恰恰相反。说出事实只能使本来对你束手无策的法律找到依据，这将是真正意义上的自首，是你自投罗网。我不知道法庭会如何量刑，说不定十分严重，非常严重。从利益上考量，我想不出来使你接受我建议的理由，一条也想不出来。

"但是，如果，我是说如果，你真的说出实情，我心中的天平会发生变化，我愿意重新接受你，原谅你之前对我说过的所有谎言，真心原谅、彻底原谅。如果你依然不爱我，我会接受你的友情，终身把你视为我最好的朋友。不论你得到怎样的惩罚，不论有多少人舍弃你怨恨你，无所谓，我承诺对你不离不弃，把你视为我的救命恩人、我唯一能够交心的朋友，在你需要的时候为你提供我微薄的帮助。抱歉，我这个人对友情的理解不太深刻，也不知道我说的这些算不算是合格朋友的标准……"

徐若子笑笑，自顾自地接着说道："万一，你爱上我，那便简单了，我会永远等你。"她停顿了几秒，"其实，这也算不上什么承诺，除了你，我不知道还能等谁。在我最需要的时候没有别人出现，只有你，这就像烙印、一个魔法，我很难清除掉它，我的心太窄，不知道还能挤进谁……"这次停顿的时间久一些，"嗯，以上是我单方面的决定，我的承诺也许你根本就不需要，或者它们与你的自由、前途相比微不足道，但这是我唯一能做的。而对它们，我一点儿担保也没有，你只能无条件地相信我。

"所以，你选择继续沉默，我完全可以理解，一般人大概都会做出这样的选择。如果是这样……我会把我的推理告知警方，这是我必须要做的，后面的事情全部交给他们，无论他们对你采取何种行动我都不再关心。我将离开你，从你的生活中彻底消失。这些，就是我最后的决定，我认真想过，只能如此。"说完徐若子定睛望着凌树，眼中看不到期盼也没有不安。

凌树对这番话的反应出奇地平静，看不出他心中的想法，他问："能否给我一点儿时间？"

徐若子想了想后回答："可以给你一天时间，周一给我答复好吗？"

"谢谢，这些时间足够。"

徐若子站起身说道："我想，在你决定之前，我们不该见面，我会找一家旅店……"

凌树打断她："不必，你留在家里，我暂时住在父母那里，他们不在家，房子也需要打理。"

"明白了，周一晚八点，我们仍然在这里见面，到时，你亲口告诉我你的选择。正好，那是我假期的最后一天。"

看到凌树点头认可，徐若子独自离开，消失在他的视野之中。

凌树一个人坐在椅子上，动也不动，怔怔地望着徐若子没喝完的那半杯冰茶发呆。

"怎么了？看你仿佛受到了相当大的打击。"凌树侧头，酒吧的光头老板不知何时站在自己身边。

凌树对他露出一个微笑，"与其说受到打击，不如说被感动得说不出话来。"

光头老板哈哈一笑，他一点儿都不客气地坐在凌树对面徐若子刚刚坐过的位子上，大喇喇地自我介绍道："他们叫我强哥，我的名字里没有强这个字，只是个外号，你叫我秃子也行。"

"你是若子的朋友？"

"朋友……我听雪女说起过你，她说你是重情义的人，听你说出'朋友'两个字我心虚，我秃子不知道还有没有朋友，大多都是表面的朋友，心里早就疏远，算是熟人吧。"

"那时若子大概还没认清我这个人……"

"我知道房子的事儿都是大事儿，可你一个男人何必这么消沉，如果我是你就答应雪女的一切要求，她是一个多好的姑娘，我要不是那什么，根本没有你的机会。"

凌树笑笑，之后淡淡地说道："嗯，如果只与自己有关，我一定会答应她……"

强哥点点头，有些失望地说："是，你说得对，身不由己的事儿太多，我明白。"

看强哥想离，凌树问道："能不能跟我说说'雪女'这个外号的由来？"

"你也是记者？"

凌树摇摇头，"只是想知道。"

"好！我告诉你，谁让雪女总在当面说我的坏话，我就在背后说说她。请你喝一杯怎么样？"

"好，我要加冰的JACK。"

"上道，一看你就是那种会交朋友的人，懂得随缘。"

把酒摆在凌树面前，强哥说道："雪女身上有一种奇怪的热情，好像她对人的兴趣与信心永远都不会熄灭似的。我认为这是天性，没辙。我自己是个脆弱的人，我认识的大多数人和我一样，在世界上走一遭后对人与事儿失去兴趣，没兴趣走近谁，也没兴趣让别人靠近。可我阻止不了雪女，她太强，跟我不是一个级别的，她一打开这扇门我就能感受到她身上的温度，把我这个冷冰冰的酒吧都变暖了。你不知道，我是个特别享受冰冷的人，她破坏了我的生活节奏，让我对那扇门有了点儿期待，期待某个如同雪女般的客人走进来……"

强哥说到这便停下，仿佛在享受自己这段话的回味，凌树等了两秒后不紧不慢地提醒他："你好像跑题了。"

"对！你们两个真是一家子，说话从来不留情面。徐若子敲门那天我凌晨5点睡的，本来计划下午开门，她凌晨6点开始砸我的门，整整砸了十分钟，我气坏了，想着，不管她是美女还是什么，我直接一脚把她踢飞。打开门我吃了一惊，外面下了好大的雪，雪花密得看不到十米远的距离，徐若子头发几乎全白，上面结着冰晶，脸颊冻得通红，我当时忘了踢飞这种动作，问她有什么事儿。她理所当然地说要去传销组织卧底，让我开车在外面接应她和另一个女孩儿。听到这些，我是蒙的，心想：这女的有毛病，不过就是我的顾客，怎么脸这么大，我一不是记者二不是警察凭什么接应她？可这些话就是没说出口，说出来的只是一个'好'字。

"车上，徐若子告诉我她昨晚接到一个女孩儿的匿名求助电话，说有一个恶毒的传销组织用暴力阻止其成员脱离。求助人一个女性朋友被对方非法拘禁了三天，求助人为救朋友混入传销组织，在网上查到徐若子的文章与联系方式，她希望徐若子帮忙曝光他们，把这个组织绳之以法。

"听完我觉得新鲜，问徐若子：'这种电话你也信？这个人连名字都不肯说，根本不值得相信'，她说：'我信，只能信，如果不信万一出了人命，要后悔一辈子。'关于匿名她说可以理解，因为：'有人不想把自己的生活暴露在公众视野之下'。总之，一番话说得我哑口无言。是呀，她徐若子要救人，我哪里拦得住。最后还说什么不是工作不能叫同事一起行动，叫我最方便，我和雪女斗嘴就没赢过，不知道为什么，可能她的气场专门克我。"

凌树看看他说道："若子最后显然没说实话，她叫你，因为她认为只有你不会拒绝，我想不出有谁会答应她这种无理要求。"

强哥也看看凌树，"就是吃定了我呗。"

凌树笑笑，没说什么。

"那是一栋八层高的旧写字楼，徐若子从后门溜了进去，后来知道整栋楼都是那家传销公司租的，狼巢虎穴。我整整等了她三个小时，给她打电话也不接，心里着急，想报警不知道该说什么，我没头没脑无凭无据的，就算报了警一时半会儿也说不清楚。正想着，后门一下子被撞开，徐若子拉着一个不认识的姑娘拼命向着我的车跑过来，我刚想下车就发现她们后面紧跟着一群人，为首的拿着根钢管，那群人气势汹汹，跟牲口没什么区别，他们目露凶光，看不出来还有人性。

"说来惭愧，我被吓傻了，没敢下车，这要下车还不得被打死？只能像电影里那样盼她们冲进车里，我开车就走。她们没能成功，徐若子被拿棍子那人一把拽住，一下就把她拉倒在地，跟着棍子朝她头上砸下去，她抬手护住，那一瞬间真觉得徐若子完了，那么细的手臂一定会被打断。幸亏那个叫莉莉的女孩儿，她及时扑在徐若子身上用背为她挡了这一棍。莉莉那声惨叫我至今都还记得，是我的错，我反了。这时我才下车，冲上去，奋力抓住那根棍子。我脑子一片空白，身上挨了好几脚，她们两个也被人围殴，这次轮到徐若子保护受伤的莉莉，当时觉得我们三个今天都得交待在这。模模糊糊地，发现警察来了，来了好多警察，控制了场面。虽然我平时装作老江湖，见识人的冷血与兽性，体会绝望，那天都是第一次，现在和你说起来后背都发冷。"

听到这里，凌树突然冒出一句："若子能交到你这样的朋友真是幸运。"

强哥的表情明显有一个变化，他竟然有些不好意思地说道："我怎么能与莉莉她们相比……"

凌树问："莉莉是打匿名电话的求助人？"

强哥的态度变得正经了些，他认真讲道："莉莉是被营救的对象。徐若子给我讲过大楼里面发生的事儿，她始终没见过求助人的样貌，两人完全靠短信沟通。本来，求助人制订了一套作战计划：由求助人偷偷打开后门的锁，引导徐若子混入他们集会的会场，集会开始后徐若子负责采集证据，求助人负责打开会后被锁上的会场侧门，她们计划在组织唱歌做激励时趁乱把莉莉救走。可情况有变，组织私设公堂审问莉莉，给她编织了一大堆莫须有的罪名，说她坑了同组人的钱、偷了公司的钱，把她说得十恶不赦，弄得群情激愤，批斗大会一样。"

"要给她什么样的惩罚？"

"当众用那根钢管打三十棍。"

"那不得出人命？"

"是，徐若子也这么说，她临时改变计划，给求助人打了六个字'我救人，你报警'，对方回复'明白'，这是求助人发给徐若子的最后两个字。

"徐若子把用专业设备刚刚录好的视频传给求助人，之后慢慢接近主席台，趁着主持人发表激昂鼓动的空当，一把拽起莉莉就跑，莉莉显然已经和求助人有过沟通，她很配合。那帮人被这个突然的举动弄蒙了，他们搞不清楚这两个姑娘想干什么，因为会议厅的大门有人守着，侧门是锁住的。利用不到十秒的空当两人跑到会场的侧门前，徐若子用力一推，本该上锁的门开了。这时，传销组织的人才慌了神，结队追上来，他们不知道本该锁着的后门也早已被打开，接下来就是我亲眼所见的惊险一幕。"

凌树思索了片刻说道："两人配合得很默契，救人、开门、报警，有一个环节出问题后果便不堪设想。在那种情况下能给警方打出电话，并让他们迅速行动，同样是十分困难的任务。"

强哥点头，"徐若子说在千钧一发之际来不及商量只能做出决断，可贵的是对方没有拖泥带水，在极短的时间内默默地全力配合着她的行动。所以说，用身体挡钢管的莉莉以及未曾谋面的求助人，这两个女孩儿都比我这个被吓呆的没用男人强多了，我负责接应却差点害死她们。"

凌树没说什么，只是把眼前的酒推给他，强哥喝了一大口，接着说道："由于一心盯着莉莉，徐若子没能看到是谁打开了侧门，事后虽然希望找到求助人，可她绝情地拉黑徐若子，消失不见。"

"莉莉一定认识她的朋友。"

"认识，可莉莉不说，她说既然答应朋友保密就一定不会说出来。徐若子听她这样讲，自然放弃了，她选择尊重对方的意愿。"

"所以那天之后徐若子就被你称为雪女？"

"是。每当看到徐若子的脸马上就会想起她在大雪中站在我门口的样子，想到她躺在纯白的雪地上用手臂护住脸的样子，这两幅画面成了我心中徐若子的两张名片。"

"强哥，谢谢你给我讲这些。真希望再多听一些若子的故事，她做记者这么多年，大概攒下说不完的故事。"

强哥皱眉道："说什么呢？我白给你讲了这些，不要为了一点儿小困难就打退堂鼓。若子对我说过一句让我有些触动的话，她说你们的世界就像一片荒野，在荒野上你们只能看到彼此，所以在这样的世界里忘记你或者忽视你非常困难。"

凌树喝了一口酒，"这倒像她说出来的话，比喻人生之类的。可是——她的比喻很形象，过于形象了……"

"所以她的故事还是你自己去问，反正你们两个住在荒野中的人也很闲，不是吗？"强哥又恢复了开玩笑的口吻。

凌树望着那杯酒答非所问地说："若子总是把自己陷入险境之中，她刚才给了我两个选择A以及B，然后就离开了。可她应该知道，我最有可能选的既不是A也不是B，而是对她最不利的C。强哥，你是她的朋友，以后要多劝劝她，不要这样轻易地相信别人。"

"你认为她会听我的吗？"

"也是。"

说完，他一口气喝掉杯中剩下的酒，站起身，默默地走了出去。

按照约定，凌树晚上没有回来，可他手里有房间钥匙，只要他愿意，可以在任何时间走进大门。

也许他会提前做出决定，徐若子心想。

语言可以讲出道理，但是心不行。在相聚时可以离开，在离开后无法面对空荡荡的房间，因为理性是活的，房间是死的、永恒的，活的东西对抗不了永恒。

解决的方法是让自己的心失去知觉，不要它去感觉任何事物。

她困了，既然凌树要一天时间，徐若子决定睡一整天，什么都不再想，直到凌树做出选择的那天。

即使对那天，徐若子心中也没有任何期待。那只是一个结局，什么都不是。

她脱掉所有衣服，一人独处时徐若子喜欢裸睡。这样她可以想象自己不再是社会中的一个人，而只作为一个生命存在，这让她感到轻松。

躺在床上，盖着薄薄的毯子，徐若子的思绪不受控制地铺展开来。上次犯病时，她的脑子坏掉、失控，这失控可以被清晰地预见，就像眼睁睁地看着自己一步一步迈向悬崖的边缘。无法阻止，本来的理性被什么东西隔断，它们分崩离析，再也不能聚合在一起。徐若子这副身体，会被住在更深层的某种东西接管，它对她的使用方法奇怪又有趣，徐若子的理性甚至对此有一丝期待，期待自己彻底丧失控制权。

也许她真的应该换一种生活方式，比如接触余多为她介绍的朋友，在这些人里面，总有些正常的人，他们只需要一个普通的妻子，而不是别的、她无法胜任的工作，例如化作一道优雅的风景。

如此想着。在黑暗中，她的手机亮起来，开了振动的手机在床头柜上发出"嗡嗡"的声音，淡淡的光亮闪动着。徐若子只是看着它，什么都没做，手机对于做记者的徐若子来说有特别的意义，它是许许多多别的世界的集合，总能带来些意想不到的奇遇，就像两年前，那个女孩儿打过来的电话，她的声音低沉动听，只是听到声音徐若子就愿意相信她。

手机灭了。有一个世界毁灭了，徐若子心想。

想转过身彻底睡去时，手机又亮了起来。徐若子伸手拿起它，是赵经理的电话，从越梅姐那里要来的联系卡。基本能猜到赵东升会说什么，可她还是按下了接听键，这也是结局的一部分。

对方的声音清晰地传过来，在这间漆黑寂静的房间里显得特别诡异。

赵东升的语速很快，他说着预想中的话，感谢她与凌树以及诉苦、咒骂周青山等等。徐若子只是简单地"嗯""客气""嗯""还好"……对方单方面地说了十分钟还不觉得疲倦，徐若子当然也不累，更没有不耐烦。

就在赵东升终于准备结束谈话时，不知道怎么，徐若子提出一个问题，可能是惯性，听对方说了太多总想提个问题，她用平淡的语气问道："有一件事，我听说你给金苗起了外号'雨娘'，为什么？"

手机里传来意料之中的答案，"嗯""嗯"……

"你说……金苗那天很开心？"

"发生了什么？"

"她披一件男生的冲锋衣站在平台上看雨景，孤零零的像是山里的女妖，所以你叫她雨娘……你看到她笑了？……衣服是谁的？"

"哦，我知道了……"

"没什么，只是随便问问，这很正常，他们是朋友，这很正常……"

"嗯，赶快回家吧！一路平安。"

又恢复了寂静，徐若子把手机放回床头柜，翻过身，没了动静。

过了五分钟，她突然坐直身子，眼睛直勾勾地盯着卧室的大门，仿佛会从外面进来什么人似的。没有人，什么都没有，只有徐若子微弱的呼吸声。

徐若子在黑暗里呆呆地坐了大概十分钟，终于，她下床，披上衣服，拿起手机，推开门走进客厅，客厅的灯被点亮，徐若子的声音响起，电话一通接一通地拨出。

周日。

余多本来的安排是陪夫人逛公园，被徐若子强行约在公园门口，她说需要二十分钟。

徐若子与余夫人打了招呼寒暄几句，便同余多走到公园墙边一处树影下的僻静之处。

余多奇怪地问："徐大……若子，你今天有些古怪，案子已经被你破了，怎么还不依不饶，是不是有什么新情况？"

徐若子叹了口气说，"人生就是要忙碌，不是吗？"

"呦，成哲学家了。"

徐若子看着坐在公园长椅上看手机的余夫人问道："你爱人没关系吧？把她晾在一边让我感到很歉疚。"

"你在电话里可没表露出一点儿歉疚之情。"

"那时我心里全是自己，想不到别人。好了，我们开始吧。"

余多看了一下表问道："二十分钟够吗？"

徐若子没有理会他的慷慨，"金苗遇难时是不是穿了男生的衣服？"

余多惊讶地问："你怎么知道的？我可从来没向你泄露过案情细节。"

"我给参与寻找金苗、张野的搜救队员打过电话，你就别对我保密了，我帮了你这么大的忙，你也该慷慨一些。"

"穿了，但这并不奇怪，张野身上只穿着运动衣，三月初的山林很冷，他把外套给金苗不是人之常情吗？"

"能证明外套确实是张野的吗？"

"无法证明，外套新洗过，我们只在上面找到金苗的痕迹。"

"对此你们不觉得奇怪吗？本来穿在张野身上的外套怎么会没有留下他的痕迹。"

"不奇怪，因为张野根本就没有穿，他拿在手上，在进山前就把它交给金苗。"

"你说的这些是山庄监控系统拍下的画面吗？"

"监控系统什么都没拍到，他们是从后门进山的，3月2日当天酒店一部分员工还没有上班，山庄后门附近的摄像头没有开机。"

"那这些情况是？"

"是我推理的。"

徐若子点头，"合理的推理，张野的父母对此怎么说？"

"张野的衣服是他自己买的，对这件外套，张野父亲说没有印象，张野妈妈说见过。"

"张野妈妈当时一定十分悲痛。"

"是的，她很长一段时间无法配合我们调查。"

"下一个问题，张野手上是不是戴了手套？"

"这也是你从搜救队员那里听到的？"

徐若子点头。

"是的，一双黑色皮手套，但两只都脱落了。当时的情况是：因为撑不住两人的重量，张野钩住山壁的脚先松开，山壁上有一处磨痕，张野的鞋也有痕迹，双脚完全悬空后因为手套太滑无法用力，先是右手的手套与金苗一起滑落，跟着由于绝望与体力不支左手也滑落，我们在左手的手套上找到大量铁锈痕迹以及一处被护栏棱角划破的破损，在护栏上也发现钩在上面的手套纤维。"

"手套一定可以证明是张野本人的？"

"是，因为持续用力，手套里面的毛绒部分被张野的汗水浸透，还有一处脱皮以及少量血液，是张野的。"

"这样一来凌树没有提到手套就是合理的，因为他赶到时张野的手套已经滑落，他不该知道手套的存在。而且怕他情绪失控，搜救队也没让他参加。"

"你怀疑凌树有问题？"

"暂时没有。"

"你别骗我，事关重大，凌树是新的嫌疑对象？"

"你先别乱猜，我的调查刚刚起步。你用逻辑想一想，根据证据，这里面根本没有凌树参与的空间。"

余多仔细琢磨了一下，"确实如此……"

徐若子说："你真敏感，一旦闻到罪犯的味道就不放过。放心吧，现在的情况只关于金苗的情感，有过线的事情我不会瞒你，不像你，对我总是小心翼翼。"

余多笑笑，"我们职责不同，瞒你是应该的。你要真是刑警，是我工作上的搭档，我们肯定是一对明星警探。"

徐若子又看看余夫人，说道："别让你爱人久等。你说，在现场工作的刑警有没有可能自言自语分析案情被旁边的群众听到？"

"当时我还没接手这个案子，至于我的同事如何办案，我就不知道了。不过，他如果只看看现场便能推理出事件的全貌，我还真挺佩服他的。"

"最后一个问题，你们是怎么调查出金苗与张野关系的？"

"他们的关系是指？"

"情侣关系。"

"这有什么好说的？太多人提供证词，张野父母、金苗父母、凌树、酒店工作人员甚至搜救队的成员，证词实在太多，你问这个干吗？"

"警方需要在确认他们出事之后才会问这些问题吧？"

"搜救队组成时，在山庄警方就会询问失踪者的关系，这是办案程序。不过对死者亲友的问询，应该是在确认两人遇难后进行的。"

"我明白了，就这些问题，感谢。去陪爱人吧，我还有约，先走了。"

不等余多回话，徐若子匆匆离去，他看看手表，正好聊了二十分钟。余多望着徐若子的背影自言自语地叹道："不愧是大记者，谈话时间把握精准。"

徐若子拿起相框对萧伯母说："我先收下它。"

"我以为你的调查已经结束了。"

"本来我也这样想……"

"苗苗这张照片有什么用处？"

"我需要用它确认一件很重要的事情。伯母，凌树见过这张照片吗？"

萧伯母点点头，"凌树来帮忙时见过它，他一看到照片就愣住了，掉了眼泪。我问他，他说张野拍这张照片时他也在场，那时候他们刚进入集训队，为了解答训练时留的作业他们四个一起去图书馆查阅资料。图书馆的系统显示书没有外借，可它并不在指定位置上，他们四个找了两个小时，悄悄地把其他阅览者借阅的书都排查过，快放弃时苗苗在图书馆的角落里找到了它，四个人很高兴，张野提出拍照留念，就有了这张违反规定的照片。我是个不合格的母亲，不知道女儿照片背后还有这么多故事，你看凌树那孩子，把过去的事情记得如此清楚，我却什么都不知道……"

徐若子仔细看着金苗身后书架上的那一排书，问道："是不是叫《如何透视》？"

"你怎么知道的？只听名字我还以为是艺术类的书籍。"

徐若子笑笑说："因为靠在它旁边的书都是关于农药的。"

萧伯母由衷称赞道："你真厉害。"

"这个相框一直放在这里吗？"

"本来在苗苗房间里，苗苗走后，我把它拿了出来。"

"既然是那时的照片，应该摆了很久。"

"很久。"

萧伯母又说："别站着了，坐下聊吧，我给你沏茶去。"

徐若子坐下后呆呆望着手里的照片，出了神。

不知何时，萧伯母温柔的声音传来，"若子，你是不是有心事？"

徐若子抬起头轻声回答："还好。"

闻言，萧伯母坐下，看着她摇摇头，像个老师般用严肃的语气说："不，你不好，你不快乐。"

"没有……"

"你这个样子，让我想到苗苗，她遇到事情也不会对我说。"

闻言，徐若子说道："是有些消沉，觉得太累了，想放弃所有。"

"有些话我没对苗苗说过，今天对你说说吧。我以前逼着她努力，本来只是希望她掌握'不要轻易放弃'这个技能，可我不能说，说出来她会失去我为她定下的目标'重点大学'。可是，时间久了，我忘了自己的初衷，我对她的期待真的变成了一定要考上重点大学，甚至会为她的失败感到惭愧。经过初中的那些事，我觉得自己做错了，害怕她再受伤，害怕自己给她太大的压力，我放任苗苗，但这放任伴随着我对金苗的巨大失望，我甚至不知道该怎么面对她。觉得与她的距离越来越远，就像不认识她，不认识我曾经最爱的女儿……

"金苗走后，你出现了，我们接触的时间很短，可我不仅开始了解你，也开始了解金苗，你又让我重新碰到她。

"我现在觉得，什么都不重要，你们好好活着是最重要的，有了这样的想法，就能碰到你们……"

徐若子做了一次深呼吸，打起精神说："谢谢，这是我能得到的最好的鼓励了。现在还不是放弃的时候，'不要轻易放弃'这个技能，可以把它交给我吗？"

萧伯母含着泪答道："当然可以。"

徐若子抽出纸巾伸手为她拭去泪痕，两人相视而笑，"对了……"徐若子站起身，从包里取出一个文件袋以及一块优盘，她把它们交给萧伯母，说道："金苗小说的电子版我做好了，原稿也还给您。"

萧伯母紧握着它们说道："其实……"

徐若子打断了她，摇头道："没关系。"

"没事儿，让我说出来。其实我根本就没看完它，只看了开头。当时对女儿太失望了，不敢看她写的东西，怕我对她最后的骄傲也失去。"

沉默了一会儿，徐若子说道："我想——金苗也认识到了问题的严重性，她知道你们疏远了，当时的她想通过这部小说重新拉近你们的距离。不过，我猜她后来一定想通，小说不小说的根本没关系，知道不代表一切。就像您说的，您在她身边，这就够了。"

萧伯母用力笑笑，她把原稿与优盘放在桌上，说道："开始，觉得你和苗苗很像。现在越看越不像，你是你，苗苗是苗苗，你们完全不同。如果你是我的女儿，我会同时为你们两个感到骄傲，你们是不可代替的。"

徐若子点点头，"凌树也这样说过，现在有点儿理解他的心情了。"

"你们两个的关系还好吗？"

"嗯——很危险。"

"很危险？可我怎么觉得你说出这句话时还有些幸福呢？"

"您说不了解女儿，我看金苗的观察力就是从您这里继承来的。"

"哪有，不过我年轻时确实挺爱搞怪。"

两人轻声笑过后，徐若子说："这次来，还有几个问题想问您。"

"你问吧。"

"第一个问题有些敏感，问错了您别生我气。我记得在葬礼上您说过'欠了张家一条命，这个债永远还不清'，我想问张野的举动会不会对您造成压力，如果可以选择，您是否希望他当时没有伸手去抓金苗。"

"你这个问题是够敏感的，一般人可问不出来。不过问的人是你，我会回答。当然，我不希望张野死，如果他没有伸手，我确实不会欠张家。但我愿意欠他们，为了苗苗欠他们一辈子我都愿意。我感谢张野伸出手，他让金苗走的时候有爱陪伴，我想她最后一定十分满足，所以她才让张野放手，我能理解她。我这样说有些残忍，可对我来说张野的高尚行为是不幸中的大幸，他化解了金苗的痛苦，也缓解了我们的痛苦，当然这给张家造成了不幸，但他们拥有这样一个儿子，我真的感激他们。"

徐若子点点头，"我明白了……还有一个问题……"

就算在休息日，赵小川依然把见面地点定在那种专门谈生意用的高档咖啡店，徐若子明白在这种地方他比较有安全感，人都有自己的舒适区间。

赵小川开门见山地说："又见面了，怪人嫂子。"

徐若子冷静地回答："你才是怪人，这世上有几个男人，特别还是精英人士，会把主动伸出手的女士晾在原地。"

"我对你这样失礼，你竟然还愿意见我？"

"你并没对我失礼，你只是怕了。"

"我怕什么？"

"你怕碰到我的手。"

赵小川一副徐若子污蔑了他的样子，想张嘴可就是没说出话来。

"是不是金苗过去也对你用这样的态度说话？"

"你怎么知道？"

"你不是说我们很像吗？自然如此。其实你根本不必这样紧张，金苗对你肆无忌惮也是希望你放松下来，至少在你的队友面前放松下来，不要活得那么累。"

赵小川冷笑了一声，"你们都高看了自己，能做到这点的，只有凌树。"

徐若子点头，"是，可凌树没什么了不起，他又不是你喜欢的人，你自然能对他放松下来。"

"你这个女人，怎么总说这种没头没脑又自大到令人脸红的话。"

徐若子从容地回答："我知道金苗为什么喜欢你了，你很可爱。"

"她喜欢我？"

"不是那种喜欢，是平常的喜欢。你和凌树都告诉过我，金苗对你很好，你这样一个矫情又害羞的人，她还能对你好，不是喜欢你又是什么呢？"

"你们这都属于公然调情，在公司就是性骚扰。"

"嗯，就是这么回事。"

看徐若子一副豁出去了、毫不在意的态度，赵小川也泄了气，"我真是服了你们这样的人。"

"你知道吧？我现在做的事情是寻找金苗，找到她的过去。你是她过去的重要部分，我希望你能正视她对你的情意。"

"正视？你是希望我为她的死流泪吗？"

"为什么不呢？你这样喜欢她，甚至，对仅仅与她有几分相似的我，你都要退避三舍，你宁可对我失礼也不想再见我，可我有求于你时，你毫不犹豫地出现了。你不要只活在自己的世界里面，你要看看金苗，你应该知道你喜欢的这个女孩子心中想的是什么。也许她没办法爱你，但你应该表达出来，哪怕被她拒绝，哪怕你离开队伍、你们决裂，她会觉得你有话说出来比憋在心里好。"

赵小川的情绪有些波动，他紧皱眉头说："你根本没见过她，却说得跟真的一样……"

"你也可以这样理解——这是我想对你说的话。"

听到这话，赵小川突然低下头，显然在掩饰什么，他喃喃地说："是，我喜欢金苗，一想到她已经不在这个世上，我……现在你满意了吧……"

徐若子站起身，扶了他的肩头一下，之后端起自己的咖啡杯走下台阶，走到明亮的落地窗前，望着周日洋溢着暖意的街景发呆。

过了很久，她听到赵小川喊她，"你这个人怎么搞的？求我帮忙却自己跑到角落里看风景。"

徐若子坐回来，听起来蛮真心地说："抱歉，抱歉，我走神了。"

赵小川一下笑了出来，"你真应该跟着我干，别做什么记者了，没有前途。"

徐若子看着他微微发红的眼睛，淡淡回答："我会考虑的，也许真的会转行，到你这个能看懂我努力的人那里去。"

"我看懂了什么？"

"女孩儿的胸襟也能装下世界。"

"不要再挑逗我，我知道你不是金苗，说正事吧。"

"好。"徐若子从包里把相框拿出来，从桌上推给赵小川。

"这张照片你见过吗？"

赵小川斜了一眼马上摇头，"没见过。"

"你仔细看看，别那么草率，这是重要的事。"

赵小川嘴上嘟囔："求人帮忙还这么凶。"不过他确实又仔细地看了看，看得眼泪要流下来，最后他把相框用力推过来不满地说，"老给我看这些干什么！都说了从来没见过这张照片。"

"照片后面的场景你见过吗？"

"没见过，这么说吧，我觉得这张照片是在我认识她之前拍的，照片上的金苗感觉比我认识的金苗要小。"

"这可能是你的错觉，就算真的早，也早不过四个月。"

"你不知道学生时代的人有时候变得很快吗？"

徐若子看看照片说道："嗯，不愧是阴沉的理性的男生，你的见解有道理。"

"我就当你是夸我。"

"你看过《如何透视》这本书吗？"

"我像个学过美术的人吗？"

"《如何透视》是本桥牌书。"

这次赵小川仔细想了想，显然他看过的桥牌书很多需要在记忆中检索，"应该没有。"

"嗯，如果你真的看过，应该能很快想起来，毕竟它还有个动人的故事。"

"你说什么？"

"没什么。下面是一个关键的问题：张野记录或者书写中有没有使用英文字母'L'的习惯？"

"《死亡笔记》中的'L'？"

"对。"

"我都不知道《死亡笔记》中的'L'是什么意思，怎么会知道张野的习惯，我对他又没好感。"

"帮我想想，这很重要。"

"嗯——他倒是喜欢画圈，画叉子……"赵小川努力地回想了很久终于放弃了，用有些对不起徐若子的语气说，"真的想不起来，我对张野的记忆比较模糊，就算他有这个书写习惯我也记不住。"

随后他奇怪地问："这件事为什么不问凌树，如果有人能回答你这个问题，只能是凌树。"

徐若子淡淡地说："我会问他的。"

"你们是不是吵架了？"

"你还挺敏感，我以为你只对数字有兴趣。"

"是你的表情太明显。"

"那我问你，你在队里的时候看没看出张野与金苗是一对？"

"我只知道张野对金苗有意思，这是个人就能看出来，可是金苗……说实话，如果她故意隐瞒，我不认为有谁能看出她的心思。"

徐若子皱了皱眉头，问道："东西带来了吗？"

赵小川从包里掏出一个薄薄的本子，说道："这东西我找了很久，虽然我喜欢扔旧东西，不过这些牌例舍不得扔掉。"

徐若子边翻看本子边问："整本都是由张野记录的吗？"

"是的，我们轮流记录，这本都是张野写的。不过你要找'L'这个字母大概比较麻烦，桥牌中很少使用它。如果是相近的字母'J'倒是比较常用。"

"'J'？你这样一说，我想起来，那个'L'倒是有几分像'J'，它的底部是一个弧形。"

赵小川忍不住问："你到底在做什么？好像间谍一样。"

"商业机密，你一定能忍住不问的。"

赵小川咽下口水，"你是在引起我的好奇心吗？"

徐若子笑笑，可是她的眼睛仍然专注地紧紧盯着记录本上面的各种符号，好像魂魄被本子吸住了一样。

"金苗看东西也是你这种样子。"

徐若子好像没听到这句话似的，自言自语道："'J'是牌张JACK的简写，可JACK能代表什么？好像它不具备比较特殊的意义。"

"'J'可以代表很多人，有骑士、英雄、武者，兰斯洛克或者贞德都可以作为'J'。"

徐若子摇摇头，"不对，不管怎么说'J'和'L'的方向是相反的，你们是桥牌选手，做事情不会如此不严谨。大概是别的什么意思，很可能不是桥牌中的某个符号。"

"'L'应该代表爱吧？"

"嗯，也许它真的就代表爱，是我想多了……"说着，徐若子把视线落在扑克牌符号红心上面，那个红心符号画得比较尖，像个三角一样，不是很好看。

她问："四种花色的符号你们一定会常画对吗？"

"嗯，也有人会用英文字母来表示，不过张野是喜欢直接画出图形的。"

"一天要画多少？"

"数不清。"

"这么说来，你们应该随手就能画出花色图案，并且形成了自己的风格。"

"对，比起来，还是金苗画得最好，她画的红心像块饼干。"

徐若子把自己的手指放在纸张上，遮住了红心的另一半，慢慢说道："原来如此。"

"你弄明白了？"

"不要再说我弄明白的样子也像金苗好吗？我不想听你说这个。"

"本来我还没觉得……"

徐若子收起本子，淡然说道："真的很感谢你，我弄明白了，所有事情全都明白了。"

赵小川点点头，刚才表露出来的好奇心仿佛随着徐若子问题的解决烟消云散，"很高兴能帮上忙。"

徐若子站起身，又对他伸出手，纤细的手指停在空中。这次赵小川站起身毫不犹豫地握住了它。

松开手后，赵小川说道："我该谢谢你。"

"谢我什么？"

"谢你为金苗的事奔走。"

"别客气，我也是为了自己。你真是个特别理性的人，能做到任意压制、斩断自己的情感。"

"这只是我的生活方式，自欺欺人罢了。也许你不喜欢听，今天，你让我仿佛回到了桥牌队的那些日子。金苗、张野、凌树坐在那里，我们专心研究牌例，心无旁骛，好像世界上发生的一切都与我们无关，我们只关注'J'以及'L'的形状。我们之间有友情，有矛盾，有爱，这么多东西，已经够我们忙了……"

说到这里，赵小川自嘲地笑了一下，"想不到我也能说出这种话，如果让凌树听到一定会笑我。"

"放心，我给你保密，有时间去看看凌树吧。桥牌队解散不能怪你，就算是你的错，凌树也不会介意。"

"看情况……不过，我希望能同时见到你们两个。"

徐若子露出一个蛮有魅力的微笑，让人分不清楚它是苦涩还是幸福，她用有些疲倦的声音说道："谁知道呢……"

说完，徐若子对赵小川摆摆手，走出店门。

外面，天几乎全黑，来往的车辆像是光点的河流。徐若子紧紧抓着皮包的背带，心里稍微有些胆怯，她还要去一个地方，张野家。

走出张野家所在的小区，徐若子感到一种由饥饿造成的乏力，她今天只吃了一点儿东西。此时的徐若子没有食欲，只有强烈的匮乏感，像一只跑了气的气球，在肉体与精神上都干瘪着，而她对于充气这件事不但没有渴望还有恐惧。

对手太过强大，他的行动能力超乎徐若子想象。面对这样的压力，徐若子的身体甚至在四月的夜晚感到寒意。

而她的大脑经过急速运转，现在一片空白，此时还能工作的"部门"只有双脚与双眼。

徐若子前面有一个牵着大型犬的小姑娘，十五六岁的年纪，她身形瘦小，如果狗任性起来，女孩儿不可能拽得住。狗没有任性，小姑娘也很从容，他们安静地走着，证实了生活不仅有力量还有信任。

再远处一对男女正向她走来，他们普普通通，轻松地交谈，大概是饭后散步。

一个中年男性超过徐若子，侧头看去，他脸上带着些许急躁，心中说不定被漫长的生活打了一道结。

徐若子当然无法知道他的心事，她不知道每一个人，只能在心中祝福他们，不要脱离平凡的轨道。

同样，也没人知道徐若子。与他们一样，徐若子只能依靠自己，这样想，力气又重新凝聚起来，现在必须完成最重要的一步，不能再耽搁。她拿出手机，拨出凌树的电话。

徐若子的脸颊贴在手机冰凉的镜面上，一边走一边期待听到对方的声音，可传来的只是一个女声，"您拨打的电话已关机。"

挂断电话，徐若子的大脑又运转起来，每走一步，她心里便多一分慌张。

"不对……"徐若子想不到凌树关机的理由。她马上给赵小川拨去电话，记下凌树父母家的地址。

凌树成长的屋子与金苗家有些类似，位于一栋六七十年代建的四层居民楼内，经历几十年的岁月，它看起来仍然坚固。

楼道灯光暗淡，可异常整洁，没有被住户们争相抢占，看来住在这里的居民更喜欢一条通路而不是杂物堆放点，难得的是他们取得了共识。

敲门的声音十分空洞，不知道是因为徐若子的手指过于纤细还是这扇旧木门做工良好。曾经有个孤独的男孩儿住在这空洞声音的背后，他大概会期待徐若子这样的女孩儿来敲他的门。这也是徐若子的愿望，她一分钟也不愿待在家里，不是因为家里穷，她从小就明白，家是人，不是房子，被人嫌弃才是最可怕的事情。如果可能，她多希望有个能接纳她的地方，亲人、朋友、爱人什么都行。他们是一拍即合的组合，而且，年少时的凌树一定很好看……不过这只是一个白日梦，那时的他们身处两个完全不同的世界之中。

没有回应，不论怎么敲都没有回应。

这时旁边的门被打开，一位圆脸庞的大爷蛮和气地问道："你找谁？"

"我找凌树，他这两天在家吗？"

"哦，你是他以前的朋友吧？凌树现在不住在这里，这是他父母的房子。"

"谢谢您。"徐若子没有多问，从对方的回答可以分析出，这两天他没见过凌树。对方轻轻关上门，这是种十分礼貌的行为，不知道那对外国孩子是不是曾经住在这里。

徐若子并没有彻底放弃，她绕到楼后，看到本属于凌树父母的房间黑着灯，整栋楼此时就只有这一块黑斑，像个黑洞。

徐若子突然感受到金苗小说中所描绘的状态，她与黑木间的连接只剩下一个无法被撤销与调整的约定，他们如同古代人，需要在一个特定的时间与地点再次相见。可这并不是徐若子想要的结果，她之前犯了一个巨大的错误，而凌树这个可恶的人竟然把这个错误转化成无法修正的约定。

但现在徐若子手里仅剩的便是这个约定，她只能希望凌树守约。他是个守约的人，他一直守约，而且很有耐心，曾经，他独自等待金苗六个小时以上，这次也不会有所不同……

只能如此，不代表可以安心地接受。

徐若子进入"灰猫"时，过了晚上九点，此时正值"灰猫"的黄金时段，酒吧里有不少客人。强哥的酒吧并不是那种类似夜店的交际场所，来的大多是熟客。

徐若子坐在吧台上，脸上连装出来的平静神色都没有，一副心神不宁的样子。强哥走过来用调侃的腔调说："你不知道自己是个美人吗？无论表情多严肃，人家也不会把你当作哲学家。"

徐若子差点儿被他逗笑，可她实在没有心情笑出来，她低声说："你这是性别歧视，再说哲学家又没什么了不起。"

"我不多管闲事，你喝什么，今天我请。"

"不用了，我想问问你，如果发现自己做错了事情应该怎么办？"

"你问我？"

"嗯。"

"假装自己没有错。"

徐若子终于笑了，她笑起来确实很好看，"还好我不是你。"

"你不喝酒，只是来损我的吗？"

"问你件正经事儿，昨天我走之后，凌树做了什么或者说过什么？"

"我们聊了几句。"

"聊了什么？"

"也没什么要紧的……"

"没什么要紧的？"

"就是雪天那件事，一时没忍住就说了……"

徐若子打断他，"没关系，你们还说什么了？"

听到她说没关系强哥放下心，"别的就没有了。"

徐若子皱起眉头，显然她并未得到更多有用的信息。

"对了，最后他说什么'A'与'B'……"

"'A'与'B'？"

"他说，你给他A与B两个选项，可他有可能选择对你最不利的C，让我劝你不要轻易相信他以及全世界。"

徐若子想了想，说道："凌树的意思是他有可能杀了我，这就是对我最不利的C。"

强哥尽力压低音量惊呼道："什么！"

徐若子轻描淡写地试图化解强哥的反应，"开玩笑而已。"

"他开玩笑还是你开玩笑？"

"我们两个，他只是用这个玩笑提醒我，就像……告别……"

"而你的玩笑只是为了吓我……"

徐若子紧盯着强哥，把强哥看得发毛，此时她眼珠动了一下，说道："不过，我要小心，凌树这个人不会乱说话……"

"他真的会杀你？"

"当然不会……"

"你别玩我了，到底怎么回事？"

"我是说凌树可能真的会选C，虽然不是表面上对我最不利的C，却绝不是A与B，否则他用不着说这种告别的话，毕竟我们明天就能见面。"

"你们这种高智商的角色来酒吧让我感到荣幸，可我真的听不懂你在说什么。"

徐若子突然说道："坏了！我太相信凌树，他虽然会对朋友守约，但不会对我这么做，他的C是不准备履行约定的C。"

"等一下，你们的关系比朋友更近呀？"

"现在几点了？"

"呃——"强哥被徐若子营造的气氛影响，他紧张地看看摆在吧台里的电子钟答道，"九点二十三。"

听到时间后，徐若子一句话不说向门口跑去，随后又在强哥目瞪口呆中返回，她用极快的语速说道："如果凌树来'灰猫'，你马上联系我，另外，在我赶到之前你绝对不能让他离开，绝对！你可以使用包括暴力在内的一切手段。"

"等一下！我不是他的对手。"

"叫你朋友来，凌树那么弱，你们都对付不了吗？"

"我都被你弄晕了，我为什么要对人家使用暴力，这是犯罪。"

"我是他女朋友，你犯什么罪，别再说了，你一定要帮这个忙。"

"你现在去哪？"

此时徐若子已经拉开酒吧大门，说："我要赶零点那班火车，你一定得帮我！"

说完大门"啪"的一声被关上。

强哥只好对大门抱怨:"赶火车……那我到底要拖住他多久?"

随后他摇摇头拿起一个杯子,边擦边小声说道:"还有,能不能不要无视我只顾自说自话……"

五点过后太阳即将升起,那时徐若子刚下火车,站外空空如也,没有一辆拉活儿的车,只好还是依靠双脚。现在,太阳升高了七度左右,天空呈现淡青色,能见度高。

徐若子推想:一个月前这个时间,太阳还未升出地平线,天光处于"晨昏"的早期阶段,天色暗淡,能见度应该非常低。

这条通向弯道的坡路徐若子第二次走,她想象着凌树形容的边跑边喊的情景,"那样做真辛苦。"徐若子自言自语。

由于坡度很陡,徐若子到达弯道90度的拐点后仍然无法看到护栏底部,现在的情况是——只能看到凌树的上半身。

凌树此时正倚着护栏,他低垂的手里应该夹着一根点燃的香烟,显然,凌树一定也同时看到渐渐露出身形的徐若子,他什么也没说,表情一片茫然,就像徐若子根本不存在。

爬上山坡的徐若子有些气短,但她仍然大声说道:"我向你保证,你只要跳下去,我就跟着你跳。你知道的,我从不食言!"

说完,徐若子走到凌树身旁,她扶着新修的坚固护栏大口喘着气,四周一片静寂,徐若子的呼吸声十分清晰。

过了好一会儿,她的气息渐渐均匀,徐若子望向远方层叠的山影轻叹了一声,"好美的景色,也不枉我们跑了这么远的路。"

凌树闻言弯腰在地上掐灭香烟把烟蒂放进裤兜,他转过身扶着护栏附和道："是。"

徐若子侧过头看凌树，他的发丝随风飘动，白色衬衫的第一个扣子是打开的，衣领在风中立着，显得理性、倔强，"在这里见到你是最坏的结果。"

"你的出现对于我来说也是最坏的结果……"

两人相视，同时笑了。

凌树对她轻声说道："若子，看过风景就回去吧，让我们的缘分在这里结束。你给我两个选择，A与B，我都不想选，C才最适合我，平静的无声的结束，你该明白我的意思……你的推理很精彩，前天我没称赞你，是我小气。你很厉害，早十年我一定会邀请你进队伍。是，我利用了周青山，还想让他承担所有，我这种想法不对，我的罪大得多，决定权一直在我手里。我这样的人，没有办法选A或B，我根本不能面对你，你太善良，而我，只能与我的爱同归于尽，对于我，这是最好的结局……认识你五个月是我的幸运，我不奢望更久……"

徐若子眼里含着泪，却露出一个微笑，"你这番话本该说服我，但现在已经不行了。不，你选C的原因不是你说的这样，不是对你有利，而是对我乃至其他所有人有利。一个叫凌树的男孩儿为爱杀掉两个人，最后在此殉情，你承担一切，这是对所有人的交代。对于我，我虽然爱你，可你的心另有所属，况且你又是个大恶人，爱上你本身就是一种罪行，我能怎么办？在你的故事里根本没有我的角色，我是个无关紧要的人，我只能放下，别无选择。"

凌树冷淡地说："这样不是很好……"

"好？这是你设计的C，你的一厢情愿，它不是真相，是假的！对于已经找到真相的我来说，你给我的不是C，而是地狱般的D，我今后的人生将会被你的选择毁掉……"

"怎么会？什么真相？你上次说的就是真相，接受现实吧，不要妄想什么真相，根本不存在那种东西。"

徐若子淡淡说道："我不跟你吵这种架，你敢与我用逻辑决胜负吗？输了，我愿意离开，成全你的安排。"

凌树趴在护栏上皱眉道："不，这没有意义，只能增加痛苦。"

"如果这样，我们就一起跳下去，只有如此。我没办法承担你硬塞给我的D，我会认为你是被我逼死的，你懂吗？是我，徐若子，造成了最坏的结果，全是我的错。"

凌树抬起头，"别说了……我和你决这个胜负。"

徐若子指指对面山脚下的一块大石说："请你坐到那边去，你站在这，我不放心，没办法安心讲话。"

凌树听话地走过去，靠着岩石坐下来。徐若子跟着他走了几步，站在山路上，挡在他与护栏之间。

"首先，让我们说说《黑心娜娜与黑木》这本小说的结尾。"

"我记得你已经讲过。"

"是讲过，但那时我大错特错。当时我说不知道小说结尾预示着分离还是等待，都不是。小说结尾没有预示任何东西，小说被一把刀斩断，而斩断它的刀不是分离或等待，而是重逢。金苗的所有感情，她的期望与未来，都被那个她无法写出来的情景破坏了，那情景是重逢。仅仅隔了一天的重逢，与你的重逢，在那一天，你是黑木又是凌树。不，作为黑木的你在那天消失了，取而代之的是一个叫作凌树的桥牌队长，所以小说只好结束，黑木不存在，怎么还会有黑心娜娜与黑木的故事呢？"

"有什么分别，只是名字换了，我还是我……"

"分别很大，你听我慢慢讲好吗？"

凌树点点头。

"金苗所写的故事太过晦涩，也许她表达的是真情实感，可作为读者的我并没有马上理解。在第五章里为什么娜娜不敢正视黑木？为什么'黑木不再是黑心娜娜的自由之二，而成了她的束缚'？

"因为黑木变了，他'不再是那个亲切温暖的学弟'，他让娜娜悲伤不已不敢正视，他身上背负着两个灵魂，这种'美'对娜娜产生了巨大压力，甚至使她难以靠近。

"我一直认为是黑木变了，黑木爱上了娜娜，他变得温柔、严肃、正经，黑木的变化与阿龙的死造成了娜娜的双重痛苦，给她压力，使她无法面对。我错了，不是现实的黑木变了，是娜娜心中的黑木变了，是娜娜变了，是金苗变了。让金苗难以面对的是——她对你的感情产生变化，金苗爱上了你。"

凌树的眉头微微动了一下，他一言不发。

徐若子看着凌树问道："你不想反驳吗？"

"我不知道该怎么反驳，你说的又不是我的事情，而且，你这只是一种策略，让我暴露出问题……"

"如果你掌握着事实，何必怕我的策略？"

"你说完，我会反驳。"

"好。金苗在她的小说中写道：'黑木的眼眸闪动着幽深的光芒，使一切与它接触的事物瞬间化成悲伤，飘落到地面上，贴伏在地面上，再也没有力气动弹一下'，天呀！我以为这只是金苗的文笔好，她把你给她带来的压力化作她的情感。仔细琢磨，这实际上是金苗对你的真实感受，她在赞美你。对于金苗来说，悲伤是种美，它是力量，而不是让她厌恶的负面情绪。她爱上你眼中的悲伤，被它所吸引，完全被它征服。"

徐若子打开手机，读道："'娜娜不知道接下来该说些什么，她什么话题都没有。好像借了自己永远还不起的贷款一样，娜娜轻轻坐在黑木身旁，只是靠近就能感觉到对方那颗心，真的什么也没想。怎么回事？这个人，不可思议。随着时间流动，又想流出眼泪，太难受了，受不了，无法坐在他身边，利息就像是按秒计算的，不停地蹦出数字'。

"过去，我只读到了一个女孩子的痛苦，我没有读出她痛苦的原因，她的痛苦此时不是阿龙的去世，而是爱，金苗对你产生了强烈的爱，这让她感到无比痛苦，难以忍受，她甚至无法坐在你身边，因为心中的爱意太过强烈，她不知道该怎么面对。"

这时凌树淡淡的声音打断她，"如果真是爱，有什么无法面对的……金苗是个很有勇气的女生，不是吗？"

"阿龙刚刚死去，金苗本该悲痛，她觉得自己不该因为阿龙的死而爱上你。可事实上正是阿龙的死促使她爱上你，她说你身上有两个灵魂，阿龙死后，你是唯一能安慰她的人，你又是唯一能承载金苗对阿龙思念的人，所有这些极端情绪不是一个17岁女生能够承受的，她没有办法抗拒它们变成爱。

"但金苗的良心受到谴责，她认为自己坠入任何幸福中都是对阿龙的背叛。不仅仅是对阿龙的背叛，也是对你黑木的背叛，你之所以改换面貌变得温柔是为了抚平娜娜心中的伤口，在你想象中娜娜悲伤至极，她不知道应该如何面对新的生活。事实并非如此，娜娜走出悲痛的方式是爱上你，她把所有情感转移到了你的身上。娜娜担心你会怎么看她，会不会认为她是一个薄情寡义的女生，认为她背叛了友谊。

"是的！也许金苗就是这样，她真的背叛了，她背叛了你们两个，此时的金苗已经被爱彻底打败。"

　　见凌树沉默，徐若子又读道："'失去阿龙太痛苦了，能缓解这痛苦的是平原君平凡的话语，不是黑木。娜娜不敢见黑木，见到他甚至会生出强烈的罪恶感。至少现在不行，绝对不行！黑木不会死，黑木没有危险，就算不理睬他也不会怎么样'。

　　"这些话扰乱了我的判断，实际上不是简单地'失去阿龙太痛苦'，是失去阿龙后又爱上了你，这两件事加起来才'太痛苦'，所以，金苗不能把它们叠加起来，至少那时候不行。她只能依靠'平原君'张野，张野成了金苗唯一的朋友，是唯一能缓解她情绪的安全地带。

　　"也就是说，不是金苗选择了张野，金苗根本就不需要做任何选择，她不可救药地爱上你，那时的她只是逃到张野旁边。金苗需要积蓄足够的力量，好使她能够正视与面对心中的爱。"

　　凌树先是叹了口气，随后问道："如果你说的是事实，我们的重逢又能改变什么？"

　　"小说最后，金苗问张野：'不知道我们今天的运气会不会好一些？'她这样写是一种自嘲，落笔时金苗心中一定满是悲伤与无奈。好一点儿的运气，从没降临在金苗身上。仿佛命运是她的天敌……"

　　听到这里，凌树的情绪有些波动，但他默默地抑制住自己的情绪。

　　"本来只是平凡的一天，新的比赛，新的朋友，新的生活，与黑木重新开始的机会。问题是，你参加了本不该参加的比赛，也许你只是想见见金苗，对她说些什么。可你们都不知道，黑木将在此时成为凌树。

　　"我想，可能是你们两个男生先碰到的吧？你们兴高采烈地庆祝重逢，热情地聊天，突然，你发现金苗沉默地走过来，她默默地站在张野身后，像一个小心翼翼的女生。也许，张野会主动为你们做介绍，他说：'这是我对你讲过的凌树，我的发小，我们最好不要碰到他们的组合，作为敌人凌树是最可怕的存在。'听到这里，你冷静地伸出手说：'我叫凌树。'而张野在旁边为你介绍：'她是我的搭档，我的同班同学金苗。'在那一刻，黑木死了，黑心娜娜死了，他们都消失了。"

凌树锁着眉头问道："这些……算不上是推理吧？"

徐若子低声回答："算不上。"

她接着说道："你知道金苗骗了你，她不是你的学姐，不是高三，而是高二，与你同岁。这也没什么，金苗常常骗你，没什么，可她不会喜欢你，谁会对喜欢的人谎称自己大一岁？

"金苗大概觉得这不叫欺骗，她只是将错就错。那一刻之前，她不认为这是个问题，女生都是这样，大多不会如同你一般理性，觉得事到临头说出来就好。可是，事情往往是突然发生的，令人措手不及。你们的身份、关系，所有的一切全变了，你不会像以前一样默默守护你的学姐，你彻底变成一个强大的存在，一个任何时候都要把理性放在第一位的队长。没办法解释，她没办法尝试让你接受新的金苗，什么都不用做，来不及了。

"第二点，你自己也说过，没有几个女生喜欢打桥牌，愿意主动成为一个男生搭档的女生，大多是喜欢他。当时你误认为金苗与张野是一对，至少他们有意愿成为一对。这种含糊不清的误解对金苗有致命的影响，因为你会与她刻意拉开距离，在第一点的基础上，你的态度会再次改变。你在心里祝福他们，真诚希望他们相处得好。

"这种真诚才是最最麻烦的第三点，金苗之前就知道的第三点——你对金苗的感情不是爱而是别的。你不爱金苗，或者说，你根本就没有意识到你应该爱，以及可以爱金苗。本来金苗可以慢慢让你接受这样的转变，为你提供这种机会，但是现在，你的意识被彻底强化了，金苗不会是你的爱人。

"这是最可怕的，是改变不了的现实。金苗作为女生单恋一个男生本来就很困难，太难了。现在这单恋又被加上重重阻碍，就算是金苗也没有办法，谁都没有办法。她所能做的只是小心翼翼，她准备接受你新的身份，与一个叫凌树的同龄男生重新建立关系。她要重新认识你，那时，也许你会接受她。你，我，我们所有人，我们的生活就像一场戏，我们被迫表演社会期待我们演的角色，你不能再演黑木，你要成为桥牌队的队长——一个大家可以依靠的人，而金苗又要演回她演惯了的小心翼翼的女生。"

凌树说道："我认为这些不能称为推理，演戏的到底是我们，还是你的心？我觉得是你的心在演戏，你用你的能力、利用我们这些人物在你心里创造出一个想象中的故事。它合情合理，甚至比现实还要现实，可这并不能说明问题。人的情感虚无缥缈，怎么解释都可以，你难道不是强行按照你的意思解读金苗的小说吗？我单方面约金苗的事情你要怎么解释？约金苗的人是我，决定不见我的人是金苗，怎么能说她爱我？"

徐若子平静地反驳道："你等了金苗六个小时，事实上相当于折磨了她六个小时，外面刮着大风，金苗想象着你的样子，不知道你会不会一直等下去，最终她还是出去见你。你说：决定不见你的人是金苗。

"是吗？她就站在街的对面看着你，可你，没有看到她。我想，如果你当时急迫地望着她来的方向，看到她，那时，金苗只有向你走过去，而这次她逃不掉，她会忘记死亡、悲伤、矜持，不论你怎么想，大概金苗都会向你表白，故事的结局将会完全不同。可你凌树，根本没有焦急地等待，你悠闲地望着远方发呆，女生都能看得出来，你不是在等喜欢的人，只是在等你的学姐。所以金苗才有机会离开，她放下心来，打算按照原本的节奏行事。谁知道命运捉弄了她，金苗没有时间和你慢慢相处，你们之间的距离从此越来越远。"

"不得不佩服你，你把握感情的能力太恐怖，任何事都经不住你的想象。可如果我没记错，你刚才对我说的是'用逻辑决胜负'，对吗？"

徐若子从包里拿出金苗的相框，把它展示给凌树看，"金苗这张照片你见过吗？"

"在金苗家里见过。"

"嗯。"徐若子自己低头看了看照片说，"第一次见到它的时候，心里马上生出的念头是：这位女生望着的一定是她喜欢的人，是特别喜欢的人。而且，对方应该还没有了解到她的感情，女生眼中的情绪像一道潜流。"

"这些还是感性的分析。"

"我相信自己的感觉。"

"它不是逻辑。"

"那你告诉我，一个女生为什么要把这张照片摆在自己房间里十年之久？"

"我不知道，我不懂女生的想法……"

"我想这些情况就算拿到法庭上也可以被视作参考，她注视摄影师的神态，以及她把相框摆放十年这个举动，可以说明金苗对摄影师有特殊感情，而且它在十年中不曾改变过。"

"我对萧伯母讲过，这张照片是张野拍的。"

"我知道，你是这样说的，反正把一切推给张野就好，他永远不能为自己辩解。"

"随你怎么说。"

"可你当时多此一举地说赵小川也在场，我想你是为了把谎说得更圆一些，毕竟你们四个人是队友，只有三个人去图书馆有些奇怪。我问过赵小川，他说没见过照片，也没见过照片背后的场景。"

"赵小川有时候混混沌沌的，他常常随我们去图书馆却只顾自己一个人看书，我们做什么他根本不知道。那天，张野为金苗拍照时他也不在场，所以他不知道照片的存在、不知道一片角落里的木书架是很正常的事情。"

"哦，原来如此，你早已想好此中逻辑。可赵小川还提供了一个有趣的证词，他说照片上的金苗比他所认识的金苗小。"

凌树沉默了一下后说道："你的意思是：这张照片摄于赵小川认识金苗之前，也就是说在金苗参加那场比赛之前，那时我们四个人并未聚在一起。这样一来与金苗一起去图书馆的人只能有一个，要么是我，要么是张野。我对萧伯母不假思索地说出照片背后的故事，包括我们要找的书名、包括许多具体细节，这些情况不是亲身经历很难编得出来。所以，你得到一个结果，张野不在场，照片是我拍的，金苗看着的人是我。"

"你把我想说的话都说了。"

凌树想了想说："我承认，我说了谎，这张照片是我拍的，陪金苗去图书馆的人只有我一个，而且是在桥牌队的四个人相聚之前，在金苗参加她的第一场比赛之前。"

徐若子奇怪地问："这个细节非常重要，你如此干脆地承认下来？"

"你说过，我们进行的是逻辑对决，只有在双方都认可逻辑的规则时，所谓逻辑对决才能成立，否则我们只是无谓地吵架。你的推理符合逻辑，我承认。"

徐若子看着他，"我们是不是可以得出最终结论：金苗眼神中的依恋、金苗把照片摆了十年的动作证明你与金苗间的感情是她单恋你而非你单恋她。"

凌树坐在大石上轻轻摇摇头说："不能。非但不能，你的逻辑崩溃了。"

"何以见得？"

"金苗所写小说是你逻辑的基石，你分析它，提出在阿龙死后金苗爱上我，而她因为无法面对这种感情选择暂时疏远我，我连见她一面都做不到，她在我面前是一副逃避的模样。

"也就是说，阿龙死后到双人桥牌赛之间的两周是金苗爱上我的时间，同时在这个时间里她不愿接近我，就算接近也不会流露出照片上的情感。那么这张照片是什么时候拍的？在金苗与赵小川见面之前，以及在金苗爱上我之前。

"这样你的推理便产生不可调和的矛盾。如果我们承认你对小说的分析，等于否定了你对照片的分析，金苗怎么会在不爱我的时候表露出非常喜欢我的情绪？反之，如果承认你对照片的分析等于否定你刚才所说的一切，你对金苗爱上我的理由、对她所有情绪的分析全都是错的，完全不能成立。所以，这场逻辑对决你输了，你的逻辑此时已经陷入自相矛盾的混乱之中。"

徐若子因为拿着相框只能象征性地轻轻拍手，她微笑着说道："不愧是凌树，非常精彩，在这么短的时间里便抓住我推理中的致命弱点并且加以利用，我现在可以想象周青山在牌桌上面对金苗时的心情了，那一定是种绝望，一种在反应与逻辑上被对手碾压的绝望。可他却无法体会我此时的心情，我战胜了你，征服了难以被征服的男人。"

凌树露出一种淡淡的难以置信的表情。

"你对我的话感到吃惊吗？你忘了，金苗胸口佩戴着对你不利的决定性证据，如果你没忘，那就是你小看了我，小看了一个曾经梦想在事业上取得成绩的记者。你们的推理能力确实无与伦比，但我也拥有一些本事，比如调查能力。"

"一枚徽章能说明什么问题？它与我没有关联。"

"当然有。"徐若子把相框朝向凌树指着金苗佩戴的徽章说道，"黑桃与数字7象征着什么？"

"不知道。"

"它代表黑心娜娜，'7'在日语中的发音非常接近'nana'，如果你们碰到日本牌手，他们有可能称黑桃7为'Spade nana'。这并非牵强附会，外号是黑心娜娜的金苗佩戴这样一枚徽章绝非偶然，而知道她这个外号的人不是只有你吗？"

"可这什么也证明不了。这枚徽章仍然可以与我无关，它也许是金苗自己挑选的。即便真是我送给金苗的，也很正常。我已经承认照片是我拍的，承认当时只有我们两个人，金苗戴着我送给她的礼物也只能说明我爱她，所以才会送她东西。"

"你还记得我们一起看比赛那晚你对我说过的话吗？你说你有两个好朋友，一对外国双胞胎，他们的父亲在一家名为'雨燕'的桥牌俱乐部工作。我是一名记者，就算没有录音，也有能力记住我们交谈的所有重要细节。当然，我调查了这家俱乐部，会员使用的徽章与金苗佩戴的那枚完全一样。会员徽章可不能随便送人，金苗无法得到。你与你的外国朋友一定保持着联系，他们知道你喜欢打桥牌后送了你一件合适的礼物——他们父亲俱乐部的会员，你得到会员徽章后联想到黑心娜娜这个外号，又把它转送给金苗。

"这是什么时候的事情呢？不是十年前。我承认刚刚耍了一个小小的花招，我故意说相框摆了十年，那是为了使你麻痹的谎言。下面的信息你一定不知道，否则也不会犯下错误。那家俱乐部在九年前换过徽章的样式，以前，俱乐部的创始人一共有八位，所以本来黑桃的中央是数字8，九年前其中一位创始人背叛了其他人犯下严重的错误，因此俱乐部决定把数字由8变为7，你得到的是最新制作的那批徽章。这枚徽章寄到你手上最早也是九年之前，那时你们已经升入高三、桥牌队成立已有一年，关键在于——那时的金苗爱着你。赵小川确实对我说过那句话，可徽章所能证明的时间才是绝对的，很显然，赵小川的感觉错了。我想，他不知道与你在一起的金苗会变成另一副样子，不再是那个平日里成熟稳重的女生。"

凌树直直地盯着徐若子，不像是看对手，像是看着一道将要消失的风景，过了好一会儿，他才说道："了不起的陷阱，比你为周青山设置的那个还要精彩。如你所言，我忽视了你的调查能力，你掌握了一些我没有掌握的关键信息，并以此作为突破口引诱我进入你的圈套。由于信息不对等，我的推理一开始便处于下风，我没办法正确分析局势，我认为的完美反击实际上露出了巨大破绽，你先让我承认照片是我拍的，之后抛出时间的撒手锏，斩断了我的所有退路。这次的逻辑较量，你完胜了我。"

徐若子看着凌树小声说："那么……"

凌树沉默了一会儿，之后他避开徐若子的眼光说道："即使这样……你也并未赢得这场逻辑对决。你在一次逻辑交锋中精彩地获胜，确实漂亮。可这次胜利无法转换成确实的战果。"

"这怎么说？"

"我之所以中了你的陷阱，是因为我想结束我们之间胶着的战况，我试图用你的逻辑击败你，使你屈服，分出胜负……现在，你把你认为的真相完全地清晰地展现在我面前。金苗小说结尾的真正含意；金苗对我的情感；照片包含的意义；你让我承认我在照片上说了谎；让我承认是我拍了它；并试图证明站在我面前的金苗符合你的推理，那是爱着我的金苗。虽然你做了这么多……可是……"

凌树的声音竟然有些哽咽，"可是与周青山那次不同，那次你只需要证明理性，这次，你试图证明爱。这太难了……我明白你的用意，如果是金苗单恋我，所谓情杀的动机将完全消失。我没有任何理由伤害金苗与张野，他们是我的朋友，我希望他们在一起，我甚至不知道金苗对我的感情，为什么要让她消失呢？只要你证明这点，你就能推翻之前的所有推理——情杀以及我的殉情。可是，用逻辑真的能够证明爱吗？我很怀疑。就算做到了，又能怎样？你如何解释平台上发生的一切？只有你上次的理性推理才能说明一切，那时的你抛开情感，说出只有我才能做到的事情——我给了周青山动手的机会，这才是真正的不可动摇的逻辑。你可以用这个逻辑推导出我爱金苗，你也可以用它推导出任何可能的动机，无所谓的……这个世界能被证明的只是我做了什么，至于我为什么做，是第二位的……

"今天，你出现在我面前，突然说金苗是爱我的，我没理由害她，发起这场逻辑对决，你怎么可能赢呢？就凭那张根本就没有我的照片吗？是的，那张照片金苗是摆了九年，可那上面没有我，也许用高科技可以在她眼眸中找到我的影子，可我依然不是照片的主角，对这个世界来说，金苗只是把一张她喜欢的自己的照片摆了九年而已。这个世界不是你，它无法从人的眼睛里读到那么多东西。而你的坚信，你百分之百的确信，是真的吗？只要在逻辑上无法证明，你的确信就不是真的，不是百分之百，甚至连百分之一都没有……

"我知道，这样说很不公平，可所谓现实不就是这样吗？你只能证明我有罪，那次推理才是真正的逻辑。放弃吧，若子……你刚刚获得的胜利使我无法战胜你，可你也赢不了我，这样一直对峙下去有什么意义呢？"

徐若子走到护栏前，扶着护栏，第一次向护栏下面看了看。

凌树担心地说："你不要做没有意义的事。"

徐若子叹了口气，转过身倚着护栏说道："我现在知道为什么你和金苗喜欢靠着护栏吸烟，你们是为了背对从悬崖那边吹过来的风，这是一个舒适的姿势。不论你们谁喜欢谁，我承认，你们两个之间有默契，这种默契非他人所及，更让我嫉妒。黑心娜娜与黑木之间的故事从一开始就没有外人介入的空间……"

听到这些，凌树沉默下来。

徐若子幽幽地说："你不用担心，我怎么会死呢？今天，我试过，全力争取过。我这样努力，你仍然无动于衷，也许你真的爱金苗，我有些被你说服了……我苦心打造的逻辑陷阱并未打动你，因为你的心肠根本就是铁做的……就算我想改变这个结果，也没有办法，我黔驴技穷，无能为力。

"我放弃，你想选C还是什么，我不再有发言权，你的人生不属于我，我只是一个单恋你的女生，而今天你成功地使我对你的爱变淡了。除非……"

"除非什么？"

　　徐若子摇摇头，仿佛先否定了自己的想法才说："除非找到真正坚实的证据。其实我还有一个被你称为连百分之一都没有的坚信，我坚信《黑心娜娜与黑木》这本小说没有写完，它一定有个续集，大概是金苗高三时的作品。"

　　"续集？"

　　"作为女人，我知道，金苗的感情并没有结束，既然她如此依赖写作，就一定会写下去，把心中的情感写出来。你说爱不能被证明，不完全正确，也许金苗会在续集中写出爱这个字，她也许会描绘这种爱，把它具象化，让全世界得到一个证明，她爱你。"

　　"这还是你的想象。"

　　"是，还是想象。虽然我想象续集一定存在，但谁知道她写了些什么呢？爱你、爱张野还是对生活有什么别的想法？我现在不想猜，一点儿心情都没有。况且，大概我永远也找不到它，我曾经拜托萧伯母彻底找过，没有找到，她肯定把它藏在一个所有人都不知道的秘密地点，一个连你黑木都不知道的地方。

　　"所以，我要走了。凌树，我对你的承诺依然有效，周一还没有结束，我们约定的时间还没有到，我真心希望你选择A，而不是B，特别不是你擅自决定的C。可这件事不能用强，只有你自己的选择才是真的。我在'灰猫'等你，请你认真考虑。现在，我愿意接受一切结果。"

　　说完徐若子向山下走去，走了几步她又停住，转身说道："我希望你的选择发自真心，不要有所顾忌，我不会再用死亡来威胁你，现在的我几乎可以确定不会为了你的选择而死，就算你救过我、帮过我……万一，金苗的续集真的存在并且被我找到，我被她的语言打动，觉得自己做错了，是我害死你，但那时我的心大概也凉了，还会为此想不开进而做出极端动作的可能性也只有万分之一。万分之一中的万分之一概率是多少？你是桥牌选手，自然比我清楚。"

凌树终于开口问道："你今天除了打算证明金苗爱我，是不是还有其他的推理？"

徐若子笑笑，"自然是有，但最关键的第一步已经被你击溃，后面的不必再说。"随后她坚定地离开，再也没有回头。

三二五中学旧校舍已停止使用，校方准备实施一次修新如旧的大型改建工程。

校园四面被封闭，凌树却知道几处可以溜进校区的"薄弱点"。

他拨开一扇小铁门的门闩，通过一条细长的夹道来到自行车停放处。凌树右手边是初中部的车棚，它沿着教堂后墙一直通向初中楼；左手边则是高中部的校舍。

凌树向高中部走去。

三二五中学着实有几株身躯庞大的树木，它们茂密的叶片遮盖住两层高的高中部教学楼，就连下午三点猛烈的日光也很难穿透它们。

施工人员尚未全部进入，门口有几位工程师模样的男人正在闲聊，他们看到凌树后点头示意，大概把他当作学校的教师，凌树自然地回礼。

三二五中学也算是他们桥牌队的训练场地之一，凌树轻车熟路。此时，教学楼内部已被搬空，看不到一个人。运动鞋与厚厚的木板地面接触发出淡薄的声音，由于空间太过寂静，这样微弱的脚步声听起来却异常巨大。

走廊与九年前一样缺乏光照，集敬神、医护、教学三种功能于一身的建筑气质包围着凌树，它符合校园传说滋生地的所有条件。

绕过几道弯来到所谓的"外挂屋"，它是在走廊尽头打穿墙壁另建起来的房屋，像是教堂或者城堡那些突出来的部分。门没有锁，凌树推门走了进去。

浮尘的味道与淡淡的潮湿味充满房间，屋内的杂物基本被搬空，只剩下一些破旧桌椅，大概是准备处理掉的物品。

屋内开有几扇大窗，阳光充足。外面是一排柿子树，不知道它们的命运如何，也许难免被迁往他处。凌树四下打量，找到一支铁椅腿，随后径直走到一处钉在木地板上的铁皮补丁前，他蹲下身体，用椅腿撬开铁皮，伸手进去翻找着。

"里面有什么？"

凌树身后突然传来一个男人低沉的声音，那声音从容、自然，与这间屋子浑然一体。

听到这个声音，凌树没有惊慌的神情，他只是停下手上的动作，头也没回地回答道："没有我要找的东西，只有一些咱们使用过的旧牌谱。"

说完他站起身，转身看向站在门口的赵小川，赵小川穿着一套精致的黑色西装，直直地站着，仿佛时间倒流，一位漂洋过海来到此地的留洋博士。

赵小川面无表情地问道："不知道你和徐若子在玩什么把戏，我是你们的目标吗？"

凌树摇摇头。

赵小川说："徐若子并没安排我出场，她只是问了金苗埋藏'失败'的地点，是我自己要求见你一面。不过，对手是你们这些高智商的家伙，也许我会在不知不觉中被耍。"

凌树笑笑，"谁知道呢……现在，我也是她的一颗棋子。"

赵小川不紧不慢地向前走了几步，停在凌树前面，说道："不好意思，打扰你们两个的二人世界。这次来，是想对你说声对不起，这句话憋在我心中很多年。"

凌树平静地问道："为了什么？"

赵小川垂下眼皮，回避凌树的目光，"你知道的……那时我有话没有说明，无故缺席训练与比赛，肆意而为，一副看不起桥牌队的样子，害得你们的全盘计划泡汤、人心涣散，最后队伍不得不解散。"

"我从没想过这是你的错。"

赵小川冷静地问："那是谁的错？"

凌树叹了口气说："谁的错……月有圆缺，大概这算不上错误吧。我们长大了，要面对一个完全不同的世界，天真地玩下去，只能耽误你的前程。我明白，他们两个也明白，天下没有不散的宴席，在特定的时间做出相应的决定，这也是我们在桥牌中学到的技术。小川，你为队伍付出许多，有资格头也不回地离开，我是这样想的。"

"表面上是这样。"

"表面上？"

"对，真实情况不是你们自然而然想到的逻辑，也不是我一直使用的借口。你女朋友在寻找已经逝去的金苗，我也应该出一份力，把我知道的那块碎片交给你。其实，我的理由上不了台面……"

说着，赵小川直视凌树，"当时的状况是我喜欢金苗。大一时，它已经变得过于强烈，我没办法再与你们正常相处。我不知道你们三个的关系，不过张野与金苗的距离太近，每次看到他们我就觉得心痛，呼吸困难，大脑根本无法正常思考，这样的我即使留在队里也只能拖后腿。这才是我无故缺席又不明说退队的真实情况，我没有下定决心离开金苗，又不敢见她，总之是极端懦弱的表现。队长。"

"你为金苗说出这些话，我没办法代替她谢你……"

"我知道。还有张野，他是个大好人，我没见过他这样的好人。可是我不能不对他生出敌意，就因为张野太过完美，我只好选择退出，面对他，我知道自己毫无胜算。我认为人这一辈子只能顾好自己，而他事事考虑别人……过去这么多年，张野出了事儿，我想对他说：到现在我也不认同你的方式，但，你是我最信任的队友之一。"

凌树默默地点点头。

"好了，我要对你们三个说的，就是这些。"

走廊里传来清晰的脚步声，女性的节奏与强度。

赵小川竟然对凌树微笑了一下，这个人很少露出笑容，"不知为什么，这一刻我完全相信走进来的人会是金苗，时间是九年前……"

凌树也笑笑。

"我走了。"说完，赵小川干脆地向门外走去。

他的脚步声在门口与女子的同时停顿了几秒，之后渐行渐远。女子的脚步声再次响起，徐若子走进来，带上房门。她换了身衣服，白色衬衫变为酒红色的七分袖修身衬衫，衣服的颜色与库房的色彩意外融洽，像是一朵在绝地开放的花。徐若子漆黑的长发自然垂落，发丝反射出薄薄的午后光辉，映衬着她孩子般清澈的眼眸。下身穿着一条黑色牛仔长裤，使她柔软、精巧的曲线显露出来。少许性感打破了徐若子平日明亮清丽的样子，身为女性的吸引力本是她天然的底色，只要不刻意收敛便会自然流露出来。

"嗨。"空间里响起徐若子清淡的声音，凌树仿佛等待它的余味彻底消失之后，才用沉静的音色回复。

"赵小川告诉我这个地方，他要先见你一面，我只好在后院等。"

凌树望着她，一会儿后才说："看来这是一个不折不扣的陷阱。"

"抱歉，你特意错过我的列车，赶回此地，迎接你的却只有我的骗局。"

"我应得的。"

目光相对，两人同时露出一个似有似无的微笑。

徐若子摊开双手，"这里，不是金苗的藏宝处，只是她埋葬'失败'的地方。自然，如果金苗写出小说下卷，又不把它示人，多半因为小说失败了，而不是金苗没胆面对它。

"在赶去林尾村的火车上，我与赵小川通过电话。他对我讲了这样一个故事：曾经有一场比赛，那种历时数天的鏖战。上午，赵小川发挥很差，中午休息时，你与张野帮大家买午饭，那个自私自利不爱为别人服务的赵小川独自一个人生闷气，他痛恨自己的无能。金苗走过来说：'把失败埋葬掉就好了。'

"'埋葬掉？'赵小川问。

"'我的做法是这样——让失败从我眼前消失，同时在我需要的时候还可以找到它们，从中吸取一些教训。'

"'你埋在哪儿了？'

"'我们学校的那间库房，我们以前常去训练的那间。'

"'这种愚蠢的做法有帮助吗？'

"'当然有，我告诉凌树后他也把自己的失败埋在那个地方，你不知道，其实他的失误可多了，只是我们常常没有发现而已。'"徐若子轻巧地扮演着两个角色，活灵活现。

她接着说道："之后赵小川放下包袱，下午发挥很好，为你们挽回败局做出重大贡献。这个看似平淡的故事在赵小川心里很有分量，为什么爱呢？对于一个人来说，可能就是为了对方走过来，说出的那些温柔话语……"

徐若子随之舒展开眼睛里锁住的凝重，"跑题了，重要的是赵小川与金苗的这番对话你不知道，所以你会认为知道金苗'埋葬点'的只有你一个。根据这点，我灵机一动，设计了所谓《黑心娜娜与黑木》下卷的骗局，说什么坚信有下卷，故意把没什么了不起的'埋葬点'说成是无人知晓的秘密地点，这些只是为了骗你做出自以为是的决定，来到这里。"

凌树说："你仿佛突然就获得了无与伦比的说谎能力，像是金苗复生。"

徐若子淡淡地说："我承认自己有说谎的天赋，不过……这个谎言所依靠的——是你的真实。你放弃了那一堆说辞与逻辑，来到这间破旧仓库，为了什么……"

这不是一个问题，徐若子并不期待凌树回答，甚至害怕听到凌树的答案。她走到窗前，望着外面的柿子树，背对凌树，看了一会儿，开口道："这就是金苗读书的地方。大城市的学校超出我的想象，这座房子太过神奇，仿佛每一道木痕都散发出时间的气息。如果我有机会在这里上课，不知道会有怎样的未来。"

凌树慢步走到她身旁，也望向窗外，"一栋破旧至极的建筑，这才是一般人的观感吧？你们看问题总有些奇怪的角度。如果金苗参观你的中学，没准也会生出某些感慨。"

"你说得对。在我的中学，暑假的雨季，成百只癞蛤蟆趁着漫出来的雨水攻占校园，那场面灰蒙蒙的，配合雨声有种不可思议的美妙，这应该是金苗不曾体验的情景。"

凌树把目光落在徐若子身上，她一动不动，凝视着窗外。

凌树说："你今天很漂亮。"

徐若子侧头看看凌树，露出一个微笑，"谢谢。"

她转过身面对凌树，又问道："好看吗？特意为你打扮的。我骗了你，想着给你些补偿。本来想穿得过分点儿，仔细考虑，觉得你心里期待一个穿得正经的女孩子。"

"我的这种愿望都被你看穿了？"

"你忘了，我是社会学家。"

"我这算不算心理扭曲？"

"当然，你说得太文雅，一般来讲，人们称之为'变态'。"

凌树笑笑，点点头。

徐若子认真地说："我的好处是——不仅穿着正经，我的内心也无比正经，我深谙正经的精髓。"

凌树再次被她逗得笑了起来，他笑起来的样子确实很好看，徐若子看着他，回想起金苗小说中那些深情的描写。

凌树笑过之后，平静地说道："谢谢你为我做的一切，我配不上它们。"

徐若子摇摇头，"我做的事情很明显，你却怕我知道，你希望我恨你、误会你、离开你。悬崖下面的风，你们背对着它，但其实你们心里爱它、追寻它，你们没有看风景，而是感受着风，不为风所知地爱它的所有。"

凌树凝视徐若子，脱口而出，"你太过完美……"

"完美？早上的我多么狼狈，坐了一夜火车，来不及换衣服，没有好好洗脸，更不用说化妆，衣服皱了、人疲惫不堪，就那样出现在你面前，一个外貌糟糕的、用尽所有力量也无法说服你的失败的女人。"

凌树闻言微笑。

徐若子责怪："我那么好笑吗？"

"好笑的不是你的样子，是你自嘲时的认真与可爱。早上的你……"

凌树露出回忆的神态，"渐渐从山坡爬上来，走过来，走到我身边，像是一个奇迹。你出现在不该出现的时间与地点，打乱我的计划。你来之前，我内心平静，听了你在'灰猫'的推理后，所有紧张与犹豫都消失了，我坦然做出选择，吸完那支烟，一切便可结束。可是，带给我平静的你却又出现，让我重新感到了焦虑、痛苦、不安，活着的感觉全部回到身体之中。那种感觉，刻骨铭心、不可思议……"

徐若子没有接他的话，而是问道："我可以坐吗？"

"我又不是这里的主人。"

"你自然是，你们四个都是这里的主人。"

"请。"

徐若子闻言毫不犹豫地坐在边缘宽厚的木质窗台上，虽然这间屋子近期有人清理过，但那窗台并不十分干净，达不到坐上去不弄脏衣服的程度。尤其是徐若子现在的打扮过于脆弱，想来一点点尘土都会影响她的形象。这些，徐若子大概知道，但她还是坐下，坐姿优雅自然，背着阳光与窗外的风景，像一幅活的画卷。

"也许真如你所说，能再次见到你，是个奇迹。我们只分开一天，只有一天，可是这一天为什么……为什么像一千年般漫长……"

说着，毫无征兆地，徐若子流下眼泪，再也说不下去，刚刚的玩笑与快乐一扫而空。看起来，她之所以要求坐下，是因为用尽了力气。

凌树明白，人总有极限，他走过去，没有说话，只是把手轻轻放在她耳后的长发上以示安慰。徐若子缓缓伸出双手，环抱着凌树的腰，把脸埋进他的身体，小声哭泣。

声音小，泪水多，一个女生的身体中竟然装着这么多眼泪，凌树的衬衫被眼泪浸透，它是温热的，有生命的，仿佛能孕育些什么。

过了一会儿，徐若子控制住自己的情绪，把脸颊轻轻靠在凌树腰上，眼睛直直地注视着乱糟糟的屋子，喃喃地说道："我就像斯巴达300勇士，不，我是统领他们的国王列奥尼达，就在那一天，我要面对波斯人、埃及人、腓尼基人、美索不达米亚人、亚美尼亚人，甚至还有我的同胞爱奥尼亚人、底比斯人，我的敌人是全世界，而我只有自己，敌人的箭比雨还密，它们打在我的盾牌上，发出孤独的声音，我心里只有一个念头，我亲爱的另一位国王呀，你在哪里……"

凌树知道徐若子只是借助这些低语来平复情绪，他没有说话，更没有让自己的手离开她的长发。

"但这些，是我的错，我不该被你骗了，你的骗局太过惊人，它强大又无畏，可我该识破它，不是吗？每当我需要你的时候，你都会无声地走过来，你会为我准备好我需要的一切，语言、外套、双手、胸口，是我的错，我该早些发现。"

凌树轻声说道："别说了，是我骗了你，一直都是，你的陷阱我明白，我输了。"

徐若子闻言轻轻推开凌树，她看着他，不知道是自言自语还是在倾诉，"虽然认真打扮、修饰自己，可我还是不自信，我不相信外貌的力量。我在嫌弃与不被需要的环境中成长，常常莫名其妙地觉得自己一无是处。长大以后，男孩儿们觉得我漂亮，我想，仅此而已，我的价值不过等同于极端不稳定的某种冲动，我知道它真的存在，但无法依赖或信任这些欲望。所以，我对你动摇了，我怀疑一切，说了那么多次坚信，只是说给自己听的，我没有坚信最该坚信的事物，没能坚信你庞大的骗局中唯一的事实，你亲口告诉我的事实，就因为我不自信。"

"别再说了……"

"如果这次我输了，你会死，我慢一步，你会死。太可怕了，回想起来，那天在'灰猫'发生的事情太可怕了，你竟然还在微笑，你竟然在微笑！想到你的微笑我会窒息，你像是在说：'徐若子真善良，她做出的选择是对的'，你用你的生命对我微笑，最后的微笑，可我一无所知。你对周青山说的话也同样适用于我，我太聪明，聪明得可怜，聪明得让人恶心……"

"我爱你。"凌树再也听不下去，他生硬地打断了徐若子。

徐若子仰起头，望着凌树的脸，轻声问："你说什么？"

"我爱你。"

徐若子微微皱了下眉头又淡淡说道："我没听清。"

"我爱你！我爱你，从我见到你的第一面。你的双眼仿佛沉浸在另一个不知名的宇宙中，可它望向我的时候，又是那么明白。你对我的吸引力是莫名的，我说不清，但我无法克制它。我爱你，所以我不可能为情所困去杀害我最重要的朋友、最信赖的队友、最亲爱的妹妹金苗，我正准备把我的爱与她分享，原谅我的无知、残忍，你怎么说我都行，但这是事实，我把金苗、娜娜一直看作是我的家人，我永远不会伤害她。

"我误认为她是学姐，她也没否认，从此我把她当作真正的姐姐，因为金苗符合我心中所有的幻想与期待。她知道我是凌树之后，什么也没改变，只是'姐姐'变为'妹妹'，我送她那枚徽章，代表那对双胞胎的手足之情。对，我等她多久都可以，她来不来都可以，因为金苗是家人，我找她只是为了叮嘱第二天的比赛，对我来说亲人的首战不是件小事。

"你的陷阱，哪怕它的真实性只有万分之一的万分之一，我也要来，我只能来，因为我爱你，不能留下会对你造成伤害、让你痛苦的小说下卷，你看破了这点，而我读不懂你、读不懂金苗，我才是一无所知的那个人，过去的一切都是无知的我造成的。"

徐若子定睛望着凌树，她能清晰地感到彼此眼眸中的柔软，他们之间的障碍正在渐渐溶解。

徐若子说："所以，你选择死，为了我，你希望我从你布置的迷宫中走出来，你顺着我错误的推理将计就计。你布置迷宫的速度快得惊人，你下决心的速度快得惊人。男人，太可怕了，我才真读不懂你们的心，它比钻石还要坚硬。"

"这件事像脱了轨道的火车，我不知道它撞向哪里、会伤害到谁、会造成多大伤害，我只知道，离它最近的那个人是你，我想让火车停下，让它消失。而我，就是火车本身。"

此时的徐若子反而平静下来，她揉揉眼睛深吸了一口气，说道："有一件事我想让你知道，解开所有谜团后，我不认为你做的事情是错的，真的。我们活在各种谎言与故事之中，你所编织的故事只是其中最善意的一个。除了你最后的选择，你不明白吗？你已经成为我的一部分、永恒的一部分，你的消失将会是对我的最大伤害。请不要轻率地认定你失去爱我的资格，我身体里的固执远超你的想象。你曾经说过我与金苗的本质不是孤僻，我想通了，我们确实不孤僻，我们固执。"

凌树无语。

像是为了缓和气氛，徐若子打量着房间，柔声说道："想一想，你们相聚之前，金苗与张野就在这间屋子里坐着、站着，他们应该有笑声与很多共同的记忆……这两个人，都是难以被人理解的，可当时的他们同处一室，也许心中所思所想全然不同，但他们并不孤独。"

"那是我不了解的、只属于金苗与张野的时光。"

徐若子点点头，"说是寻找金苗，这是一个永远无法完成的任务，一个人的人生太过巨大，我们看到的只是她的一小部分，有更多笑容与悲伤隐藏在我们看不到的地方。"

之后她站起身，向着凌树走近一步，"现在，我们两个站在这里。我觉得……所有一切都是金苗的引导，她让我找到她，同时也找到你以及我自己。"

凌树问："可以抱你吗？"

徐若子露出微笑，"你从来没这样问过。"

"你说找到了自己，所以我想问问现在的你，看看她的想法是什么。"

徐若子淡然回答："答案是可以，但不要如以前那般，抱得那么绅士、那么温柔。"

凌树开始只是轻轻地抱住徐若子，随着他渐渐增加的力气，徐若子的温度、呼吸、肌肤、血肉、骨骼、徐若子的一切都被拥进凌树怀中。

徐若子的脸颊贴着凌树的后颈，她眯着眼睛极轻柔地说道："怎么办？我突然感到那种极不稳定的冲动。"

"这冲动是怎么说的？"

"它说，一切灵魂的亏欠都可以用肉体来偿还。"

"听起来，完全没有逻辑。"

"可我觉得它的话有道理。"

"我也是……"

12月。

"灰猫"的门被一下子拽开，把手上"准备中"的牌子晃个不停。

徐若子进门时打了个冷战，三两步坐到吧台上说道："天气越来越冷，在室内工作的人真是幸福。"

强哥无奈地说："别自说自话好吗？我还没开始工作呢。"

徐若子边收起青色的围巾边说："没办法，凌树不在，我升任记者部主任，实在太忙，时间都是碎片的，总是突然袭击，抱歉了。"

"作为突然袭击的报酬，今天你是不是该给我讲讲你们两个的传奇故事了？"

"你听都没听过，怎么知道是传奇故事？"

"你那个刑警朋友上次来的时候告诉我了，他说凌树的案子不可思议，而能发现真相的你更不可思议之类。"

"那你问他不就好了。"

"我问了，这个人太缺德，说什么不能透露案情。明明已经结案还说不能透露，不能透露又告诉我不可思议，让我充分体验了百爪挠心的痛苦。"

徐若子笑笑。

这时，强哥把一杯冒出白雾的热"美式"放在徐若子面前，"这杯我请。"

徐若子伸手抚摸着杯子，透过厚厚的杯壁用指尖吸收咖啡的热量，她说："还是别听了，这是个令人悲伤的故事。"

"反正凌树出来后一定会告诉我，别这么小气。"

徐若子吹了吹，小心地喝了一口，称赞道："好喝。"

强哥只是用期待的眼神看着她。

徐若子抱着杯子望向酒架，用平缓柔和的音色说道："嗯。所有的怀疑源自赵东升打来的一通电话，除了一些该说的话，我问了他关于'雨娘'的问题。"

"'雨娘'？"

徐若子怪他："你很多情况都不知道，只是听着就好了，我哪有时间为你一一解释。"

"好好，我知道了。"

"赵东升看到金苗披着凌树的外衣与凌树在雨中并肩而行，金苗的样子很开心，有说有笑，对蒙蒙雨幕毫不在意。后来赵东升讽刺金苗出现时就会下雨，称她'雨娘'，金苗不但不生气，还欣然接受。"

强哥说："这说明金苗对凌树有意思。"

徐若子点头，"是的，凌树为了不打扰朋友们的二人世界有意与金苗保持距离，这样的情景大概是他唯一的致命漏洞。当时的凌树未能理解金苗的情感，他心里把与黑心娜娜的故事视为昨天，而金苗心中却留有一片漫长的空白，两个人怀着完全不同的心情在雨中漫步，一个是对过去的延续，一个是对未来的期待，可在那时他们应该异常融洽吧……

"听到这件事，我受到了极大冲击，现在真相大白，说出来轻描淡写，好像没什么了不起。那个时候，所有人，真的是所有人都认为金苗与张野是情侣关系，他们是一对。你懂吗？"

"金苗脚踩两只船？"

徐若子摇摇头，"比这恐怖得多，这大概就是余多对你所说不可思议的地方。真相是：金苗与张野从来都不是恋人，他们两人只是朋友关系。"

"这怎么可能？两人的家人朋友自然知道底细。"

"这正是凌树最厉害的地方，也是他在这件案子中使用的最强手法。他敢于凭空制造一种从来都不曾存在的恋爱关系，并且几乎成功了。要点是凌树说过的一句话'爱很难被证明'。"

强哥似乎有所领悟，说："我有点儿明白……金苗与张野已经不在，他们之间是否相爱很难被证明，两人可能偷偷相爱，在表面上不告诉任何人，这样的爱情无处不在，比如说偷情。"

"是的，如果有人说他们是情侣，就连金苗的母亲都无法轻易反对。更何况，他们本来就是极亲密的朋友，是同学、队友，曾经同甘共苦、无所不谈，在外人眼里，他们之间的关系就只差一个定义。而且，凌树这个骗局只有一半是谎言。"

"一半？"

"他们不是情侣只因为金苗不爱张野，而张野执着地爱着金苗，所有与张野有接触的人都会深信张野对金苗的感情。金苗是女生，女生有着矜持的天性，不把感情明显地暴露出来也会被认为是正常的。从性格上来说，大家都知道金苗的性格难以捉摸，就连她的母亲萧伯母都无法看透金苗的内心。"

"凌树这家伙确实高明，不过我还是觉得不可思议。"

"对，理论是理论，行动力才是关键。事件发生之后，凌树耐心又缜密地散播一种名为'金苗与张野是恋人'的共识。首先他向相关的陌生人灌输这一共识，酒店人员、当地警方、搜救队成员，凡是凌树可以接触到的相关人员都被他以巧妙的手法告知'金苗与张野是恋人'。这一步是最简单的，陌生人不认识金苗、张野，凌树又是他们最好的朋友，他的话自然有信用，而且没有人会想到凌树会在这件事上说谎，人们心里会有这样的潜意识：这种事怎么能骗过所有人？

"之后就是关键的第二步，骗过金苗、张野的家人。这个动作必须要快，要在警方对双方家人问询之前完成，凌树分开时段连续打了几通电话，逐步把金苗、张野遇难的情况告知他们，但在每一次通话中都暗示对方'金苗与张野是恋人'。"

强哥问道："这真能做到吗？就算凌树这样说，一旦警方问起来，金苗的母亲也会回答：'他们大概是情侣，我听凌树说的。'"

"你说得没错，凌树最高明的地方就在这里，他不是生硬机械地说出结论，他凭空编出一个极其生动、极其感人的故事，而且这个故事在逻辑上竟然无懈可击。这个故事的内容是：金苗遇险坠落，张野及时拉住她，两人为了对方不惜牺牲自己，金苗喊'放手'，张野坚持不放，他们为彼此坚持到生命最后一刻，不离不弃。"

"确实很感人。"

徐若子喝了一口咖啡，说道："是的，可这故事完全是假的，只是凌树凭空虚构的。"

"没有一点儿事实依据吗？"

"一丝真实都没有。"

"天呀，警方竟然也被他骗过？"

"听我慢慢说。因为这个故事太伟大，而双方家人又陷入极度的悲痛之中，这个故事被凌树深深地刻在他们心中，那一刻，他们都坚信'金苗张野是恋人'，甚至，他们已经跳过这步，他们认为两人是至死不渝的一对伟大爱人。有了这样的想法，怎么可能对警方说出'他们大概是情侣，我听凌树说的'这种话？就算心里想，也绝不会说出来，说出来简直是对儿女爱情的亵渎，说明自己太不关心金苗或者张野。"

强哥倒吸一口凉气。

"这是第二步，第三步需要通过葬礼完成。凌树主动帮忙，承担下金苗、张野葬礼的筹备工作，在这期间，他对双方亲友大量灌输两人是恋人的情报。这一动作十分重要，如果让双方父母联系亲友，他们对两人是恋人这件事概念模糊，说不清楚，说着说着大概自己也会产生怀疑，凌树不会允许这样的事情发生，所以他才全力以赴地为葬礼帮忙。

"最后，便是'金苗张野是恋人'这一共识的病毒式传播。我称之为'交叉感染'阶段，通过凌树难以估算的艰苦努力后，无数人从他那里获得这个概念，而且他们所得会稍有不同。所有这些接收到情报的人在葬礼中、生活中、电话中、信息中交流时，将会通过对方强化共识，使它化作坚不可摧的、信誉极高的'真实信息'。"

强哥瞪大眼睛说道："就像是货币！"

"就像是货币。凌树把一种虚拟的、并不存在的东西具象化，使它被人信任，随着相信它的人数增加，它越来越强大、越来越有价值，它坚不可摧，几乎完全骗过了我，甚至让我依据这一'事实'认定凌树不爱我。"

"那可是引火烧身了……"

"从这个计划开始时，凌树自己就注定要被烧尽。他一个人，欺骗了全世界，身边没有一个朋友，没有可以交心的对象，只能在孤独的黑暗里越走越远。"

"他为什么要这么做？"

"为什么呢……"

强哥担心地说："你不会打算现在停下不讲吧？"

徐若子握紧已然冷却下来的咖啡杯，盯着一个酒瓶说道："因为……凌树试图利用这个假象掩盖一个他无法接受的真相。

真相是……张野杀害了金苗。"

"什么！"

徐若子没吭声。

强哥马上又说："等下等下……你刚才不是说张野执着地爱着金苗吗？我听错了吗？"

"你没听错，事实如此。张野杀害金苗，然后自杀，这是今年3月3日清晨在雾岭山庄外的观景平台上真实发生的案件，已经结案，确认无误。"

"不可思议……"

"凌树试图把一桩社会中常见的悲剧转化为一段令人铭记的伟大爱情，人们一旦认为金苗、张野是一对恋人，而且他们最后有那样一段悲壮的经历，就绝对不会意识到真相的存在。"

"张野既然是恶人，难道不该惩戒吗？凌树包庇他等于让金苗冤死呀？"

"问题是，张野已经死了，如何惩戒……"徐若子看着强哥说，"而且，张野不是个恶人，反而，他是一个极好的男人，温柔、善良、理智，为他人着想超过自己。这些品质已得到张野关系网的充分证明，包括金苗的小说、凌树赵小川的证词等等。很不幸，我认为正是因为他拥有这样的性格才酿出悲剧。"

"我听不懂……"

"很简单，张野压抑自己的感情太久了。他知道金苗喜欢凌树，也许这件事是金苗主动告诉张野的，毕竟金苗把他视为自己最好的朋友之一。张野不像赵小川，用逃避的方式减少伤痛；也不像我，把心中的情感直接表达出来；或者如同经典爱情故事般，真心祝愿心爱之人获得幸福。张野选择的是忍耐，以及一种他接受不了的虚假的成全。这种压抑持续了十年之久，只要金苗心里爱的是凌树，张野就不准备表白，甚至他大概在表面上对金苗表示支持。张野存留着几本年历，从前年十月开始他在每个日期后标注符号，这些标记就像是他痛苦的足迹。"

"什么样的记号？"

"一开始我与张野的父亲都以为那是英文字母'L'，它代表爱。后来，我发现了它的真正含意，它是扑克牌中象征心与爱的红心，张野只画了半颗并且把心倒置，这代表着他每一天都在承受痛苦的单恋。我用张野记录的牌例对照过年历上的符号，证明我的推理是正确的，那正是半颗红心。"

"你说张野的情感压抑了十年，可年历上的记号只是从前年开始出现。"

"桥牌队解散后，其成员各自发展，可张野并没忘记金苗，他们在一年半前恢复联系。可惜，金苗也同样没有忘记凌树，而且经过一段时间的社会生活，他们两个人心中的爱变得更加强烈，他们都认为所爱之人不可替代。"

"我闻到了悲剧的味道。"

"所以凌树、金苗、张野的重聚不是偶然的，是由他们心中的爱所引导的必然结果。如你所说，确实不幸。凌树仍然认为张野、金苗将成为恋人，尽量独自行动。金苗是个有耐心的女生，她期待这段感情获得自然的突破。张野虽然与爱人离得最近，却是最感痛苦的一个，他无法打破自己之前的人设，突然表白的结果很可能是与金苗连朋友都没的做了，谁都知道拒绝别人后应该与之保持距离。"

强哥点点头，"我懂了，由爱生恨，得不到就要报复，演变成你所说的社会上常常出现的情杀。"

徐若子淡淡说道："是误杀。张野的目标不是金苗，而是凌树。"

"凌树？凌树不是张野的发小吗？再说凌树是不知情的人，他什么都没做，张野为什么要杀他？"

"就是因为凌树什么都不知道什么都没做，张野才恨他，也许凌树欣然接受金苗的爱，张野反而会选择放弃。问题是，凌树只把金苗看作妹妹，他一直没有接受金苗的意思。这让张野愤怒，他认为凌树是金苗痛苦的根源，金苗选错了人，消除凌树才是唯一正确的做法。"

"等一下！张野明知道金苗爱着凌树却没有帮忙，作为朋友，如果真的祝福对方，理当帮金苗把情感传达给凌树。他只是在旁边看着金苗默默等待，怎么能责怪凌树？"

"爱，不讲道理。张野是个男人又不是圣人，怎么可能做到你说的这些事，你能做到吗？满心欢喜地把自己所爱之人交到别人手里。"

强哥马上摇头，"我可做不到。"

徐若子用手指轻抚吧台上的纹路，说道："不过，我只是自认为理解张野的心情，他到底是怎么想的呢？我不敢妄加判断，人心难测。总之，现实是张野决心对付凌树，这是非同小可的情况。凌树他们桥牌队的人个个都是逻辑高手，同时行动能力极强。张野不是想想而已，对一无所知的凌树来说，他将是个恐怖的对手。

"张野利用了对金苗怀恨在心的周青山。周青山是林尾村人，与金苗有过节，周青山设计出一套非常幼稚的杀人手法试图杀害金苗，这手法被张野撞见。同时，张野了解金苗与周青山的过节，因为金苗曾把张野视为她最好的朋友，对他推心置腹。张野非常厉害，他把这些有限的信息收集在心中，当周青山冒充酒店人员打电话到张野、凌树房间时，听出周青山声音的张野竟然推理出周青山的意图，知道他在寻找作案时间。于是，张野给了他一个最方便动手的日期，并且全力促成这次旅行，虽然凌树的工作一度对计划造成威胁，可老天站在了张野这边，我们社长竟然宣布不用加班。为了保证周青山动手，金苗一定要去，只是张野早就想好把她排除在外。"

"张野的手法是什么？"

"周青山知道金苗有靠在护栏上吸烟的习惯，所以他在三人抵达前的上午把护栏几乎锯断，设置了只要靠上去就会垮掉的护栏陷阱。周青山不知道，依靠护栏正是凌树的习惯，凌树是个眼睛盯着远方不太注意细节的人，金苗的吸烟习惯也许是对凌树的模仿。张野试图抓住这个机会，让凌树死于周青山的陷阱之下。"

"这招确实高明，一旦凌树死掉，警方将会认为凶手只是实施犯罪的周青山，张野可以完全脱罪。而实际上，他是帮凶，甚至相当于主谋。"

"是这样，利用周青山杀掉凌树是千载难逢的机会，而张野本来可以轻松成功。这次张野给三个人分别订了房间，来到山庄后他先是检查护栏以及山庄监控系统的情况，随即做出具体计划。先是约凌树清晨在平台见面，说是有要事商量，约在这个时间主要是想利用昏暗的天色掩饰护栏陷阱的存在；之后张野故意晚到，给凌树留下吸烟等待的时间；最后张野会赶到平台，确认凌树是否坠落，如果周青山的陷阱没有奏效，张野打算不惜暴力也要推落凌树，总之这次一定要杀死目标，再把所有责任推到周青山身上。"

"问题出在哪里？"

"问题出在金苗身上。我说过,他们人人是高手,而金苗是高手中的高手。凌树自首前曾对我说,在队伍解散时金苗实际上已经成为他们桥牌队的第一牌手,知道这件事的只有凌树。金苗是个低调的女孩儿,她对成为最强根本没有兴趣,她喜欢她的队友,喜欢他们每一个人,她爱凌树,同时也非常欣赏张野与赵小川。所以,金苗常常故意把自己摆在弱者的位置上,避免与她的男队友竞争,她知道男生要起面子来是了不得的事情。凌树察觉到这点,但他没有戳破,尊重了金苗的选择。

"也就是说,四人中金苗的推理能力是最强的。在出发之前,金苗察觉到张野的变化,她甚至了解到张野对她的感情,所以她在那篇唯一的日记中写下内心的不安。为此金苗与张野在电话中吵过架,大概是金苗想努力调整与张野的关系,而张野已有杀害凌树的计划,一定会用沉默等手段搪塞金苗,金苗对张野的不真诚动气,但又无能为力。

"那时的金苗就算再怎么厉害也不可能猜到张野的真实意图,她大概也想利用这次旅行化解三人的感情危机。

"3月3日清晨,太阳还未升起,心里装着事情的金苗坐在山庄庭院里的长椅上发呆。此时,凌树出现,他还是老样子,一副孩子般的懒散状态,看到这样的凌树,金苗没准会松一口气,至少还有一个人没有心机,事情并未乱作一团。

"凌树胳膊上搭着准备在平台上穿的外套,他把外套递给金苗,'一个人发呆会感冒的,穿上这个。'

"'不要,你穿吧,你不是要上山吗?'

"'是,张野约了我谈事,不知道要说什么,这么隆重。'

"'哦……'

"凌树把外套硬塞给金苗,'洗衣店洗的,很干净,我还

没穿。'

"'我不是这个意思……'

"凌树对她笑笑，'我知道。'说完他径自离去。

"我猜，看着凌树的背影，金苗也笑了笑，她穿上凌树的连帽衫，果然暖和多了。此时，金苗心中应该生出某个计划，一个可以挽救所有人的计划，毕竟她是一个连街头混混的事儿、赌局作弊的事儿都要插手的女孩儿，怎么会对身边最亲密的伙伴置之不理呢？可是突然，一个念头在金苗心中出现，我不知道那是什么，金苗没有说出它的机会，我大概永远无法猜到。但这个念头一定存在，因为金苗确实行动了，她凭借某个我无法得知的推理，认为凌树有危险。金苗急忙向平台跑去，到达平台时凌树正靠在护栏上吸烟。

"显然周青山的陷阱不是很精巧，凌树这样的体重靠上去几分钟都没压断，目标换作金苗就更难成功。金苗放下心来，向凌树走过去，虽然金苗凭借推理猜到可能会有风险，但她不知道那风险具体是什么。就在这时栏杆断了，陷阱发动，凌树出其不意地跌落下去，金苗跟上去一把抓住凌树的右手。还好下落时凌树的手拽了一下护栏，虽然没有拽住但卸了一部分向下的冲力。即便如此，以女生的力气与体重想拉住一个男性实在太难，金苗被拽得坐在平台上，右手拉着凌树，左手紧紧握着断开一半悬在空中的护栏，她身体向下探，帽子落在头上。

"凌树知道金苗连五秒都无法坚持，他用命令的语气说：'放手！'，金苗用全身力气回了一个声音很小的'不！'字，凌树明白金苗绝对不会放手，他用尽力气以金苗瘦弱的手臂做支点伸出左手抓住了未断的护栏，这一下如果没有抓住，他们两个都得死，凌树抓住了，而金苗的手臂完全失去知觉。

　　"凌树有了支撑，放开金苗的手，用右手抓住台面，情况稳定下来。金苗坐直身体，两人相视而笑……

　　"之后……之后，我不想描述那个场面……从山坡爬上来的张野，情绪激动，大脑缺氧，他看到穿着凌树外套的金苗的背影，毫不犹豫地把她推落山崖，刚刚松了一口气的凌树没能做出任何反应，他看不到张野，金苗就这样走了，一个小小的力量毁掉整个世界，生命……"

　　徐若子讲到这里，把杯中的咖啡喝完，停顿了很久才接着说道："凌树与张野呆住了，张野碰到金苗的同时已经知道发生了什么，但他已无力改变任何事。看到凶手是张野后，愤怒的凌树不知道从哪里生出力量，一下子爬上平台，扑倒张野，他挥起拳头但没有打下去，张野那张脸陷入完全的绝望，如同行尸走肉。凌树站起身，后退几步望着张野，脑中一片空白。张野站起来，也看着凌树，一步步地向后退去。

　　"凌树意识到张野要做什么，换作是我，大概会任由张野跳下去……但凌树没有，他冲上去，在张野落下时抓住他一只手，张野为了不留指纹戴了一双黑色皮手套，这增加了凌树救人的难度。张野被凌树抓住后，突然生出求生意志，或者他不甘心，想拉凌树陪葬，我不知道……他又伸出另一只手抓住凌树，此时的状态是，凌树趴在平台上两只手向下伸去抓住张野的两只手。两个人都是男性，如果凌树没经过第一次坠崖他应该有力气拉起张野。凌树用力拽他，张野努力地蹬了几下崖壁，可是凌树力气不足没能使张野的手够到护栏，他的手臂又一次垂下。这下，两个人都明白，凌树只有力气勉强维持，他没有办法了。

　　"张野仰起面孔，看着凌树的眼睛，说道：'对不起，队长，后面的事拜托你了……'说完他松了手上的力气，因为张野戴着手套，凌树无力阻止他的放弃，张野的手从手套滑出，落了下去，凌树手中只剩下紧紧抓着的两只手套。

"我不知道张野那句话是什么意思，可能是请凌树帮他们把后面的人生走下去……但这句话对凌树产生了影响。这个结果太过可怕，对于金苗来说太过可怕，金苗竟然被张野推落悬崖。站在平台上的凌树感到极度悲痛极度空虚，他觉得自己特别无力，什么办法都没有，但他不想接受这个事实，张野已死，金苗算是得到正义了吗？死于好朋友之手的金苗的一生到底算什么？最最重视他人的金苗，总是遭到残忍对待，这算什么？世人不懂金苗，他们只会在金苗背后胡乱猜测，一个如此完美的女生却得不到命运的公正对待。

"凌树对着天空大喊，据说，山庄有人听到了喊声。当时的凌树并不知道发生了什么，他不明白张野的动机，不知道金苗深爱着他，不了解周青山与金苗的恩怨，凌树甚至没搞清楚张野的目标到底是谁。也许一开始凌树曾想过干扰我的调查，用事故来搪塞我，可是后来，他对我的帮助都是真心的，提醒我读金苗的小说、陪我去林尾村、麻将作弊手法的推理……

"就是这样一个对真相一无所知的人，竟然在那时下了将导致自己毁灭的决心。凌树痛恨命运，他决定挑战命运为金苗设定的不堪结尾。他要金苗在爱中死去，而让所有人都知道张野为金苗献出生命，这才能算是张野的赎罪，张野应该用自己的生命告诉世人，金苗的一生有着无与伦比的意义、她是重要的、她是被珍惜的……

"说实话，我有些赞同凌树当时的想法……但我更佩服凌树后面的手段，下定决心后，凌树完全冷静下来，他的大脑飞速运转，把之前发生的所有细节一一分析。凌树站在谋杀现场、平台之上制订出全部计划，这个计划庞大、缜密、环环相扣，几乎骗过所有人。他先戴上自己的薄手套，又戴上张野的皮手套，抓住金苗曾经抓过的位置，抹掉了金苗的痕迹，转换成张野手套的痕迹。之后，凌树戴着张野的手套摆出他为张野设计的种种动作和姿势，这一过程十分危险，凌树很可能因此坠落身亡。他虚构出张野拉住金苗右手的位置，让张野右手的手套在此脱落；又用右手抓住平台，左手用极大力气握住护栏，使护栏划破手套，并在此处使手套脱落。

"伪装好两人坠崖的全过程后，凌树想象自己匆匆赶到，以合理的设定破坏了所有可能显示出真相的痕迹。之后，凌树掏出手机，酝酿感情，开始了我刚刚讲过的庞大工程——散播'张野与金苗是恋人'的共识。"

说完，徐若子仿佛累极了的样子，她揉揉眼睛，凝望着虚空，不知道在想什么。在讲述的后半部分，强哥一句话也没插入，他被这个真实发生的故事震撼了。

过了许久，强哥才叹道："不可思议……"

徐若子望着他说："虽然现在凌树自首，但他的初衷并未完全落空，人们知道有人为金苗做了一件了不得的事情，人们知道有人重视金苗、珍惜金苗，不希望她默默离去。"

强哥仍然没能从故事中回过神来，说："若子，你找了一个不可思议的男朋友。"

徐若子抬头看看墙壁上的挂钟说："我得走了，知道我为什么给你讲这个悲伤的故事吗？"

"为什么？"

"因为你是第一个发现真相的人，你说过'凌树像是偷情的男人'，什么叫偷情？他爱我，又不能光明正大地爱。凌树做的事情使他坠入深渊，他自认为失去了爱我的资格。所以，这个故事是你应得的。"

强哥晃晃脑袋，似懂非懂。

徐若子站起身，露出一个淡淡的笑容，"更正一点，凌树不是我男朋友，他是我的丈夫。"

尾声

第二年的3月3日。

树木大多没有发芽，墓地里的野花没有开放，可春确实来了，在刚刚经过的步道边，徐若子看到一排盛开的迎春花，它们是人们栽种的春的象征。

她与赵小川是第一个到的，金苗的墓碑很干净，看来常有人打理。徐若子带给金苗的礼物仍然只是一束白菊花，赵小川选的是包装精美的栀子花。

赵小川一路上都不怎么说话，可能认为与徐若子没有多少共同语言。刚刚在他车里，徐若子对挂着的猎犬饰物说道："猎犬呀，你的主人是你的榜样，他用沉默守护着世界。"赵小川闻言露出了笑容。

之后是远道而来的赵东升，他还是老样子，深深地长久地鞠了一躬，掉了眼泪。徐若子没有劝他，只是默默等待他渐渐控制住情绪。

止住悲痛后赵东升的哀悼算是结束，他走到徐若子身边问道："凌树怎么样？"

"挺好的。"徐若子回答。

"什么罪？"

"包庇、伪证、妨碍公务。"

赵东升默默点点头，似乎不知道该如何安慰徐若子，旁边的赵小川看看他没有插话。

徐若子笑笑，"他有自首情节、立功表现，结果已经很好了。"

赵东升又点点头，这次看起来放心了些。

之后，是萧伯母，扫墓后聚餐的发起人。萧伯母依然是那副直爽、从容的样子，从表面上看不出一丝悲伤。

与萧伯母接触越多，徐若子越有种感觉，金苗一定深受母亲的影响。

最后来的是余警官，他为金苗的案子付出颇多，在公正地履行职责之后，也难免想为金苗的周年添上一把花束。

众人正准备离去，从松墙后转出一个人，她穿着咖色长衣，圆圆的脸庞，邻家女的样子。

徐若子认识她，莉莉。莉莉也看到徐若子，两人同时愣了一下。

萧伯母走上去，她看了一眼女孩手里捧着的白花，问道："你是来看金苗的？"

莉莉腼腆地点点头，徐若子有些奇怪，莉莉不常露出拘谨的神色。

萧伯母笑笑，对徐若子说："你们认识？"

"认识，她是我的救命恩人。"

萧伯母恰到好处地说："那你们聊，我们去餐厅等你们。"

随后又对莉莉说："与若子一起来吧。"

莉莉再次点头。

莉莉致哀之后向徐若子走来，徐若子温柔地问："最近好吗？"

莉莉没理会这个问题，说："没人通知我金苗走了，周年才来，真对不起。"

徐若子露出一个特别灿烂的笑容，"你今天怎么了，为什么要对我说对不起？"

莉莉看着徐若子说道："金苗不让我对你说，她自己却告诉了你……"

徐若子把笑容变成微笑，"我是通过别的缘分认识金苗的。"

"啊?"莉莉连忙捂住嘴,眼睛里竟然闪着泪花。

看到莉莉这副可爱的样子,徐若子忍不住又笑了出来,"不能怪你,看到你的一瞬间我就已经联想到答案。莉莉,你简直是誓约守护者的典范。"

莉莉也笑了。

两人并肩向外面走去。

在一段很长时间的沉默后,莉莉轻声说:"我是金苗的初中同学,是……常常欺负她的三人组成员之一。我对不起金苗,没有脸见金苗妈妈,所以,不能去吃饭。"

徐若子轻松地点点头,问道:"那时,你讨厌金苗吗?"

"不讨厌,我喜欢她,特别喜欢听老师念她的作文,可是我觉得她高高在上,接近不了。我那些朋友讨厌她,为了和她们保持一致,我就……说起来,我是对她最凶的那个……"

"我知道这件事,可它已经不再重要,我见证了你与金苗的友情。"

莉莉的眼睛望着前方,"那是你们帮我那年的秋季,在人来人往的街头,金苗认出我,她停下来盯着我看。我也认出她,我特别紧张,想装作不认识,但她突然对我露出笑容,就像你刚才的那个,那一瞬间……抱歉,我不知道应该怎么形容。所以这次我特别伤心,金苗走了都没人告诉我,这算是我的报应吧,金苗不在了,那些记忆就像假的一样,想起来,与你们相遇后我才真的明白什么是朋友……"

徐若子拉住莉莉的手,"你们中间还有我。"

莉莉松开徐若子的手,挽住她的胳膊,用力说:"嗯!"

徐若子小声说:"萧伯母大概认出了你。"

"她一定认得我。"

徐若子点头，"毕竟你是她的'大仇人'。"

"确实……后来我们也没有收手，是金苗找来了极凶猛的帮手把我们老大吓破了胆。"

徐若子忍不住笑了笑，她问："金苗的那些帮手，对你们说脏话了吗？"

"脏话？我记不清了，他们很恐怖地吼了我们……好像……还真没说脏话。"

"走吧，我们一起去吃饭。"

莉莉睁大眼睛，"金苗妈妈……"

"萧伯母给了我们独处的时间，还特意邀请你，她原谅了你。"

"可是……"

"我告诉你，金苗还有一个好朋友，长得帅气又有前途，他叫赵小川，没有女朋友。"

"啊？"

"走吧。"

图书在版编目（CIP）数据

时间森林：寻找金苗／金鹏著. -- 北京：作家出版社，
2021.10

ISBN 978 – 7 – 5212 – 1506 – 9

Ⅰ.①时… Ⅱ.①金… Ⅲ.①推理小说 – 中国 – 当代 Ⅳ.①I247.5

中国版本图书馆CIP数据核字（2021）第163520号

时间森林：寻找金苗

作　　者：金　鹏
特约策划：肖惊鸿　栗　洋
责任编辑：袁艺方
装帧设计：潘振宇 774038217@qq.com
出版发行：作家出版社有限公司
社　　址：北京农展馆南里10号　　　邮　　编：100125
电话传真：86 – 10 – 65067186（发行中心及邮购部）
　　　　　86 – 10 – 65004079（总编室）
E – mail: zuojia@zuojia. net. cn
http: // www. zuojiachubanshe. com
印　　刷：北京盛通印刷股份有限公司
成品尺寸：142 × 210
字　　数：250千
印　　张：11.25
版　　次：2021年10月第1版
印　　次：2021年10月第1次印刷
ISBN 978 – 7 – 5212 – 1506 – 9
定　　价：48.00元